KB074803

인생은 한뼘
예술은 한줌

I THINK YOU'RE TOTALLY WRONG
Copyright © 2015 by David Shields and Caleb Powell
All Rights Reserved

Korean translation copyright © 2017 by Ermamama
Korean translation arranged wirh Frances Goldin Literary Agency
through EYA (Eric Yang Agency)

이 책의 한국어판 저작권은 EYA (Eric Yang Agency)를 통해
Frances Golin Literary Agency와 독점계약한 어마마마에 있습니다.
저작권법에 의하여 한국 내에서 보호를 받는 저작물이므로
무단전재 및 복제를 금합니다.

데이비드 실즈 vs 케일럽 파월 논쟁집

I Think You're Totally Wrong : A Quarrel
David Shields & Caleb Powell

인생은 한뼘
예술은 한줌

데이비드 실즈 & 케일럽 파월 지음 ┃ 김준호 옮김

이불

일러두기

1. 소설이나 문학작품은 〈 〉를, 영화나 동영상 작품은《 》를, 신문이나 잡지는 [ ]를 사용하였다.
2. 우리나라에 번역 출간된 책이나 개봉된 영화들은 우리나라에 소개된 제목을 병기하였고, 그렇지 않은 작품의 경우엔 번역한 제목으로 병기하였다.

첫째날 　둘째날　셋째날　넷째날

인생을 완성해야 할까

예술을 완성해야 할까

인간의 지성은 선택하도록 강요 받는다

예술을 택한다면 당신은

천국 같은 대저택을 거부하고

어둠 속을 헤매 다녀야 한다

이 모든 이야기가 끝난다면, 어떤 새로운 이야기가 있을까?

행운을 누리며 살았건 힘들여 살았건

그 흔적은 남게 된다

텅 빈 지갑 뿐인 당혹감이 남거나

낮의 허영이 결국 밤의 회한으로 남거나

- 예이츠

첫
째
날

첫 만남

케일럽 파월 (디지털 녹화기^{DVR}에 대고) 2011년 9월 29일 목요일 오후 6시 30분. 우리집 현관. 데이비드 도착. 마중 나가는 중.

데이비드 실즈 내 물건 어디 둘까?

케일럽 제 차 뒤에요. 이 순간을 고대했어요.

데이비드 그렇겠지. 워싱턴대학 신문에 난 기사 읽었어?

케일럽 나왔어요?

데이비드 (기사를 핸드폰으로 불러오며) 솔직히 말해서 자네 말은 좀 당황스러웠어.

케일럽 (기사를 읽으며) 음. 별로 대수롭지 않은데요. 기자가 선생님 첫 인상이 어땠는지 물어봐서, 이야기 해준 것 뿐인 걸요.

데이비드 정말 나에게 그렇게 적대감을 느껴? 아니면 나 혼자 그렇게 착각하는 건가?

케일럽 적대감이요?

데이비드 죄다 나를 디스하는 말 뿐이던데.

케일럽 "선생님 수업은 시간 낭비"라고 말한 거요? 그 뒤론 칭찬만 해드렸는데, 기자가 그 말은 쏙 빼버렸네요. 정말이지 선생님 소설 수업은 시간 낭비였어요. 테드 무니의 〈다른 행성으로의 쉬운 여행*Easy Travel to Other Planets*〉과 매릴린 로빈슨의 〈하우스키핑*Housekeeping*〉[1]을 끝도 없이 분석했죠.

데이비드 지금은 절대 그런 책 안 가르쳐. 그런데 케일럽…

케일럽 들어오세요. 제 가족들이에요.

◇◇◇

케일럽 (소란스러운 집에 들어선다. 딸아이들이 현관에 모여있다) 카야, 애
바, 지아예요.

데이비드 참 예쁘네.

케일럽 아내 테리예요.

데이비드 모두들, 안녕.

케일럽 (거실로 들어서며, 처음엔 데이비드에게, 다음에는 부모님들에게, 다시
데이비드에게 말한다) 부모님들이세요. 데이브와 베아트리스
파월 부부예요. 여긴 데이비드 실즈 선생님. 내일부터 아이
들 돌봐주러 오셨어요.

아버지 데이비드, 만나서 반갑소.

케일럽 저희 부모님은 쿠퍼 유니온대학²에서 만나셨대요.

데이비드 거기 학비가 무료지.

케일럽 (먼저 데이비드에게, 다음에는 부모님에게) 우리집 그림은 모두 어
머니가 그리신 거예요. 선생님 딸은 로드 아일랜드에 있는
대학에 들어갔어요.

데이비드 리즈디에 다닙니다.

---

1 미국 소설가 Marilynne Robinson의 대표작. 2013년 우리나라에 번역출간되었다.
2 Cooper Union: 미국 뉴욕 맨해튼에 위치한 건축, 미술, 예술대학

어머니   리즈비?

데이비드 로드 아일랜드 스쿨 오브 디자인, 리즈디입니다

어머니   리즈비라는 대학은 들어본 적이 없는데.

아버지   당신 동생 매릴린이 거기 다녔잖아.

어머니   어디, 리즈비요?

아버지   리즈-디.

데이비드 로드 아일랜드 스쿨 오브 디자인입니다. 그걸 줄여서 리즈-
         디라고 하거든요.

어머니   리즈비?

아버지   여보, 이제 그만.

케일럽   (데이비드에게) 맥주 드실래요?

데이비드 난 됐어.

                              ◇◇◇

테리   선생님만 남겨 두고 온 거야?

케일럽   그러면 안 돼?

테리   당신은 맥주 마시고?

케일럽   길 떠나려면 한 잔 해야지.

테리   아주 신났네?

케일럽   준비 완료!

테리   저 선생이 당신한테 집적대고 그러는 거 아냐?

케일럽   하하.

◇◇◇

케일럽 (데이비드에게 캄보디아 책을 모아 놓은 책장을 보여주며) 〈다시 찾은 꽃목걸이*The Road of Lost Innocence*〉[3]란 책 보셨어요?

데이비드 나보고 읽으라고?

케일럽 그다지 재미있진 않아요. 선생님은 지난 몇 년 동안 저에게 50권의 책을 읽게 하셨는데 지금 저는 겨우 한 권 말씀 드린 거예요.

데이비드 앞뒤로 넘겨 가면서 한 시간 정도 들춰 봤는데, 그다지 잘 쓴 책은 아니야. 말하려는 게 뭐지? 사람들이 고통 받고 있다는 건 벌써 아는 이야기잖아.

케일럽 이 책은 예술 작품처럼 보이려고 하지 않아요. 그렇게 느껴지지 않았어요?

데이비드 끔찍했지. 그녀가 견뎌냈던 일들 말이야.

케일럽 이 문제는 다시 이야기하죠.

대화의 규칙

케일럽 (시동을 걸고, DVR을 꺼내 콘솔 위에 내려놓는다) 현재 시각 오후 7시 07분. 준비 되셨어요?

데이비드 나보다 훨씬 열심히 준비한 것 같군. 재미있는 실험이 될 거

---

3   캄보디아 작가 Somaly Mam의 소설로 2009년 우리나라에서 번역 출간되었다.

야. 날 마음껏 폭격하라구. 다 받아줄테니까.

케일럽 전 그저 즐기고 싶어요.

데이비드 어째서?

케일럽 나흘간 아이들을 안 돌봐도 되잖아요. 놓칠 수 없는 기회죠.

데이비드 우리는 함께 산책하고, 이야기하고, 읽고, 먹을 것도 만들겠지. 너무 열심히 하나하나 논쟁을 하면, 부자연스러워질 거 같아. 부모님과 아내에게 뭐라고 설명했지? 우리가 나흘간 오두막에 가서 서로에게 고함을 지르고, 그걸로 《앙드레와 저녁 식사*My Dinner with Andre*》[4]같은 류의 대화집을 내보려 한다는 거 말이야. 잘 이해해?

케일럽 아버지는 《앙드레와의 저녁 식사》가 "두 게이"에 관한 이야기라고 생각하세요. 아니라고 말씀은 드렸지만요.

데이비드 아버님이 동성애 혐오자?

케일럽 옛날 분이죠. 베트남에도 참전하셨으니까요. 하지만《앙드레와의 저녁 식사》와 우리 계획은 달라요. 그 영화에서는 앙드레가 95%를 말하고, 월리는 의아해 하는 표정만 짓고 있죠.

데이비드 그렇긴 하지만, 두가지 상반된 존재양식간의 논쟁이라고 할 수 있어. 월리는 안락을 추구하고, 앙드레는 불편을 추구하지. 마지막에는 약간이기는 하지만 서로 입장을 바꾸기도 해. 〈물론 너는 네 자신이 되는 걸로 끝나겠지만*Although Of Course You End Up Becoming Yourself*〉[5]에서도 똑같아. 어쨌든 월리스가 녹음기를 립스키 쪽으로 쓱 밀어주면서, 지각변동이 일어나지. 어떻게 그게 가능했는진 알 수 없지만, 아름다운 순간이야. 난 물론 흥미로운 대화를 하고 싶지만, 나에게 중요한 건 이걸로 책을 만든다는 거지. 아닌가?

케일럽 설마 내년에 자살하실 생각은 아니죠?

데이비드 그러면 확실히 책 한 권은 나오겠지. ...내 수업 들은 게 언제였지? 20년이 넘은 거 같은데.

케일럽 88년부터 91년까지죠.

데이비드 근데 지금 이렇게 잡담하고 있단 말이지. 우리 이야기가 다른 사람들 이목을 끌게 될지 모르겠어.

케일럽 아무도 모르죠. 다른 선생님 책은 한 권씩 밖에 안 읽었는데, 선생님 책은 죄다 읽었어요. 선생님에 대해선 많이 알고 있어요. 근데 선생님은 저에 대해 아는 것이 거의 없으니까, 제 이야기를 들려드리고 싶은 거예요. 저는 선생님이나 율라 비스[6], 앤더 몬슨, 리디아 유크나비치, 피터 마운트포드 같은 분들과 인터뷰하는 게 좋아요. 이번엔 대화를 하고 싶

---

4   1981년에 루이 말 감독이 만든 코미디로 앙드레 그레고리와 월리스 숀이 자기 자신의 허구적 캐릭터로 대화를 나누는 영화. 이 책에는 저 영화의 대사까지 언급되면서 비중있게 다뤄진다. 유튜브에서 전편을 볼 수 있다.

5   롤링스톤즈 편집장인 데이비드 립스키가 데이비드 포스터 월리스와 여행을 하면서 나눈 대화를 기록한 책. 이 책은 《The End of the Tour》란 제목으로 2015년에 영화화되었다.

6   Eula Biss: 미국의 논픽션 작가. 번역서로는 〈면역에 관하여〉가 있다.

어요. 언젠가 피터와 인터뷰했는데, 우리는 금방 의기투합
했죠. "제기랄, 맥주나 한 잔 더하고, 인터뷰는 온라인으로
마무리 하자고."

데이비드 자네 이야기를 되도록이면 많이 해. 완전히 동등한 전투가 되
기를 바라거든. 일방적이 되지 않도록. 가령 "좋아요, 선생님.
이건 어떻게 생각하는지 말씀해 주시죠." 이런 식은 안 돼.

케일럽 정말 솔직하시네요. 선생님 이야기는 그거면 됐어요. 선생님
은 공부 밖에 모르잖아요. 선생님과 저 둘 중에 누구의 삶이
더 흥미로울까요?

데이비드 그 질문의 전제는 받아들일 수 없어.

◇◇◇

케일럽 아내는 우리 계획을 알고 있지만, 전부 다 이해한 것 같지는
않아요.

데이비드 무슨 말이지?

케일럽 선생님께서 동성애적 분위기의 긴장을 바란다고 하셨잖아
요. 설마 절 유혹하려고 하신 거예요?

데이비드 아니. 나는 100% 이성애자야. 난 단지 그게 중첩되는 좋은
서브텍스트가 될 거라고 생각했어. 확실히 이상하긴 하지.
두 남자가 나흘간 산 속 오두막에서 지낸다는 건 말이야.

케일럽 선생님은 결혼도 하셨고, 아이도 있어요. 그렇게 가정을 두
고 은밀한 생활을 하는 사람도 많아요. 어떤 동성애적 암시

를 찾아내서 드러내는 거죠. 그래서 선생님이 그 말을 했을 때 전 이렇게 생각했어요. 선생님이 나에게 끌렸나? 그래서 좀 우쭐했는데… 아내는 이걸 "데이비드 실즈와의 주말 데이트"라고 하더군요.

데이비드 아내를 그렇게 기겁하게 하면 안 되지.

케일럽 말도 마세요. 아내는 대학생일 때 마크라고 능력 있는 친구와 결혼을 했어요. 스포츠를 좋아하는 사업가였죠. 일년 뒤에 이혼을 했고, 몇 달 뒤에 그 친구가 커밍 아웃을 했어요.

데이비드 우와.

케일럽 아내는 이 이야기를 하고 싶어 하지 않지만, 저는 삶의 경험으로 생긴 상처 딱지를 떼어내고 싶어요. 내 것이든 아내 것이든. 아내는 그게 트라우마가 되었다고 해요. 그 일이 있었던 건 에이즈 초기 시절이에요. 녀석은 바람 피운 적이 없다고 말했지만, 아내로서는 알 수 없는 거죠. 아내는 자신이 에이즈에 걸렸을 수도 있다고 생각했어요. 마크의 아버지마저 에이즈로 죽었거든요. 장인, 장모는 개방적이지만, 할머니, 고모, 삼촌들은 이러쿵저러쿵 말들이 많죠. 말도 안 되는 소리지만 아내 때문에 마크가 게이가 됐다고 아내에게 낙인을 찍었죠. 아내가 여자로서 실패했다고요.

데이비드 "그녀가 더 섹시했다면, 그의 성향을 바꿀 수 있었을텐데." 이런 식이었겠지.

케일럽 마크는 한국 남자와 "결혼했다"고 하더군요. 아이도 입양했고요. 마크를 만난 적이 있는데, 우리 아이들한테 선물을 보냈어요. 좋은 사람이죠. 하지만 이런 기본적인 걸 제외하면 그때그때 알게 된 사실 말고는 아내로부터 거의 들은 게 없어요.

데이비드 아내가 직접 이야기로 쓰려고 준비하고 있을지도 모르지.

케일럽 그런 타입은 아니지만, 제가 가진 성적 환상에 대하여 항상 질문을 하죠. 남자하고 키스해 봤는지, 그러고 싶은지, 그럴 기회가 있다면 할 건지 알고 싶어해요. 그러면 저는 그냥 어쩌다 그랬다고만 대답해요. 스카이코미시에서 나흘간 보낼 거라고 하니까, "선생님이 당신에게 출판을 보장해주겠다면서, 집적대면 어떻게 할거냐?"고 물어봤어요. 전 "당신 날 마크로 만들 작정이야?"라고 대꾸해줬어요.

데이비드 다양한 이유에서 멋진 표현이군.

케일럽 저는 역으로 아내를 놀렸죠. 당신은 남자들 자리를 바꾸게 한다고.

데이비드 그녀가 계속 그랬으면 좋겠어. 그러니까 "뭐뭐 하면 어떻게 돼?"라는 식으로 묻는 거 말이야. 그거 정말 재밌군.

케일럽 이것과 관련된 이야기가 하나 있어요. 서랍에 묵혀두었던 걸 꺼내서 특별히 이번 여행을 위해서 다시 떠올렸죠. 무슨 말인지 아시게 될 거예요. 어쨌든 선생님이 동성애적 분위기의 서브텍스트를 원하신다면, 정말 저를 택한 건, 운 좋게 잘 찾으신 거예요.

데이비드 지어내는 건 안돼.

케일럽 다른 비밀들도 있어요.

데이비드 난 우리가 숨김 없이 다 말했으면 좋겠어.

케일럽 그건…

데이비드 내 말부터 끝낼게. 내 착각인지 모르지만, 난 말이야, 나를 포함한 모든 것에 대해 어떤 생각도 받아들일 자세가 되어 있다고 생각해. 내가 "맙소사, 어떻게 그런 말을 할 수 있지?'라고 말하는 건 상상조차 할 수 없어. 써도 되는 것과 쓰면 안되는 것에 대하여 합의를 봐야 한다고 생각지 않아? "케일럽, 이건 내버려두자"라고 말하면 자네에게 안된다고 말할 권리가 있다는 뜻이야.

◇◇◇

케일럽 시스켈과 에버트[7]처럼 가짜 논쟁은 하지 않을 거예요. 무대에는 올라가겠지만, 가짜가 되어서는 안 돼요.

데이비드 맞는 말이야. 진짜 의견 충돌. 예의를 갖추되, 최소한의 예의만 갖추는 거지.

케일럽 진짜 의견 충돌이죠. 선생님은 너무 자기 자신에게 집중해요. 선생님은 이제 쉰 다섯이니, 다른 것에도 관심을 가질 때가 됐어요.

---

7   Siskel & Ebert: 미국의 영화 리뷰 프로그램 〈At the Movies〉의 두 사회자

데이비드 그래서 이렇게 이야기하고 있는 거지.

◇◇◇

데이비드 다른 기본 규칙은? 이상적인 건 우리 대화에 유기적 흐름이 생기는 거야. 책이나 여자 얘기에서부터 사제간의 적대감과 자네가 쓴 적 있는 그 에드 존스인가 하는 친구 이야기까지 종횡무진하는 거지.

케일럽 에드와는 한때 농구를 같이 했죠.

데이비드 그 친구가 자네 에세이를 봤을까?

케일럽 아닐 거예요. 하지만 친구 한 명이 "네가 쓴 에드 존스 이야기 봤어."라고 하길래, "읽었어?"라고 했더니, "시애틀에 사는 흑인들은 죄다 읽었을 걸. 에드는 인터넷이 없기를 바라는 편이 나을 거야."라고 하더군요.

데이비드 어디에 실렸지?

케일럽 [322 리뷰]에요.

데이비드 난 그 에세이 좋던데.

케일럽 선생님은 뭔가 빠졌다고 생각하시는 것 같았어요.

데이비드 그 작품에서 내가 부족하다고 느끼는 것 또는 나라면 다르게 썼을 텐데 하고 느끼는 게 있긴 하지. 나라면 자네가 그 친구를 낭만적으로 그려낸 그 충동을 훨씬 더 의심스럽게 바라보았을 거야.

케일럽 낭만적으로 그리지 않았어요. 나는 녀석의 가정 폭력 성향,

이혼, 빈대 근성, 아버지한테 쫓겨난 일에 대해 썼죠.

데이비드 나는 자네가 진보적 백인으로서 느끼는 죄책감을 좀 더 깊이 들여다보길 원했어.

케일럽 전 진보적 백인으로서 죄책감은 없어요.

데이비드 정말?

케일럽 인간으로서 느끼는 죄책감은 또 다른 문제겠지만.

◇◇◇

데이비드 내가 말 더듬는 버릇을 고치게 된 건 천천히 말하는 방법을 알고 나서야. 자넨 내 말을 끊는 경향이 있어. 그걸 지난 번 인터뷰에서도 느꼈지. 어쨌든 자네에게 이야기 할 기회를 주고 싶지만, 내가 하는 말에 귀를 기울이지 않는다는 느낌을 자주 받게 돼. 자네에게 주어진 일곱 가지 논점을 말하는데 너무 열심이어서 그래.

케일럽이 웃는다.

데이비드 자넨 프란 레보비츠[8]의 글귀에 딱 맞는 모델 같아. "말하기의 반대말은 듣기가 아니다. 말하기의 반대말은 기다림이

---

8   Fran Lebowitz: 미국의 작가이자 대중 연설가. 대표작으로 〈Tales From A Broad〉가 있다.

다." 자네 말을 하고 싶어서 내 이야기가 끝날 때까지 기다리고 있다는 느낌이 들어. 그래서 내가 하는 말에 진정으로 귀 기울이지 않아. 내가 바라는 건 그저 내 이야기를 들어달라는 거야. 내 이야기를 마치면 그 다음 자네 이야기로 넘어가는 거지. 그게 공평하지 않아? 내 책이 한 권 나올 때 하는 인터뷰라면 아무 상관 없어. 하지만 이번엔 진짜 대화를 하려는 거니까 내가 자네 때문에 엄청나게 실망하는 일이 없었으면 해.

케일럽 정말 예리하시네요.

데이비드 뭐가 예리하다는 거지?

케일럽 아내 말이 내가 잘 끼어들고 상대 말을 흘려 듣는대요. 제가 무례하다는 거죠. 그녀는 집중력 장애, 주의력 장애에 관한 아스퍼거 증후군 관련 기사를 읽고 말했죠. "케일럽, 당신 얘기야. 아스퍼거 증후군에 걸린 게 틀림없어." 제가 그 기사를 보고 말했죠. "그럴 리가 없어. 난 공감 능력이 있어." 아내의 대답은 이랬죠. "그래, 그렇다면 부분 아스퍼거 증후군에 걸린 거네. '눈에 가시 같은 존재'라고도 해."

음, 그래요. 어쨌거나 가족 모임의 경우에는 집중력 장애가 있어서가 아니라 일부러 집중을 하지 않아요. 주의를 기울이기는 하는 데, 가족들에게는 아니죠. 한번은 아내, 장인, 장모, 처제와 함께 앉아 있었는데, 누군가 "케일럽, 같이 이야기해요."라고 말하길래, 제가 대답했죠. "고맙지만 지금은

안 돼요. 한참 내면의 문학적 대화 중이에요." 이후 처가에
선 "내면의 문학적 대화 씨"가 되었죠. 그냥 집중이 안 돼요.
노력해봤는데, 잘 안 돼요.

데이비드 너무 시시콜콜 시시한 이야기나 늘어놓아서 그런 거 아닐까?

케일럽 한 사람이 어젯밤 아이들이 뭘 먹었는지 이야기하면 나머지
두 세 사람이 입을 크게 벌리고 눈이 빠지게 말할 기회를 기
다리죠. "우리 아들은 복숭아를 좋아하는데, 아기였을 때는
그렇지 않았어요. 바나나는 늘 좋아했지만 말이에요."

데이비드 이봐, 자네는 공식 전업주부 아빠라구.

케일럽 저도 사람들과 거리를 두고 허세 부리는 듯한 인상을 주는
건 알아요. 그리고 사람들을 지루하게 하죠. 아내는 내가 거
만하고 잘난 체 한다고 생각해요. 그건 사실이 아니에요. 늘
그렇다는 건 아니라는 거죠. 처가 사람들은 저희 집안 사람
들보다 더 유복하고 안정감 있죠. 다 훌륭하고 믿을만 해요.
저는 늘 대화에 굶주려 있지만, 가족 모임만 가면 내성적이
되고 말아요.

데이비드 자네가 아는 사람 중에 책상물림이 나만은 아닐 테지만, 자
네는 한방 먹이고 싶어 혈안이 되어 있으니, 내가 뭐가 잘못
됐는지 알려주길 바래.

책들, 그리고 작가들

데이비드 아내와는 어떻게 만났지?

케일럽 여동생 사라와 절친이었는데, 동생이 주선했어요.

데이비드 그러면 아내와 사라는 아직도 절친인가?

케일럽 절친 중에 절친이죠. 모두 같은 고등학교에 다녔지만, 여동생 절친이라고는 해도 아내에게는 말을 한 마디도 건넨 적 없어요. 지금은 친하지만, 당시에는 사라에게도 말을 많이 하지 않았거든요. 아내는 저와 비슷한 시기에 워싱턴 대학을 다녔어요. 정치학이 전공이었는데 제가 졸업반이던 해에 제가 살던 곳에서 한 블록 떨어진 집에서 그 게이 전 남편과 함께 살고 있었어요. 이혼하고 일 이 년 지나 그녀는 12살 연상과 데이트를 했죠. 타코마 레이니어즈의 부사장이라고 하더군요. 그 사람과 4년을 사귀었어요. 그 남자로서는 최고의 "전리품"이었던 거죠. 스포츠 행사에도 가고 벨레뷔에 있는 데틀레프 쉬림프 하우스에도 가고 연간 회원석에 앉아 소닉스 경기도 봤대요. 한 번은 모임에서 워싱턴주립대학 코치인 마이크 프라이스 옆에 앉았는데, 그 인간이 그녀의 엉덩이를 만졌다는군요.

데이비드 마이크 프라이스? 앨라바마 스트립 클럽에서 문제를 일으키지 않았어? 본인은 일회성 사건이라고 말했지만 말이야.

케일럽 절대 일회성 사건이 아니죠.

데이비드 데이트는 언제부터 했어?

케일럽 2001년부터요. 브라질에 갔다가 대만에 가려던 참이었어요. 장거리 연애를 했죠. 아내가 아시아로 세 번 찾아왔고 그 다음에 결혼했어요.

데이비드 결혼한 지는 10년쯤 됐지?

케일럽 2003년에 결혼했어요. 선생님과 로리 사모님이 결혼했을 때와 같은 나이에 결혼했어요. 선생님과 딱 12살 차니까, 우리가 애바를 가진 나이에 선생님은 나탈리를 가지셨더군요. 나탈리는 열여덟, 애바는 여섯이죠. 12년 차이가 나요. 이런 이야기는 너무 지루한데요.

데이비드 안 지루해. 우린 그냥 이야기를 하면 되는 거야. 하지만 자네의 그 끼어드는 성향에 대해 이야기할 때는 분위기가 조금 냉랭했었지. 자네 기분이 정말…

케일럽 음메~~

데이비드 자네 기분이 정말…

케일럽 음메~~

데이비드 진짜 긴장감이 느껴졌지. 쉽게 말해 언제든지…

케일럽 음메~~

데이비드 우리에게 필요한 건…

케일럽 음메~~. 음메~~

데이비드 그래, 알았어. 자넨 정말 말 끊는 소[9]같아.

케일럽 "똑, 똑! 거기 누구 있어요? 말 끊는 소예요. 음메~"

데이비드 그건 지금 생각해낸 건가?

케일럽 〈네 이야기는 됐고*Enough About You*〉[10]에서 따왔죠. 그 책에서 그게 제일 재미있는 농담이라고 하셨잖아요.

데이비드 당시 내가 제일 좋아하던 농담이었지. 말 끊는 소 하면 빌 머레이니까 그에 관한 장에 넣으면 딱 좋겠다고 생각했지.

케일럽 선생님은 계속 말하고, 저는 계속 음메~만 하고…

데이비드 알아들었어.

케일럽 선생님은 농담이라고는 해 본 적도 없고 농담도 인정하지 않는 그런 타입은 아니시겠죠?

데이비드 이 친구야, 난 유머의 화신이라고.

◇◇◇

케일럽 《애더럴 다이어리*Adderall Diaries*》[11] 어때요?

데이비드 모르겠어. 좋아하고 싶은데 그렇게 되지 않아. 그래 좋다고 해두지. 의식과 경험이 서로 다툰다는 아이디어는 마음에 들어. 난 경험이 더 우세하다고 느꼈는데, 자네는 어땠어?

케일럽 살인, 섹스, 마약, 혼란. 좋은 소재들이죠.

◇◇◇

케일럽 헬렌 슐만의 〈이 아름다운 생*This Beautiful Life*〉은 아직 못 읽었어요. 왜 이걸 추천하셨는지 모르겠네요.

데이비드 더 이상 쓸 필요가 없는 그런 책의 전형적인 예라고 할 수 있지.

케일럽 읽어보셨어요?

데이비드 아니, 하지만…

케일럽 읽어 보지도 않은 책을 나더러 읽으라고 하셨다구요?

데이비드 "이 책 읽어볼래?"라고 말하지는 않았던 것 같은데. "케일럽, 이 책 찜 해두고 나중에 이야기 한 번 해보자고." 이런 뜻이 었지. 난 이 책에 대한 글을 많이 읽어 봤고, 작가의 다른 소설도 읽어 보기도 했고, 작가하고는 아는 사이야. 고등학교에서 섹스 테이프가 퍼져 나가면서 일어나는 일을 다루고 있지. 하지만 이미 이 내러티브는 실시간으로 일어난 적이 있어. 타일러 클레멘티 사건[12]을 통하여 우린 이 소설을 이미 경험한 거지.

케일럽 빌리 로건을 비롯해 많은 자살 사건이 있었죠.

데이비드 그건 25년 전 드릴로가 내놓은 대단한 생각이었어. 테러리

---

9   Interrupting Cow: 미국 아이들이 하는 이상한 개그. 말하자면 이런 대화다. A: 똑 똑 B: 누구세요? A: 말 끊는 소입니다. B: 말 끊는 소라니 누구? 라고 하면 그때, 음메~라고 계속 말한다. 이 책에서도 종종 그런 상황이 나온다. 음메~라고 계속 말하게 되면 바로 그게 '말 끊는 소' 개그를 하는 것이다.

10   2009년에 출간된 데이비드 쉴즈의 책

11   파멜라 로만노프스키가 감독한 영화로, 제임스 프랭코가 출연했다. 2016년 한국에서 개봉했다. 제임스 프랭코는 이 책 속의 대화를 다큐멘터리로 찍은 감독이기도 하다.

12   Tyler Clementi case: 2010년 9월 22일, 타일러 클레멘티가 미국 뉴저지주에서 자살하는 사건이 있었는데, 학교 친구들이 동성애자인 클레멘티의 방에 웹캠을 설치하여 인터넷으로 생중계하여 일어난 사건

스트야말로 새로운 소설가들이라는 거지.

케일럽 선생님은 〈케빈에 대하여〉도 읽지 않으셨죠?

데이비드 정말 훌륭한 제목이지만 어떤 소설도 컬럼바인 사건을 다루긴 쉽지 않을 거야.

케일럽 친구가 유명 팝스타에 관한 소설을 썼어요. 남자 아이들을 뽑아서 자신의 저택으로 데려간다는 이야기죠. 근데 출판 에이전트는 출간 자체를 추진하지도 않았어요.

데이비드 왜?

케일럽 누가 봐도 마이클 잭슨 이야기거든요. 제 생각인데, 너무 논란을 불러일으킬 것 같아서겠죠.

데이비드 오랫동안 토냐 하딩[13]에 대해 쓰고 싶었어. 이런 사건들은 일어나는 그 순간 우리를 빨아들이지만, 어쨌든 나에게는 그걸 깨닫게 되는⋯

케일럽 (차를 세우며) 어어~

데이비드는 앞 유리창을 뚫어져라 쳐다본다.

케일럽 이런, 그렇게 빨리 가지도 않았는데. 교차로를 보고도 저 여자는 못 봤네요. 건너갈 때까지 기다리죠.

◇◇◇

케일럽 〈문학은 어떻게 내 삶을 구했는가*How Literature Saved My Life*〉[14]

는 제목이 전 별로예요.

데이비드 정말?

케일럽 문학이 어떻게 선생님 삶을 구할 수 있죠?

데이비드 이 제목이 좋은 건 부제를 달 필요가 없다는 거야. "내용이 뭐죠?" "글쎄, 이건 문학이 어떻게 내 삶을 구했는지에 관한 거야"라고 하면 되니까.

케일럽 선생님 책은 다 그래요. 스티브 알몬드가 이미 〈락앤롤이 어떻게 내 삶을 구했는가*How Rock and Roll Will Save My Life?*〉를 쓰지 않았나요?

데이비드 그건 〈락앤롤이 당신 삶을 구원하리라*Rock and Roll Will Save Your Life*〉지. 알몬드와 나 사이에 무슨 일이 있었는지 알아? 어떤 여자가 나하고 인터뷰를 하고 나서, 다음에는 알몬드를 만나 내가 한 답변을 비판해달라고 했대. 재밌을 거라고 생각한 거지.

케일럽 알몬드는 멋진 작가 같아요.

데이비드 생동감 넘치지.

케일럽 자기 본령을 벗어나지 않으면, 자신의 페르소나가 살아나요. 코미디언이 되었어야 했는데, 진지한 작가는 아니죠. 작가가 진지하다는 건 진지한 주제를 쓴다는 거죠.

---

13   Tonya Harding: 미국의 피겨 스케이팅 선수. 1994년 릴리함메르 올림픽 미국 국가 대표 선발전에서 라이벌 낸시 케리건 습격을 사주한 것으로 알려진 인물

14   데이비드 실즈의 책으로 2014년에 우리나라에 번역 출간되었다.

데이비드 개인적으로 매력적인 작가야. 그리고 빠르지. 미친 듯이 빨라. 대단한 팬은 아니지만 마음에 들어. 그 사람도 나를 그렇게 생각하는 것 같아. 근데 작가의 책이 좀 깊이 없는 것 같지 않아?

케일럽 아직 정치적 권위자까지 되진 못했어요. 저도 그렇게 되진 못하겠지만, 저라면 실질적인 가치도 없는 제멋대로의 도덕적 입장을 남발하며 다니진 않을 거예요. 사르트르가 노벨상을 거부했죠. 그게 얼마나 많은 생명을 구해냈을까요? 알몬드가 보스턴대학에서 강의하고 있었는데…

데이비드 거길 그만 뒀지.

케일럽 콘돌리자 라이스가 졸업 축사 연사로 초대받았을 때죠.

데이비드 자네는 또 다른 동기가 없었는지 의심하는군.

케일럽 그 일로 폭스뉴스에 나왔죠.

데이비드 최근 그가 작성했다는 '버락 오바마에게 던지는 20개의 까다로운 질문들'을 봤어. 오바마에 대한 매우, 매우 상투적인 진보적 관점의 비판이더군. 실제 나는 알몬드의 정치적 견해를 거의 모두 공유하는 편이지만, 적어도 정치학자인 척 하지는 않아. '팔레스타인 위기에 대한 스티브 알몬드의 해결책'과 같은 [슬레이트]의 1,500자 기사 따위를 그는 써대고 있지.

◇◇◇

데이비드 일반적인 직업을 가져야 되겠다는 생각을 해 본 적이 있어?

케일럽   아뇨.

데이비드   보헤미안처럼 살고 싶었던 거야?

케일럽   대학 졸업 후 건설 현장에서 일하면서 음악가가 되려고 했
             죠. 미래를 위해 직업을 가져야 한다거나 저축해야 한다는
             생각은 한 번도 한 적이 없어요.

데이비드   외국에서 어떻게 혼자 먹고 살았어?

케일럽   ESL을 가르쳤죠. 그러니까 영어…

데이비드   "ESL"이 무슨 뜻인지는 나도 알아. 아내가 직업을 가지라고
             뭐라고 하지 않아?

케일럽   아뇨. 아내는 그런 면에선 정말 좋은 사람이죠. 박사 학위를
             따서 연봉 십만 달러 이상 버는 일자리를 쉽게 구할 수 있는
             건 아니죠. 그리고 육아도 일종의 직업이죠. 나중에 가르치
             는 일도 할 수 있고요.

데이비드   ESL 선생으로서 진짜 전문 지식을 가졌다고 생각해?

케일럽   그렇진 않죠.

◇◇◇

데이비드   어쨌든 우린 우리보다는 조금 더 합리적이고 상식적인 사람
             과 결혼한 것 같군. 자네 아내는 광고 쪽에 있지?

케일럽   상당히 비슷한 일이죠. 엄밀히 말하면 영업인데, 마케팅, 광
             고와 관련된 거죠. 사모님이 프레드 허친슨 암센터에서 기
             금 모금을 하신다고요?

데이비드 프로젝트 매니저지. 야간 근무자가 전립선 암에 걸릴 가능
성이 높은지 그런 연구를 해. 자네는 예술계 사람들과 사귄
적이 있어? 작가들이라든지? 자네가 예술가가 아닌 사람과
결혼했다는 것이 놀랍지 않아?

케일럽 그렇죠.

데이비드 나도 그래.

케일럽 외국에 있을 때, 미국인과 결혼할 거라고는 생각지도 못 했
어요. 외국에 정착할 생각이었거든요. 아시아 쪽에서요.

데이비드 그러다 2003년…

케일럽 끼어들어서 죄송한데…

데이비드 아니야. 계속 해.

케일럽 사모님은 선생님 작품을 얼마나 읽으시죠? 원고를 보고 무
슨 말씀을 해주시나요? 아니면 출판본만 보시나요? 선생님
작품을 좋아하세요?

데이비드 내 인생의 슬픈 일이라고 말해야겠군. 내 작품을 읽고 어느
정도는 좋아해주고 그녀가 좋아하는 구절도 있지만, 그녀
가 집중해서 읽는 것 같지는 않아. 〈우리는 언젠가 죽는다
The Thing About Life Is That One Day You'll Be Dead〉[15]나 〈죽은 언어들
Dead Languages〉[16]은 좋아했지만, 오래 전 일이야. 아내는 데이
비드 포스터 월리스[17]의 팬이야. 항상 월리스를 신격화하지.
월리스라면 지긋지긋해!
아내는 정말 똑똑한 사람인데, 문학적이지는 않아. 그래서

이런 식으로 이야기를 하지. "〈리얼리티 헝거*Reality Hunger*〉18 를 읽어 봤는데, 나도 동감이야. 나도 허구는 진절머리가 나." 근데 그게 아내가 하는 코멘트 전부야. 쓰는데 몇 년이 나 걸린 책인데 아내는 "멋진데."라거나 "이 부분은 괜찮은 데 저 부분은 나랑 생각이 달라." 같은 말은 안 해줘. 대체로 아내는 내 작품을 그다지 열광적으로 좋아하지 않아. 자네 아내는 어때? 자네 에세이와 소설을 모두 읽었어?

케일럽 아뇨. 태국이 배경인 제 단편 기억나시죠? [포스트 로드]에 실린 걸 선생님께 한 부 드렸잖아요. 아내는 아직 읽지 않았 어요. 4페이지짜리 밖에 안 되는데 말이죠. 읽었으면 좋겠다 고 말하고, 내 글을 보여주고, 침실 탁자 위에 놓아 두었죠. 읽었는지 모르지만 제게 이야긴 안 했죠. 아내는 '가장 섹시 한 전업주부 아빠의 노트*Notes of a Sexiest Stay-at-Home Father*'라 는 가족 블로그에 제가 쓴 것만 좋아해요. 거기에다 "여자 등을 주물러 주기 싫어하는 남자를 뭐라고 부를까요?"와 같은 글을 쓰죠.

데이비드 농담이지?

---

15   데이비드 실즈의 책으로 2010년 우리나라에 번역 출간되었다.

16   데이비드 실즈의 책으로 1998년에 출간되었다.

17   David Foster Wallace: 2008년에 자살한 미국의 천재 작가. 〈이것이 물이다〉가 번역 출간되었다.

18   데이비드 실즈의 책으로 2011년에 출간되었다.

케일럽 마사지-니스트<u>Massage-ynist</u>[19]죠. 아내는 내 진지한 글은 싫어하거나 관심이 없어요. 그녀가 뭐라도 읽게 하려면 팔을 비틀어야 할 정도죠. 보통은 내 글이 지루하다고 하고, 절 "문학적 속물"이라고 해요.

데이비드 그래 놓고 자네가 와인보다 맥주를 더 좋아한다고 뭐라 한단 말이지.

케일럽 아내는 할런 코벤을 좋아해요. 〈마이런 볼리타〉 시리즈를 썼죠. 아내는 이렇게 말해요. "당신도 마이런 볼리타를 좋아할 거야. 왜냐하면 주인공이 농구 선수거든. 드래프트 1순위로 뽑혀 보스턴 셀틱스에 들어갔는데 무릎이 나가는 바람에 선수들 뒤치다꺼리를 해주는 스포츠 에이전트가 되지. 그뿐만 아니라, 엄~~청 문학적이거든!" 두 달 전, 우리 여행 날짜를 표시하면서 말했죠. "〈리얼리티 헝거〉 한 번 읽어 봐. 당신은 어떻게 생각하는지 궁금해. 우리가 함께 이야기할 거리도 생기잖아. 침실 탁자에 둘 테니까, 들춰보기라도 해 줘."라고 했어요. 아내는 "그래, 알았어."라고 말했지만, 아직도 안 봤어요.

데이비드 그게 8월이라고?

케일럽 네.

데이비드 내 아내도 그랬을 거야.

케일럽 하지만 사모님은 월리스를 좋아하시잖아요.

데이비드 아내의 취향이 전부 그런 건 아냐. 취향이라고 하자면, 중서

부적인 거지. '출항*Shipping Out*', '일리노이 스테이트 페어*The Illinois State Fair*', '롭스터를 생각해*Consider the Lobster*', '주인*Host*' [20]. 하지만 그게 다야. 작가가 아닌 사람들은 그 상처의 깊이를 알 수가 없을 거야. 아니 그럴 수 있을지도 모르지.

케일럽 아버지는 선생님과 작업한 [걸프 코스트]의 Q&A를 읽고 너무 경박하다고 하셨어요. 여동생 사라는 [럼퍼스]에 실린 우리 기사를 보고, 우리가 몇 번씩 "졸라*fuck*"라고 말했다는 사실만은 그냥 지나치지 않더군요. 할 말이 없었죠. 사라가 〈리얼리티 헝거〉를 몇 페이지 읽더니 재미 없다고 하는데, 한 구절도 읽지 않은 아내가 그 말에 맞장구를 치더라고요.

데이비드 내가 외출한 동안에 〈문학은 어떻게 내 삶을 구했는가〉 교정지가 온 거야. 우리 딸 나탈리 말로는 "우린 그게 뭔지도 모르고 상자를 열고, 읽었어요. 정말 좋았어요. 너무 재미있었어요!" 내가 "어디까지 읽었는데?"라고 물었지. 20페이지에서 멈춰 있더군. 50페이지쯤 가면 격렬한 섹스 장면이 있는데, 거기까지 가지 않았다니 다행이라 생각했지. 그래도 20페이지에서 그만 읽은 건 좀 좌절감을 느끼게 했어. 호기심이 안 생기나? 나에 대해 알고 싶지 않으니까 그런 행동을 하는 게 아닐까 싶어.

19 여성혐오자 Misogynist를 암시하는 말장난
20 데이비드 포스터 월리스의 에세이들

케일럽 아내는 내가 모든 것을 분석하려 든다고 싫어해요. 아내에게 책 몇 권을 추천했더니 좋아하더라구요. 리안 말란의 〈내 배신자의 마음*My Traitor's Heart*〉, 장융의 〈야생 백조*The Wild Swans*〉, 서머셋 모옴 같은 책이죠. 그러더니 나에게 〈코끼리에게 물을*Water for Elephants*〉이나 〈강의 돌멩이*Stones from the River*〉를 읽으라고 했고 저는 아무거나 다 읽지만, 즉각 분석하기 시작했죠. 아내는 내 책이 출판되지 못한 질투심 때문에 그 책들을 좋아하지 않는다고 말해요. 내 책이 나오기만 하면 갑자기 그 책들을 좋아하게 될 것처럼요.

데이비드 자네 아내가 〈우리는 언젠가 죽는다〉는 읽을까?

케일럽 아마 〈리얼리티 헝거〉보다는 더 좋아할 것 같아요.

데이비드 〈죽은 언어들〉도 좋아할 수 있겠군.

케일럽 그럴 거에요.

데이비드 아마 말랑말랑한 오락물을 좋아하는가 보군. 시몬 볼리바른지 뭔지 말고 또 뭘 좋아해?

케일럽 로힌턴 미스트리, 에이미 탄, 리사 시 같은 오프라 윈프리가 뽑은 작가들이죠.

데이비드 최악의 작가들은 아닌 것 같군.

케일럽 데이비드 세다리스의 엄청난 팬이죠. 아내는 항상 "당신은 왜 데이비드 세다리스처럼 재미있게 쓰지 못 해?"라고 해요.

◇◇◇

데이비드 아내가 자네의 소설을 읽은 적이 있어?

케일럽 그럴 가능성은 아마 10%쯤. 아내는 내 글쓰기를 응원한다
고 말은 해요. 만약 책이 나오게 된다면, "아내의 사랑스러운
격려와 지지에 감사한다"는 감사의 글이 실릴 것을 기대하
겠죠. 아내는 나를 작가가 아니라 아버지나 남편으로 응원
하는 거죠. 내 글쓰기를 그저 견디고 있을 뿐이예요. 내 열정
은 그녀에겐 기껏 제가 경주용 자동차를 운전하거나 핫도그
를 먹는 거랑 같을지 몰라요. 이것도 읽을는지 모르겠네요.

데이비드 읽지 않을 것 같군.

케일럽 저 자신을 그럴듯하게 꾸미지 않을 거예요. 가족이나 친한
사람들은 자기들을 부정적으로 묘사하는 걸 좋아하지 않
죠. 작가들은 거기에 저항하기 위해 허구에 의존하는 것 같
아요.

데이비드 난 더 이상 그런 식으로 소설을 보지 않는데 자넨 여전히 그
렇군.

소설을 쓴다는 것

케일럽 (DVR에 대고) 2011년 9월 29일, 오후 8시 38분. 케일럽과 데
이비드는 워싱턴주 술탄의 레드애플시장 주차장을 출발. 이
곳에서 식료품을 구입함. 식료품과 맥주.

데이비드 우리가 머물 집의 주인은 누구지?

케일럽 캄타라는 친구예요. 와이프랑 아들과 함께 하와이에 있어요. 지금 와이프는 전 여자친구의 여자친구였어요.

데이비드 오, 그래?

케일럽 지금 와이프와 전 여자친구 모두 양성애자예요.

데이비드 그렇군. 캄타를 어떻게 알게 됐지?

케일럽 전 시애틀에서 북쪽으로 80 킬로 떨어진 쿠퍼빌에서 자랐어요. 데이브 바로우와 캄타 콩사반은 고등학교 때부터 친구였는데, 스카이코미시 외곽에 집을 지었죠. 저도 그 집 짓는 일을 했고요. 바로우네 집이 더 작은데, 전기에 문제가 있어서, 아마 캄타네 집에 머물게 될 거예요.

데이비드 어디라도 머물게 되어서 좋아. 내게 꼭 필요한 건 말이야, 따뜻해야 돼. 난 따뜻한 게 좋아. 그리고 산책도 좀 하고 싶어.

케일럽 저에게 워싱턴주립공원 패스가 있어요. 가볍게 산책을 할 수도 있고 본격적으로 하이킹을 할 수도 있어요. 지형을 잘 알아요. 제가 이 집을 지을 때, 며칠씩 머무르곤 했죠. 아내는 그걸 일을 빙자한 휴가라고 했어요.

데이비드 집을 떠나기 힘들어? 딸아이들이 아내와 있으면 좋아하지 않아?

케일럽 엄마를 더 좋아하죠. 아내가 퇴근하면, 나를 버려두고 엄마한테 마구 달려가죠. 지금은 아내의 수입이 더 나으니까, 제가 하는 거죠. 전업주부를 하면, 저보다 나을 거예요.

데이비드 자네가 보통 남자들보다는 훨씬 낫다는 건 확실해.

케일럽   저도 그런 거 같아요.

◇◇◇

데이비드   자네 소설은 어떻게 돼가? 출판할만한 원고라고 생각했어.
파라 스크라우 앤 키루 출판사의 사라 크리치튼이 좋아하
지 않았어?

케일럽   초반부에는 상당히 흥미 있어 하더니 뒤로 가면서 힘이 떨
어진다고 생각했죠.

데이비드   출판됐더라면 아주 좋았을 텐데.

케일럽   출판됐더라면. 선생님은 제 소설을 좋아하긴 하지만, 그다
지 깊이 아끼시는 것 같지는 않아요.

데이비드   공정하게 평가한 거지.

케일럽   선생님을 압박해서 읽게 했어야 했는데.

데이비드   날 설득하기는 어렵지. 이제는 더 이상 전통 소설에는 관심
이 없어.

케일럽   잘 나가는 편집자 몇이 제 소설에 퇴짜를 놓았어요. 제 에이
전트는 최선을 다했죠. 적임자들에게 보냈거든요.

데이비드   어디서 활동하는 에이전트지?

케일럽   워싱턴 D.C요. 바바라 리라는 하원의원과 헬렌 토마스가
가장 큰 고객이었는데 헬렌이 반 유대주의 연설을 한 뒤 헬
렌과는 관계를 끊었죠. 제 원고의 한 자도 고치지 않고 그냥
그대로 보냈죠. 장르 소설과 정치인과 언론인들의 논픽션

책들을 팔아요. 제가 유일한 "문학" 작가죠. 저도 옮길 때가
된 거 같아요.

데이비드   에이전트나 편집자에게는 되도록 어떻게 되고 있는지 이야
기하지 않는 것이 가장 좋아. 좀 지루하게 기다리게 할 필요
가 있어.

케일럽   그건 문제도 아니죠.

◇◇◇

케일럽   방금 베어링을 지남. 식료품점과 우체국. 똑같은 건물. 현재
스티븐스 둘레길 근처.
(허름한 집 앞에 주차하며) 어때요?

데이비드   괜찮네.

케일럽   들어가시죠.

데이비드   그러지.

케일럽   우리는 유머 코드가 안 맞는 거 같아요.

데이비드   나도 재미를 알아. 매번 웃지 않을 뿐이지.

케일럽   저 집 좀 보세요. 저기서 지내고 싶으세요?

데이비드   왜 안 되지?

케일럽   여기가 묵을 집이라고 말하면 어떻게 될지 궁금했어요. 아
내한테 말했더니, 선생님이 "정말?" 하면서 금욕적인 표정을
짓고, 그 다음에 제가 농담이었다고 하면, 선생님께서 "헐"
이라고 하실 거라고 했어요.

데이비드 그게 뭔지는 모르겠지만 그렇게 해도 상관 없었을 텐데. 오, 이제 알겠다. 내가 바보였군. 자넨 이 끔찍한 곳에 머물게 된 척하고 나는 기겁을 해야 되는 거였군.

케일럽 척한다고요?

데이비드 장난인 걸 알았다면, 내가 웃어주긴 했을 거란 말이지.

케일럽 이 집은 10년 동안 사람이 안 살았어요. 전기도 안 들어오고, 잡초도 무성하고, 창문도 깨졌어요. 마약 제조실이라고 해도 될 거예요. 센서, 와이어, 투견들. 여기서 지내고 싶으세요?

데이비드 난 감당할 수 있어.

케일럽 전 못해요.

◇◇◇

케일럽 스카이코모시. 2011년 9월 29일, 오후 8시 57분. 2번 고속도로 남쪽 3 킬로, 스카이코모시 마을 서쪽 5 킬로 지점. 머니크릭로드에서 빠져 나와 비포장도로로 접어들어 드라이브 웨이를 지나 바로우네 집에 도착.

데이비드 이 집은 좋군.

케일럽 세를 줘도 되겠네요. 바로우의 유령이 들러 붙어 있죠. 먼저 가스 레인지부터 살펴봐야죠. 가스가 안 되면, 캄타네 집으로 가면 돼요.

◇◇◇

케일럽   캄타네 집이에요.

데이비드   설마, 여긴 아니지?

케일럽   야외 농구장, 유아용 수영장, 열탕도 있고, 4륜 구동 오토바이와 탑승용 제초기도 있어요.

데이비드   이런, 이거 너무 좋잖아. 아내한테 사진 찍어 보내줘야겠군.

◇◇◇

케일럽   (집안에서 CD를 틀면서) 이 가수랑 친구시죠?

데이비드   릭 무디스 밴드?

케일럽   마운틴 콘[21]이죠.

데이비드   맙소사! 제임스가 끝내주는군. 와우! 멋지군! 아주 좋아. 이 가수를 찾아내다니 자넨 뭘 좀 아는군.

케일럽   일부러 찾지는 않았어요. 8년 전쯤 공연하는 걸 보고 CD를 샀죠. 선생님이 어떤 에세이에서 마운틴 콘을 언급하셨을 때, 내가 산 CD를 보면서 제임스 누전트라는 이름을 알아봤죠.

데이비드   끝내주는군. 정말 탁월해. 이 노래 제목이 뭐지?

케일럽   "미래는 불타오른다Future Burn Out". 모르시겠어요? 책에도 쓰셨잖아요.

데이비드   솔직히 모르겠어. 내 귀가 워낙 젬병이라…

케일럽   음악 들으면서 체스나 한 판 둘까요?

◇◇◇

케일럽 냉전이 진행 중입니다. 예술 대 인생. 실즈 대 파월.

데이비드 체스를 언제 뒀는지 기억도 안 나.

케일럽 그럼 예전 같지 않겠네요?

데이비드 한 번 해보지.

케일럽 자전거 타는 것과는 달라요.

데이비드 노력해 봐야지. 죽으면 죽는 거고. 이게 퀸이지. (꽝하고 둔다) 퀸 말.

케일럽 퀸이 목걸이를 하고 있네요. 이 말들은 이상하게 생겼어요. 어릴 때 아버지가 가지고 있던 체스 세트네요. 킹이 수염이 나 있네요.

데이비드 나부터 멋지게 시작해 보지.

◇◇◇

데이비드 이런 하찮은 체스 게임에 미쳐가는 거, 생각만 해도 좋아. 표현하기는 어렵군. 난 조금 난폭하게 둘 거야. 내가 무슨 실수를 한 거지? 제기랄. 바보. 내가 무슨 생각하고 있지?

케일럽 (웃으며) 그건 그대로 두셔야죠.

데이비드 탁구에서 졌을 때 월리스 같군. 음, 실수였어. 바보 같으니라고. 맙소사.

케일럽 한동안 체스를 두지 않으셨군요.

데이비드 외통수네. 잘 두는군. 하지만 이건 아주 기본이야. 내가 정신
이 나갔어. 옛날에 두던 수가 생각나서 흥분했어. 이번 판은
내가 진 거야.

◇◇◇

케일럽 (말들을 놓으며) 전 집에서건 밖에서건 아내랑 있으면 체스 금
지예요.

데이비드 왜?

케일럽 체스를 하다 보면 아내 말을 못 듣고 아내는 꼭지가 돌게
되죠. 컴퓨터 체스도 안 해요.

데이비드 왜?

체스를 한 판 더 한다.

케일럽 마리화나를 끊는 것과 같은 이유예요. 도저히 멈출 수가 없
으니까요. 신혼 여행길에 과테말라의 플로레스에 머물렀는
데, 인터넷 카페에 들렀어요. 아내가 이메일을 확인하고 나
더니 체스 게임이 언제 끝나냐고 물었어요. 그런 다음 아내
는 5분 거리에 있는 호텔로 먼저 갔어요. 한 시간이나 지났
을까 했는데, 아내 말로는 세 시간 뒤에 그녀가 돌아왔고,
전 그때도 체스를 하고 있었죠.

데이비드 컴퓨터 체스?

케일럽   야후 게임이었죠.

데이비드 그거 해서 좀 늘었나?

케일럽   고등학교 이후로 거의 안 늘었어요. 이메일로 함께 체스를
         두는 친구가 있어요. 한 게임이 몇 주나 계속 되죠. 어쨌든
         첫 판을 둘 때 보니 선생님이 한동안 체스를 두지 않았다는
         것을 알 수 있었어요. 첫 수가 정석이 아니었어요.

데이비드 고등학교 시절 다리가 부러졌을 때 체스를 정말 진지하게
         했었지. 내 최고 전성기는 기보가 꿈에 나올 때였어.

케일럽   맥주 한 잔 더 하실래요?

데이비드 아냐, 됐어. (쿵, 쿵, 쿵) 어디 보자, 여기로 옮기면 자네가 잡을
         거고… (쿵) 자꾸 헷갈려.

                              ◇◇◇

케일럽   딸들에게도 체스를 가르치고 싶어요. 체스를 두면 생각을
         하게 되죠. 인생과 닮은 점을 많이 발견하게 돼요. 대부분의
         사람들은 직관적으로 생각하죠, 체스를 두면 그걸 알 수 있
         어요. 첫 눈에 좋아 보이는 것이 실수일 수도 있고, 판단을
         무조건 따르면 안된다는 걸 배우게 되죠. 반면에 스피드 체
         스는 본능을 일깨우고요.

데이비드 확실히 그렇지.

케일럽   신중하게 고민하고 결정할 것인가? 기회가 보이면 바로 잡

을 것인가? 선생님은 어떻게 하실래요? 자 여기, 두 가지 물건이 있어요. 하나가 1달러 더 비싸요… 그리고 합이 1달러 10센트에요. 그러면 각각은 얼마죠?

데이비드 자네 이야기를 제대로 들은 거라면, 하나는 1달러고, 다른 건 10센트 아니야?

케일럽 그렇게 하면 차이가 90이에요. 하나는 105센트고, 다른 건 5센트죠.

데이비드 그게 맞군.

케일럽 A, B, C 문이 세 개 있어요. 두 개의 문 뒤에는 염소가 있고, 한 개의 문 뒤에는 자동차가 있어요. A를 택했는데, 사회자가 B로 가서 문을 열었더니 염소가 있어요. C를 택할 건지 아니면 A를 고수할 건지 사회자가 물어보죠. 선생님이라면 문을 바꾸시겠어요?

데이비드 사회자가 거짓말을 할 수가 있는데 무슨 차이가 있겠어?

케일럽 거짓말을 하지 않는다고 가정해야죠. 문이 세 개 있고, 두 곳에는 염소, 한 곳은 자동차. 어떤 문을 선택하든지, 문 뒤의 것을 얻게 돼요.

데이비드 근데 꼭 자동차를 골라야 하는 건가?

케일럽 물론 히말라야에 산다면 염소를 원할 수도 있겠지만요. A를 선택했는데 사회자가 B를 여니 염소가 있는 거예요. 아직 A와 C를 열어보지 않았는데 사회자가 A에서 C로 바꿀 기회를 주는 거죠. 바꾸시겠어요?

데이비드 이제, 알아들었어.

케일럽 바꾸시겠어요?

데이비드 C로? 음. 아니. 그냥 그대로 있을래.

케일럽 틀렸어요. 바꾸면, 차를 탈 확률이 2/3가 되요. 안 바꾸고 그대로 있으면 1/3이 되죠.

데이비드 지금은 똑같이 1/2 확률인 거 아닌가?

케일럽 아뇨. 바꾸면 자동차를 탈 확률이 2/3이 되는 거예요.

데이비드 정말?

케일럽 바꾸면, 세 번 중 두 번은 잘못을 규명할 수 있어요.

데이비드 "규명한다"는 것이 맞는 말인지 모르겠어.

케일럽 바뀌야 돼요.

데이비드 그거, 수학 퍼즐?

케일럽 수학과 논리 문제죠.

데이비드 자넨 수학을 잘 했어?

케일럽 SAT에서 수학이 영어보다 200점이 더 높았어요. 영어는 평균 정도였죠.

데이비드 난 삼각함수를 간신히 통과했지. 이런 논리 문제를 들으면 학생들이 데이비드 웨이고너[22]에 관해 이야기했던 것이 생각나. 웨이고너 선생에게 시 배워본 적 있어?

케일럽 아뇨.

---

22   David Wagoner: 미국의 시인

48

데이비드 잘못 적용된 논리의 완벽한 예라고 할 수 있지.

케일럽 그 생각에 잠시 머물러 계세요. 화장실 다녀올게요.

⬦⬦⬦

데이비드 교수 시절 웨이고너는 학생들에게 작품을 써 오게 하고 수
업 중에 큰 소리로 작품을 읽도록 했지. 그렇게 하면 자기
개인 시간에 학생들의 작품을 읽지 않아도 되니까.
웨이고너가 십 년 전쯤 은퇴 기념식을 할 때, 데이비드 거터
슨[23]이 일어나서 재미있는 이야기를 들려 줬지. 자기 작품에
대한 반응을 들으려고 그를 찾아갈 때마다, 웨이고너는 "그
냥 계속 쓰게나"라고 했다는군. 거터슨은 웨이고너가 자기
를 초심으로 돌아가게 하려고 불교의 심오한 화두를 던진
것처럼 이야기했어. 웨이고너는 화가 나서 기념식장을 나가
버렸어.
학생이 나에게 들려준 또 다른 이야기는 웨이고너가 자기
대학원생들한테 이렇게 충고했다는 거야. "담배 피우지 말
것. 술 마시지 말 것. 약 하지 말 것. 섹스 파트너를 너무 많
이 두지 말 것. 위험을 피하는 신중한 사람이 될 것. 왜냐하
면 나를 보게. 내 나이가 여든 넷인데, 아직 금발의 머리는
풍성하고, 여전히 논리적이고, 시도 쓰고 있어. 자네도 운이
좋다면 여든 넷이 되어서도…"

케일럽 술을 마시지 않고도 작가가 되는 방법을 올린 블로그를 본

적이 있어요.

데이비드 그건 존재에 대한 부적절한 반응이야. 웨이고너의 작품도 위와 똑같은 충고를 담고 있지. 그의 시는 전부 숲을 산책하다 뱀이나 꺼져가는 불씨를 발견하게 되는데 그게 결국은 뭔가의 상징이라는 식이지. 때로 나도 지나치게 건강과 음식 따위를 걱정하는 데 죄책감이 들지만, 나 같은 사람도 아흔 두 살에 잠옷까지 제대로 챙겨입고 죽는 게 인생의 목표가 될 수 없다는 건 알고 있어.

◇◇◇

케일럽 처제인 트레이시가 여기 스카이코모시에서 바로우와 바람이 났었죠. 재미있는 이야기예요. 이야기하기 전에 "말하지 말고 보여줘."라는 글쓰기 주문은 헛소리라고 말하고 싶어요. 선생님은 이야기를 보여주지 않잖아요. 말할 뿐이지. 소위 "보여주는" 작가들이 너무 많아요.

데이비드 그렇지. 20년 전에 자네에게 그걸 가르친 게 나라고.

케일럽 편하게 쓰고 편하게 말하라고 하셨죠. 좋아요. 트레이시와 바로우가 서로 만나기 전에 배경 이야기가 있어요. 10년 전 바로우는 남자 친구가 있던 킴이라는 여자와 바람이 났어요. 6개월 뒤 바로우가 파티에서 킴과 우연히 마주쳤는데,

그녀가 임신 5개월이라는 거예요 바로우가 "내 아이야?"라고 묻자, 킴이 "네 아이 아니야."라고 대답했대요. 1년이 지나고 킴이 전화를 하죠. "바로우, 내 남자친구가 친자검사를 해보라고 해서 했는데, 그 사람 아이가 아니래. 이리 와 줘." 그래서 바로우가 갔더니, 자기 아이였던 거예요. 10년 후 바로우와 킴은 함께 살고 있었는데, 다음에 트레이시가 등장하죠.

당시 처제는 필로폰 중독 전과자인 윌리엄을 만나고 있었어요. 제가 아내와 사귄 처음 4년 동안 트레이시와 윌리엄이 데이트를 했기 때문에 저도 윌리엄을 알게 되었어요. 윌리엄은 다섯 살 때, 일곱 살 먹은 누나가 차에 치이는 것을 봤대요. 이동주택 단지에서 살았는데, 거기 살던 주정뱅이가 치어버렸죠. 윌리엄이 집에 가서 엄마에게 말했는데, 누나는 죽고 말았죠. 이후 그는 젊어서, 그러니까 22살에 결혼을 했고, 두 살배기 아들을 뒀어요. 아들이 병에 걸려 윌리엄도 검사를 받게 되었는데, 그때 자신이 친부가 아니라는 사실을 알게 되었죠.

데이비드　그때, 윌리엄이 트레이시와 사귀고 있었어?

케일럽　아뇨. 트레이시를 만나기 몇 년 전의 일이예요. 제가 말씀 드렸다시피, 이건 배경 이야기죠. 윌리엄은 아내에게서 자백을 받아 냈고 격분한 뒤에 헤어졌죠. 이후 윌리엄은 장사를 배웠는데 일이 잘 안 되다 보니 마약에 손을 댄 거죠. 착하고,

말수가 적고, 내성적인데, 바보는 아니죠. 한때 〈모비딕〉도 읽었는데, 책이 어떠냐고 물으면 단답형으로 대답을 하죠. "좋아" 또는 "재미있어." 그는 트레이시보다 열 다섯 살 연상이에요. 트레이시는 젊고, 귀엽고 재미있었죠. 우리는 왜 트레이시가 자꾸 그 사람에게 돌아가는지 알 수가 없어요. 빠져 나오고 싶은데, 계속 끌려갔었죠.

그래서 바로우와 트레이시가 만났을 때부터 안 좋은 조짐이 있었던 거죠. 바로우는 트레이시에게 킴과는 끝났다고 말하고, 스카이코미시로 초대해요. 트레이시와 바로우는 여기서 이틀을 보냈고 모든 게 좋았어요. 그때 킴이 전화를 걸어 10살 난 아들과 스카이코미시로 가고 있다고 말해요. 바로우와 킴은 끝난 게 아니었어요. 킴은 한 시간 정도 떨어진 곳에 있었죠. 바로우는 트레이시를 내보내려고 했어요. 6주 뒤에 트레이시는 임신 사실을 알게 되죠.

데이비드 거기 등장하는 인물들은 피임이란 걸 아예 들어보지 못한 사람들이야?

케일럽 참 이해가 안 되죠. 트레이시가 며칠간 땀을 흘렸어요. 배 속 아이는 윌리엄 아이로 밝혀졌죠. 트레이시는 윌리엄을 차버렸고, 지금 네 살 난 아들을 키우고 있어요. 킴은 바로우와 헤어지고 워싱턴대학을 졸업하고 지금은 보잉에서 일 해요. 바로우는 일탈할 때도 있지만 잘 버티고 있어요. 윌리엄도 마찬가지죠.

데이비드 자네 손에 들어가면 괜찮은 통속소설이 돼 버려. "그래, 그래. 진짜 삶이란게 이런 거지" 말고는 달리 할 말이 없어.

케일럽 그건 무슨 반응이죠?

데이비드 특별히 큰 의미는 없어.

케일럽 그냥 일어났던 일 그대로죠. 사실…

데이비드 〈살인*The Killing*〉이라는 덴마크 TV 프로그램 본 적 있어?

케일럽 여동생이 덴마크에 4년 살았는데, 이번 여름에 여기 왔을 때, 전체 시리즈를 놓고 갔어요. 지금 부모님께서 보고 계시죠.

데이비드 한 시간 짜리 20부작이지. 걸작은 아니지만, 그래도 괜찮은 편이야. 영어 자막이 커다랗게 달린 덴마크어 버전을 보라구. 끝날 때쯤이면 덴마크어를 알고 있다고 확신하게 될 거야. 이 프로그램은 한 고등학교 여학생의 살인 사건을 깊이 있게 추적하는 내용이야… 이 노래 너무 아름답군.

케일럽 '예수님, 내가 세상의 빛이 되길 바라지 마세요.*Jesus Don't Want Me for a Sunbeam*'24

데이비드 저 목소리, 저 목소리의 바닥 모를 슬픔… 난 플롯에 쉽게 질리는 편이라 빨리 결말이 안 나는 게 참 지루했지만, 마지막에는 매우 아름다운 뭔가가 나오더라구. 내 자랑인데, 난 1회부터 살인자가 누군지 알아차렸지. 그건…

케일럽 헉, 잠깐만요. 1회에 등장하지 않은 사람은 혐의자에서 모두 빠진다는 거?

데이비드 어, 생각해보니, 1회에는 없었군. 1회에 나온 걸로 생각했는데. 초반부터 알아차렸어. 살인자는 앞 몇 회쯤에 나왔던 것 같아. 어쨌든, 20부작의 결론은 이거야. 남자들은 항상 확신한다. 그러고는 항상 잘못 판단한다. 기본적으로 남자들은 아무것도 모르고, 여자들은 직감적으로 모든 것을 알고 있다. 어떤 의미에서 이 작품은 추리 소설을 가장한 페미니즘 우화라고 할 수 있지만, 매우 정교하게 짜여 있어. 마치 인간 내면의 가장 단순한 저음을 튕겨주는 것 같아. 자네가 이야기 할 때, 킴이 애인 몰래 바람 피우고 그 다음 바로우가 킴 몰래 바람을 피우고 윌리엄이 누나의 죽음을 보게 되고 마약 중독자가 되고 이야기가 점점 난장판이 되어도 별로 흥미가 없었어. 그냥 "이야기"일 뿐이니까. 확 뒤집어서 뭔가로 바뀌어야 해. X로 말이야. X 요소가 필요해. 그게 없으면, 그건 그냥 삶에 불과해.

◇◇◇

케일럽 선생님이 책에 여러 번 언급했던 옛날 제자에 관해 이야기 해 보죠. "한 남자에게 총격"을 가해 감옥에 갔던 녀석 말이예요. "혼자만의 시간을 가져라" 라고 적어놓았던 그 친구의 감옥생활 좌우명을 무척 싫어하셨죠.
데이비드 "그 친구의 금욕주의가 나는 지겹다."

24　Nirvana가 1993년 MTV Unplugged에서 부른 노래

케일럽 왜 계속 그 친구에 대해 쓰시죠?

데이비드 아이디어가 고갈되고 있었던 거야. 그 자리에 자네가 들어 왔어. 자네가 젊은 피인 셈이지.

케일럽 하하.

데이비드 난 진지하게 이야기한 건데.

케일럽 그 친구에 대해 더 알고 싶어요. 희생자를 죽였나요? 상처를 입혔나요? 폭행이었나요? 의도적 살인이었나요? 우발적 살 인이었나요? 몇 년 동안 복역했죠? 이제까지 선생님이 책에 서 제기한 유일한 질문은 "우리는 죽게 돼 있다는 사실에 어 떻게 대처할 것인가?"뿐이에요. 쉽게 말해 "우리는 죽는다. 우리가 무엇을 할 수 있는가?"죠. 그게 바로 선생님 방식이 지만 저의 관심은 우리가 살인을 하는 이유죠.

데이비드 사람들이 개별적 살인 또는 집단 학살을 하는 이유?

케일럽 볼만의 〈나비 이야기*Butterfly Stories*〉에 프놈펜의 한 식당 주인 이 나오는데, 그는 크메르 루주 학살의 생존자이며, 아내와 자녀가 살해당하는 장면을 목격했지만 아무것도 하지 않아 요. 만약 감정을 드러내 보이면, 그 역시 살해당할 테니까요. 볼만은 고통에 관해서 한 두 문장을 쓰고 다른 주제로 넘어 가 버려요. 전 볼만이 이 문제를 더 천착했으면 했어요.

데이비드 볼만이 다른 주제로 넘어가는 게 난 마음에 들어. 빈 칸은 우리가 채워야 하는 거야. 그도 그걸 알고 있었어. 바로 그 지점으로 예술이 들어오는 거지.

케일럽 일종의 비유지만, 저는 캄보디아에서 자랐어요. 부모님은 1956년 앙코르 와트에 가서 16mm 영화를 찍었어요. 아버지는 1년 간 사이공에 계셨는데, 그 당시의 책을 많이 갖고 계세요. [내셔널 지오그래픽]도 구독하셨죠. '악몽에서 깨어나는 캄푸치아Kampuchea Wakens from a Nightmare'라는 특집이 기억나요. 아마 열두 살쯤이었을 거예요. 대학을 졸업한 뒤에는 캄보디아에 사로잡혔죠. 캄보디아 여자와 약혼도 했어요. 1년 뒤에 파혼했지만요. 이후 캄보디아로 갔어요. 지금 어떤 캄보디아 여인의 전기를 쓰고 있어요. 그것이 저의 X 요소죠. 고통, 소시오패스, 연쇄 살인, 잔혹성, 피노체트, 폴 포트, 이디 아민. 테드 번디[25]의 동기는 무엇이었을까요?

데이비드 이유는 모르겠지만 그래야 어떤 사실에 더 가까이 다가설 수 있다고 생각해?

케일럽 소용없는 짓인 것 같지만, 저는 그래요.

데이비드 좋아, 그럼 또 다른 살인에 대해 들어보자고. 자네는 살인에 대한 만족스러운 해법을 갖고 있어?

케일럽 바로 그 공백이 좌절감을 주는 거죠. 아무도 캄보디아에는 관심이 없고, 유명 스타의 허리 사이즈만 줄줄 꿰고 있죠. 저는 캄보디아나 뭐 그런 것들에 대한 책을 읽고 또 읽죠.

---

25 Ted Bundy: 미국의 연쇄 살인범이자 강간범으로 1974년부터 1978년여에 걸쳐 미국 전역에서 30명 이상의 여자를 살해한 것으로 알려졌다.

56

데이비드 어떤 책? 대학살 포르노?

케일럽 잔혹성이란 단어가 상투적일 수는 있지만…

데이비드 난 한 발 물러나서 큰 그림을 보는 쪽이 더 좋아.

케일럽 네?

데이비드 내 친구 마이클은 〈로건의 죽음에 관한 조사Investigation into the Death of Logan〉라는 책을 쓰느라 지난 십 년을 보냈어. 그의 부친은 63년 베트남에서 돌아가셨는데, 거의 자살이 확실해. 아내 노마는 46세에 암으로 죽었어. 2차 세계대전 때 독일 병사들은 전쟁으로 인한 정신이상으로 동부전선에서 귀향하라는 조치가 내려졌었지. 마이클은 노마가 조직 검사를 받았어야 했는데도 필요 없다고 결정했어. 그 결정은 마이클이 너무 오랫동안 아버지의 죽음이라는 강박 속에 살았기 때문에 두 사람 모두 다가오는 경고에 대처하지 못한 데서 이루어진 거야. 마이클이 독일 병사들에게 애정을 가진 건 이들이 전쟁을 어떻게 할 수가 없었다는 거야. 그들을 통해 마이클은…

케일럽 인생에는 만족할만한 X 요소가 없어요. 사람들은 고통 받고 죽어요. 그게 전부지만, 제가 흥미를 느끼는 건 바로 그거죠. 삶에 다가가야 해요. 그런 식으로 현실을 회피하지 말고요. 선생님 친구분은 무언가를 얻었다고 생각하겠지만 그건 사적인 것이지 보편적인 것은 아니에요.

데이비드 난 동의할 수 없어. 자네는 예술이 뭔지 전혀 이해하지 못하는 거야.

케일럽 삶이 어떤지는 잘 알고 있죠.

◇◇◇

데이비드 언젠가 우리집 근처에 사는 세 사람과 나눈 이야기를 책으로 내고 싶어. 베트남을 탈출한 프랑스 빵집 주인, 우편 발송 서비스를 하는 이라크인, 음식값 비싸기로 유명한 카불이라는 식당을 운영하는 아프카니스탄인이지.

케일럽 그런 책은 이미 읽어봤죠.

데이비드 분명 내가 자네를 희화화하고 있지만, 자네도 나를 세상 모르는 사람으로 희화화하는군. 난 내가 정치적이라고 생각해.

케일럽 정치적으로 순진하시죠.

데이비드 내 얘기 마저 하지. 나는 사람들이 어떤 특정한 방식으로 행동하는 이유에도 관심이 있어. 어떻게 그런 데 관심이 없을 수가 있겠어? 자네는 "모두 털어놔요. 난 사람들의 삶에 대해 듣고 싶어요."라는 입장을 취하려고 하지. 좋아. 그러나 때때로 내 반응은 이런 거야. "됐어. 됐다고. 뭔가 새로운 것을 말해 줘." 자네가 지어내고 있는 TV 연속극 같이 끝도 없이 계속되는 이야기, 이 녀석은 저 여자랑 하고 저 여자는 다른 녀석이랑 하는 이야기에 누가 신경이나 써? 사람들은 누군지도 모른다고. 자네야 알겠지. 그 사람들은 자네 삶의 일부지. 나는 지루하기만 해. 자네는 바로 본론으로 들어가야 해. 요점이 뭐야?

케일럽 지극히 정당한 반응이에요. 선생님은 추상적인 질문들을 붙들고 그 주위를 계속 맴돌고 계시죠. 인식론적, 존재론적 질문을 하고 싶은 거죠. 진실은 무엇인가? 지식이란 무엇인가? 기억은 무엇인가? 자아는 무엇인가? 타자는 무엇인가? 죽음은 무엇인가? 거트루드 슈타인의 말을 빌리자면, "답이 없다는 게… 답이다." 저는 구체적인 답이 있는 질문을 하고 싶어요. 우리는 왜 죽이는가? 왜 고통을 가하는가? 왜 고통을 받는가? 어떻게 고통을 멈추게 할 수 있는가?

데이비드 그 질문들을 진지하게 받아들이는 유일한 방법은 자네 스스로가 어떻게 생각하는지를 들여다보는 것이라고 말해주고 싶어.

◇◇◇

데이비드 제자 중 하나가 리비아 무슬림과의 결혼 생활에 대한 글을 쓰고 있어. 그녀는 샌디애고 출신의 금발 미녀인데, 딸들은 베일을 쓰고 있어. 가족과 함께 노스캐롤라이나의 리서치 트라이앵글에 살고 있지. 이름이 크리스타 브레머지.

케일럽 기독교인이에요?

데이비드 그렇지 않을 걸.

케일럽 그럼 이름만?

데이비드 그럴 거야.

케일럽 종교가 없다면 다시 말해 유대교도나 기독교도가 아니라면 잘못될 수도 있어요.

데이비드 무신론자면 안되지.

케일럽 힌두교나 불교나 위카교도 안돼요. 아랍에미레이트에서 일할 때 서류 작성을 해야 했는데, 회사에서 기독교인이 아니더라도 "기독교" 항목에 체크하라고 하더군요. 그리고 선생님은 저보다 더 유대인 같아요.

데이비드 난 그렇게 유대인스럽지 않아.

케일럽 선생님은 그렇게 자라셨잖아요. 소설 속 어떤 대목에서 선생님 대역으로 보이는 사람이 반 유대적인 비방을 입에 올리자, 아버지가 미친 듯이 화를 내는 장면이 나오죠. 전 그런 경험은 없어요.

데이비드 자네 혹시 유대인?

케일럽 네.

데이비드 자네가?

케일럽 페르시아계죠. 할아버지는 이란에서 태어나셨지만, 아버지는 레바논 태생이에요. 세파르디 유대인[26]이죠.

데이비드 정말 놀랍군. 특별히 중요하지 않지만, 케일럽 파월이라는 이름은…

케일럽 태어나셨을 때 아버지 이름은 데이비드 자밀 미자히였어요. 두 살때 미국에 오셨죠.

데이비드 계속 얘기해봐.

케일럽 할아버지인 자밀 미자히는 아버지가 다섯 살 때 돌아가셨어요. 할머니는 포왈스키라는 이름이었는데 파월로 바꾸셨죠. 1940년대 홀어머니로서 시댁 식구들과 양육권 싸움을 하셨고, 아버지를 유대 학교에 보내는 것으로 합의를 봤죠. 그리고는 아버지가 아홉 살이 되었을 때, 가톨릭 신자와 재혼했어요. 전 1/4이 유대인이죠. 아마 이것을 근거로 이스라엘 국적을 얻을 수도 있을 걸요.

데이비드 어쨌든 자네 스스로 유대인이라고 생각해?

케일럽 종교적으로는 아니고, 민족적으로는 어느 정도.

데이비드 문화적으로는?

케일럽 완전히 빠져 있죠. 이 얘길 꺼낼 때마다 아내는 "오, 유대인이 되고 싶은 거야?"라고 하죠. 내가 마치 흑인이 되고 싶어하는 것처럼 말이죠.

데이비드 "케일럽(갈렙)" 종교적 의미가 담긴 이름이야.

케일럽 모세가 예루살렘으로 열 두 명의 첩자를 보냈는데, 여호수아와 케일럽(갈렙)만이 신의 과업을 해냈어요. 그 덕에 여호수아에 대해서는 책 한 권이 씌어졌죠. 케일럽(갈렙)은 몇 줄만 언급되고요. 저희 아버지는 처음엔 유태인 학교를, 다음에는 가톨릭 학교를 다녔지만 졸업은 못 했어요. 아버지는 자신이 기독교인이라고 생각하는 것 같아요. 아버지는 "바보 같다는 거 아는데, 그래도 난 하느님을 믿어."라고 말씀하시죠. 그 얘긴 거의 하지 않지만요.

◇◇◇

케일럽 신을 믿으신 적 있으세요?

데이비드 한 번도. 자네는?

케일럽 있어요.

데이비드 정말? 지금은 분명 아닐 테고.

케일럽 이십 년 전에 선생님이 제 소설을 읽으셨죠. 기억하실 거라고는 기대 안 해요. 신앙을 잃게 되는 젊은 기독교인이 나오죠.

데이비드 그게 자전적인 이야기인 줄은 몰랐어. 제목이 뭐였더라?

케일럽 〈이 소용돌이치는 대양, 저 저주받은 독수리*This Seething Ocean, That Damned Eagle*〉.

데이비드 난 제목에 집착하는 편인데, 케일럽, 악의는 없어. 지금껏 들은 제목 중에 최악이야.

케일럽 이십 년 전에도 그렇게 말씀하셨어요.

◇◇◇

케일럽 스물 예닐곱이 될 때까지 삶에 진지해 본 적이 없어요. 그때까지 미술, 글쓰기, 음악에 관심이 있었죠. 삶의 변화가 오고 현실적 삶에 집중했죠. 최고의 예술가들은 두 영역 모두에 집중해요.

데이비드 책을 쓰는 건 사랑에 빠지는 것과 아주 흡사한 경험이야.

케일럽 작가라면, 예술을 통해 묘사되는 삶에만 집중할 수는 없죠. 외면적으로는 삶을 살아야 하고, 내면적으로는 자신만의 예술을 창조해야 하니까요.

데이비드 그게 그렇게 되지가 않아. 예이츠의 시구에 이런 게 있지. 완벽한 삶, 혹은 완벽한 예술, 그러나 둘 다 가질 수는 없다. 선택을 해야 해. 뭔가 남기려면 그 길 밖에 없어. 대부분의 사람들은 삶을 통해 삶을 살아가지. 예술을 통해 살아가는 사람은 그렇게 많지가 않아.

케일럽 선생님은 열심히 하셨잖아요. 책도 많이 쓰셨고요.

데이비드 사람들은 내가 "열심히 한다"고 항상 칭찬을 하는데, 내가 할 수 있는 건 그것 밖에 없었어. 자네는 나보다 훨씬 더 충실하게 삶에 몰입해 왔어. 아마 자네가 쓴 책들이 출판되길 바라겠지. 내 문은 이미 오래 전에 쾅하고 닫혀 버렸어. 당연히 내 걱정거리 중 하나지. 예술에 집중하느라 나 자신을 완전히 가둬 버렸어.

케일럽 네. 말더듬이, 자위, 여드름, 농구, 여자친구 일기장 읽기, 항상 "옳은" 일만 하셨던 언론인 출신 부모. 전 선생님을 개인적으로 잘 알고 있어서, 선생님의 글쓰기를 객관적으로 평가할 수는 없지만, 때때로 드는 생각인데, 선생님은 한 권의 긴 책을 쓰고 계신 것 같아요.

데이비드 누구에게나 할 수 있는 말이지. 누구나 단 하나의…

케일럽 한 달간 글을 쓰지 않고 극단적인 삶을 살아보는 건 어때요?

데이비드 물론 해봤지.

케일럽 어리석은 질문이네요.

데이비드 아니야, 재미있는 질문이야. 난 항상 책을 가지고 무언가를 하고 있지. 병적이야. 책 한 권을 끝내자마자, 중독자처럼 새 프로젝트로 한바탕 난리를 쳐야 직성이 풀리거든.

◇◇◇

케일럽 켄 케시[27]는 소설을 쓰는 것이 아니라 소설을 살아보고 싶다고 말하고는 절필했죠.

데이비드 헛소리지.

케일럽 일부는 평계겠지만, 일리가 있는 말이에요. 전 대학시절 작가가 되고자 했어요. 소설 한 편을 쓰고, 선생님 수업을 들으며 계속 고쳐 썼죠. 그리고 나서 소설을 쓰기 전에 소설을 살아보고 싶다고 말했죠. 완전히 그만둔 건 아닌데, 글쓰기는 뒷전으로 밀려났죠. 이때까지 책을 네 권 썼는데, 단편소설과 에세이를 묶어 한 권을 더 낼 수도 있겠지만, 스물셋에서 서른다섯까지는 창작은 그만 뒀어요. 글쓰기는 언제나 제

---

27 Ken Kesey: 히피 문학에 많은 영향을 준 미국의 소설가로 〈뻐꾸기 둥지로 날아간 새〉가 번역 출간되었다.

경험의 목표였죠. 40개국을 여행하고 외국어를 공부하고 해외에서 8년을 보냈어요. UAE에서 적은 일기가 한 권 있는데, 그것도 책 한 권으로 칠 수 있죠. 글을 쓰지 않을 때면, 책을 읽으면서 보상을 받았어요. 강박적으로 읽었거든요.

데이비드 자네 올해 몇이지?

케일럽 마흔 셋이요.

데이비드 그래서 자네가 이른 결론은 뭐지?

케일럽 글쓰기는 너무 힘들어 타협할 수 없다고 말한 선생님 의견에 어느 정도 동의해요. 때때로 예술을 선택했으면 좋았을 텐데 하고 생각하죠. 어떤 문학 잡지에 글을 하나 냈는데, 내 나이의 반도 안 되는 대학원생 편집장이 지적하기를, 가정법 절이 너무 많은 문장으로 퇴행하고 있다고 하더라구요.

◇◇◇

데이비드 자넬 보면서 내 대학 동창 도론을 떠올릴 때가 있어. 이스라엘에서 태어나서 퀸즈에서 자랐지. 우리 학생들의 리더였어. 카키색 군복 비슷한 재킷을 입고 단호한 걸음걸이로 활보하고 다녔지. 브라운대학의 다른 지식인들에 비하면, 그는 너무나 자신감이 넘쳤어. 나보다 한 두 살 위였는데, 여자들에게도 인기가 좋았지. 난 그를 존경했고, 어느 정도까지는 우상화하기도 했어. 늘 작가가 될 거라고 말했는데, 3학년을 외국에서 보내고, 파리에서 열렬한 연애를 했지. 로즈 장학금을 받아서 옥스포드대학에 갔는데, 주로 복싱만 열심히 했다는군. 여기 저기 떠돌아 다니면서, 늘 "위대한 소설을 위한 소재를 모으는 중이야. 삶을 살아보지 않고 쓸 수야 없지."라고 말했지. 난 글쓰기를 경험으로 대체한 것이 그 친구의 실수라고 늘 생각했어. 그 친구는 애초에 작가가 되고 싶은 마음이 없었을지도 몰라. 이젠 거의 육십이고 글 쓸 준비가 되어있을지도 모르지만, 진지한 작가가 되기에는 너무 늦었어.

케일럽 무슨 말씀을 하시려고요?

데이비드 자네 글은 재미있어. 그리고 점점 더 재밌어지고 있지. 그런데…

케일럽 더 좋아질 수 있다는 말씀?

데이비드 아니, 20년 전에 그렇게 했어야지.

◇◇◇

데이비드 《여행*The Trip*》[28]은 처음 BBC에서 방영될 때 30분짜리 6부작이었어. 이후 2시간짜리 영화로 편집되었지. 영화가 훨씬 나아. 이유는 모르겠어. 자네도 좋아할 거야.

---

28 2010년 마이클 윈터바텀 감독이 연출한 BBC 시트콤 시리즈. 두 남자가 자기 자신의 허구적 캐릭터로 대화하는 형식으로, 방영 당시 엄청난 화제가 되었다.

스티브 쿠건: 헤이, 롭, 스티브야. 한가해?

롭 브라이든: 왜 하필 나지?

스티브: 미샤가 시간이 안 된다고 해서. 미샤 만났지? 다른 사람들한테도 이야기를 해봤는데, 다들 바쁘다고 해서. 같이 갈래? 얼마 안되지만, 내 출연료 같이 나눌게. 6대 4.

...

롭: 지금은 2010년이야. 뭐든 이전에 다 했던 것들이야. 할 수 있는 건 누군가가 이전에 했던 것을 더 좋게 또는 다르게 만드는 것 뿐이야.

스티브: 어느 정도는 맞는 말이군.

데이비드 어느 정도는 틀린 말이기도 하지. 그런걸 믿는다면 난 죽고 싶어질 거야.

케일럽 같은 생각이에요. 완전 똑같은 건 없죠. 모든 예술은 고유의 창작물임과 동시에 다른 작품의 영향을 받아요. 선생님은 우리의 대화가 월러스와 립스키의 마지막 장면처럼 끝에 반전이 일어나길 원하죠. 하지만 이 대화가 끝나면 제가 옳고 선생님이 틀렸다는 저의 확신이 더 강해질지도 몰라요.

데이비드 흠. 글쎄 의식적으로 우리 목표가 그거라고 말할 수는 없을 거 같은데. 그게 될까?

매그다 호텔 직원: 죄송하지만 현재 더블룸 하나 밖에 없습니다.

롭: 같이 쓰면 되겠네. 좋아요.

스티브: 안돼. 그럴 수 없어.

롭: 침대가 무지 커. 같이 써도 전혀 문제가 없다구.

스티브: 당신에겐 무지 클 지도 모르지만.

롭: 도대체 문제가 뭐야? 무슨 일이라도 일어난다는 말이야?

...

미샤: (쿠건에게 전화로) 내가 라스베가스에 가서 몸이라도 팔 거라는 거야?

...

롭: (아내 샐리에게 전화로) 조금 음탕한 이야기로 당신 관심을 끌어볼까? 나 지금 파자마 바지 안 입고 있어.

...

롭: 아직도 파티 쫓아다니면서 여자 뒤꽁무니나 따라다니는 데 지치지 않아?

스티브: 난 파티 쫓아다닌 적 없어. 그리고 난 여자 뒤꽁무니 따라다닌 적 없다구.

롭: 그랬잖아.

...

스티브: 아기 보는 거 진 빠지지 않아?

롭: 그렇지.

...

행인: 스티브 쿠건이죠?

스티브: 예.

행인: 아하!

스티브: 아하!

행인: 어떻게 지내세요?

스티브: 고마워요.

행인: 뭐 하나 물어봐도 될까요?

스티브: 예, 물론이죠.

행인: 내가 읽은 거 사실이에요?

스티브: 뭘 읽었는데요?

행인: 당신 비열한 놈이라고.

스티브: 근데 어디서 그런 걸 봤어요?

행인: 오늘 신문에서요. 여기 보세요. (신문을 들어올리자 '쿠건은 비열한 놈'이라는 제목이 보인다)

스티브: 누가 그렇게 말했을지 모르지만 절 잘 모르는 사람일 거예요.

행인: 그래요? (제목 전체가 보이도록 신문을 펼친다. '쿠건은 비열한 놈'이라고 아버지가 밝히다)

...

스티브: 사람들이 우리를 게이라고 생각할 거야.

롭: 상관 없어.

...

롭: (여행이 끝나고 집으로 돌아와서) 안녕.

샐리: 너무 보고 싶었어.

...

스티브는 자신의 빈 아파트를 이리저리 걸어 다니며, 우편물을 살펴보고, 한숨을 쉰다. 피아노 음악.

롭: (딸 아이와 놀다가 아내와 저녁을 먹으며)... 행복한 귀가...

...

스티브: (미샤와 함께 나온 비디오를 보면서 에이전트에게 보이스 메일을 남긴다) HBO에서 제작하는 파일럿 프로는 하지 않을래요...얘들이 있어서...잘 있어요.

...

롭: (샐리를 안으며) 당신하고 떨어지기 싫어.

...

아파트에 혼자 남은 스티브

...

영화가 끝난다. 크레딧.

데이비드 정말 멋지지, 응? 얼굴을 싹 바꾸는 장면이야. 롭은 자신이 가정적인 남자라고 생각하지만, 여자에게 추파를 던지다가 퇴짜를 맞아. 저 장면이 너무 좋아.

케일럽 선생님은 원하는 것만 보고 계신 거죠.

데이비드 누워있던 소파로 다시 기어가는 꼴, 봐주기 힘들지.

케일럽 그는 그렇게 하지 않아서 안도한 것 같아요. 결혼이 행복하지 않아서 그랬을까요?

데이비드 나는 아니라고 봐. 쿠건으로부터 뭔가 하라는 압력을 느꼈기 때문이야. 물론 끝에는 자신이 나온 [베니티 페어*Vanity Fair*]를 쓸쓸히 바라보고 있는 쿠건이 나오지.

케일럽 "난 HBO 파일럿 프로를 하지 않을 거야. 얘들이 있어서. 잘 있어."

데이비드 끝내주게 아름답지만, 처음 봤을 땐, 결말이 좀 너무 평범하다고 생각했어. 같이 본 아내도 그렇게 생각했어. 감성팔이가 지나쳤던 거지.

케일럽 이만하면 해피 엔딩이네요. 심지어 도덕적 결말이기도 하고요. 그래서 아마 선생님은 별로라고 생각하시는 것 같아요.

데이비드 난 《프라이데이 나잇 라이츠*Friday Night Lights*》29을 보면서 운 사람이라구.

케일럽 마지막에 쿠건은 아빠 역할을 선택해요. 그리고 아마 브라이든은 아내와 아이들에게 돌아가면서, 불륜을 저지르지 않았음에 안도하겠죠.

데이비드 난 끝 부분에 나오는 쿠건의 외로움을 알 것 같아. 정말 실감 났어.

케일럽 이런 점도 깨닫게 돼요. 아이들이 전처와 함께 살지만, 그는 아이들을 선택하죠. 근데 그게 있으나 마나 한 아버지가 되는 거라면, 그의 일도 잘 될 리 없을 걸요.

---

29 시즌 5까지 방영된 TV 드라마 시리즈. 텍사스주 작은 마을의 풋볼 팀에 관한 이야기다.

데이비드 기운이 빠지기 시작하는군. 내일 보기로 해.

케일럽   안녕히 주무세요.

둘
째
날

결혼이라는 것

케일럽 둘째 가질 계획은 없었어요?

데이비드 이야기야 있었지. 그때가 내 생애 최고의 순간은 아니라고 생각해서 갖지 말자고 했어.

케일럽 그래요?

데이비드 난 일년 열두 달 수업을 해. 워싱턴대학에서 분기마다 강의 하고 거기다가 생활비를 벌려면 방문 강연도 해야 하고 글 쓸 시간도 없어. 지금은 온통 나탈리만 생각하지만 처음 몇 년 간은 아빠 노릇을 그다지 좋아하지 않았다는 거, 인정할 수 밖에 없어. 그보다 더 중요한 건, 아이를 낳고 아내와 내 가 잘 지내지 못했다는 거야.

케일럽 나이 차는 어떻게 되죠?

데이비드 동갑이야. 그때, 아내는 세상 사람들은 다 아는 나쁜 공식을 제안했지. "우리 사이가 좋지 않으니까, 둘째를 가지자." 내 대답은 "난 매사에 애매한 태도를 가지고 있지만 확실한 것 하나는 둘째는 갖고 싶지 않다는 거야. 미안해." 그렇다고 딱 잘라 말한 건 아니고. 그냥 이렇게 말했지. "내 생각은 그 래. 당신은?" 그러자 아내가 말하길, "나도 100%는 아니야. 당신이 그렇게 확신한다면, 내가 양보하지." 내 기억이 이렇 다는 거고, 정확한 건 아내에게 물어봐야겠지. 나중에 둘이 서 그걸 이야기했던 사실은 또렷이 기억해. 아내가 말하길,

"내가 정말 아이를 더 갖길 원했다면, 당장 가졌겠지." 당시에 그 말은 이때까지 내가 들어 본 가장 멋진 말이었다고 기억해. 확실히 남자들은 그렇게 다루기 쉬운 존재야. 옛사람들 말씀을 따르자면, 여자가 둘째를 가지자 할 땐, "네, 네, 마님"하고 대답하는 게 맞을 거야. 그런데 난 안 가졌어. 그건 매우 이기적인 결정이었지. 하지만 난 글을 써야 했고, 예순 다섯에 아이들 대학 학비를 대고 싶지는 않았거든. 당시 내 느낌은 "나탈리를 잘 키워 보자. 그러다 보면 우리가 어떻게 사는 게 좋을지 알게 될 거고. 끝내 이혼을 하더라도 우리 나이 쉰 다섯 밖에는 되지 않아. 아직 죽을 나이는 아니잖아." 참 한심하지.

케일럽   그 이야기를 사모님한테 하셨다고요?

데이비드   아니, 하지만 언젠가 아내가 했던 말이 기억나. 우리 관계를 이어주는 나탈리를 갖지 않았다면, 결혼 생활이 계속될 이유가 없었다고 말했지. 둘러댈 이유야 많지만, 지금 난 행복한 결혼 생활을 하고 있다고 생각해. 아내가 없다는 걸 상상할 수가 없어. 하지만 결혼이 늘 그렇지만 우리에게도 굴곡은 있었고, 그건 분명히…

케일럽   구렁텅이죠.

데이비드   그렇게 끔찍하지는 않았어. 그저 하나의 대화가 아니었을까? 아내가 가진 가장 멋진 장점은, 계속 이동한다는 거지. 적어도 나에게 그녀는 후회를 모르는 여왕 같이 보여. 하지만 아이가 하나도 없었다면, 결혼 생활은 분명 끝났겠지.

케일럽 결혼 전에 결정하지 않나요? 아이를 몇 명 가지자고 이야기 안 했어요?

데이비드 안 했어.

케일럽 결혼 전에 몇 년을 사귀셨는데요?

데이비드 4년.

케일럽 근데 그런 이야기를 안 했다구요?

데이비드 우리 둘 다 똑같이 애매한 태도를 가지고 있었지. 그런 일이 생기면, 우리 그냥 "그때 두고 보자"라고만 했어. 모든 것을 말하고 싶어한다는 점에서 난 "여성적"인데, 아내는 절대 그 이야길 꺼내고 싶어 하지 않아. 자네 부부는 구체적으로 합의를 한 건가? 세 명을 가지기로?

케일럽 이미 이야기를 했지요. 세 명까지는 괜찮은데, 그 이상은 안 된다고요. 첫 두 명까지는 괜찮았는데, 셋째는 좀 고생을 했죠. 아내는 딸들만 원했어요. 넷째를 가졌어도 또 딸을 원했을 거예요.

데이비드 잠깐, 아들이면 무슨 문제라도 있어?

케일럽 아내가 장모님하고 친해요. 매일 이야기를 나누죠. 아내를 가졌을 때 장모님은 19살 밖에 되지 않았죠. 나이 차이가 좀 있는 언니 같아요. 장모님 장인 어른 모두 멋진 분이죠. 약간 히피적인데, 예전에 실제 히피 생활도 좀 하셨대요. 제 생각에 지금은 그런 모습이 아니지만요.

데이비드 아이들이 몇 살이지?

케일럽 여섯, 다섯, 둘. 아이들 낳았을 때 아내 나이가 35, 36, 39 살이었죠. 저보다 한 살 연하예요.

데이비드 왜 세 명이지? 둘이나 넷이 아니고?

케일럽 우리는 모두 아이 세 명 있는 집의 맏이였어요. 결혼할 때까지 전 아시아에서 살았고, 결혼하고 바로 아이를 가지려고 했죠. 테리가 서른 넷이어서 더 기다리고 싶지 않아서, 결혼하고 바로 임신을 했어요. 6월에 결혼을 했는데, 9월이 되니 12주더라구요. 우리는 콘도에 살았어요. 저는 건설 일을 했고, 그린 레이크에서 거의 매일 농구를 했죠. 시애틀로 돌아왔기 때문에, 농구 문화에 끼고 싶었던 거죠. 친구들도 사귀고, 좋았던 시절이죠.

농구 게임이 끝나면, 맥주 한 잔 하자고 여름 내내 친구들에게 졸랐었죠. 한 두 시간 게임하고, 20달러 정도로 맥주 한 두 잔 쏘고 집에 가곤 했어요. 무모한 짓이었죠. 아내는 하루가 어땠는지 묻곤 했어요. 그러면 제가 "오, 대릴이나 타이론이나 제임스나 스나이퍼 녀석들을 그린 레이크 주점에 데리고 갔지."라고 대답해요. 아내가 묻죠. "돈은 누가 내?" 제가 대답하죠. "내가 데리고 간 거니까 내가 내야지." 아내가 또 묻죠. "걔들도 당신 데리고 간 적 있어? 걔네들 당신 이용하고 있는 거 아냐?" 전 걱정하지 말라고 하고, 어쨌든 난 여기에서는 신참이라고 말했죠. 마시자고 데려간 사람이 당연히 돈을 내야죠.

아내가 임신하고, 3개월차 검사 예약이 되어 있었어요. 난 농구를 하고 있었고, 타이론이 맥주 한 잔 하자고 했죠. 처음으로 초대를 받은 거예요. 기분이 좋았죠. 우리는 긴장을 풀고 코트에 있었는데, 갑자기 사이드라인에 와이프가 서 있는 걸 보게 됐죠.

데이비드 임신했다는 소식을 전하려고?

케일럽 아내는 내가 게임하는 걸 처음 봤을 거예요. 게임이 끝나고 사이드라인으로 갔더니, "유산됐어."라고 하더군요.

데이비드 이런.

케일럽 눈물이 쏟아졌고, 안아 줬죠. 그린 레이크 근처에서 커피를 마시며, 다시 하면 된다고 말해 줬어요. 그녀는 적어도 6주는 기다려야 한다고 하더군요. 태아를 제거하기 위해 의사들이 이런 저런 조치를 취했다고 하더군요. 돌아가는 길에, 타이론이 주차장에 있었는데, "무슨 일이야? 맥주 마시러 갈 거야?"라고 하는 거예요. 아내 눈치를 살폈더니, 그녀는 "집에서 봐. 좋을 대로 해."라고 했어요.

데이비드 타이론은 아내가 유산한 사실을 알고 있었어?

케일럽 그때는 몰랐죠. 테리가 차를 몰고 갔고, 전 생각했죠. 맥주가 땡기네. 거기다 내가 무슨 말을 더 할 수 있겠어? 내 할 일은 다 한 거잖아. 그래서 타이론하고 갔어요.

데이비드 생각이 없었군.

케일럽 근처 술집까지 걸어가지 않고, 타이론 차를 타고 미니마트에서 12개 들이 팩을 사서 그린 레이크 주차장으로 다시 갔어요. 동네 친구 두 명을 불러 차에 태우고, 차 안에서 맥주를 마셨죠. 그런데 한 녀석이 마리화나를 꺼내서 마는 거에요. 온갖 생각이 들었어요. 여긴 공공장소잖아. 들키면 어떡하지. 아내는 유산을 하고 집에서 어디 간 걸까 하고 있을 텐데. 난 이 녀석들이랑 어울릴 생각만 하고 있고. 뭔가 엉망이 된 것 같았죠.

타이론이 "무슨 일이야, 케일럽? 말이 없네."라고 했어요. 제가 "타이론, 미안, 약간 취하는 군. 아내가 방금 유산 했어." 그러자 타이론은 자기 여동생이 사산한 이야기를 들려주면서 집에 가보는 게 좋겠다고 하더군요. 저는 "그래."라고 말했죠.

저는 거기 20분 정도 있었다고 생각하는데, 아내는 한 시간 반이었다고 하더군요. 2주 뒤, 난 농구를 하고 있었고, 아내가 거길 지나가고 있었죠. 사이드라인에 타이론이 있었는데, 아내한테 남자친구 경기 보러 왔냐고 수작을 거는 거예요. 어쨌든 아내는 그 일을 잊어버리지 않아요.

데이비드 확실히 그건 중대한 실수였군.

케일럽 여든쯤 되었을 때 그림이 그려져요. "유산 했을 때 기억나? 당신 나를 집에 두고 타이론인가 하는 녀석하고 맥주 마시러 갔더랬지."

데이비드 전체 이야기 중에서 내가 제일 재미있었던 건 백인들을 끌어 들이는 흑인 문화의 유혹이야. 자네는 타이론과 맥주 한 잔 하고 싶었고, 그래서 아내를 선택하지 않았어. 만약 타이론 이 백인이었다면, 그렇게 하지 않았을 거야. 그런 식의 압박 은 없었을 거야.

케일럽 저도 거기에 대해 생각해봤어요. 그 문화에 들어가기 위해 의식적인 결정을 했던 건 맞아요.

데이비드 흑인에게 거절하는 건 참 힘들지. 왜냐하면 백인들이 옛날 에 흑인들을 소유했기 때문이야.

케일럽 복잡한 문제예요. 전 그린 레이크 죽돌이가 되었어요. 저항 하기 시작했죠. 백인 녀석들이 왕따 당하고 아무 말도 못 하 는 게 역겨웠어요. 전 그렇게 되고 싶지가 않았거든요. 거기 서 처음 경기를 시작했을 때, 걔들이 팀 멤버를 선택했는데, 아무도 절 뽑지 않는 거에요. 그래서 다음은 나라고 했더니, 다른 녀석 하나가 "아냐 다음은 나야."라고 그러는 거예요. "그러면 같이 뛰어."라고 했더니 녀석이 싫대요. 체육관에는 14명이 있었고, 10명이 게임을 하고 있었죠. "날 안 뽑을 거 지? 내 실력도 그렇게 나쁘지 않단 말이야."라고 말했죠. 녀 석이 안 뽑을 거라고 하더군요. 이 녀석 이름이 낸두였는데 "야, 백인은 안 뽑아." 라고 말하길래, 제가 "내가 2미터가 넘으면 어쩔건데?"라고 말했죠. 낸두는 "그건 중요하지 않 아."라고 하더라구요.

데이비드 낸두가 자네에게 따로 그렇게 말했다고?

케일럽 네. 녀석과 난 아직도 냉랭해요. 그래서 얼마 후에 내가 사람들 면전에서 공격적인 태도를 보여줬어요. 도전을 받으면, 힘을 모아서 되돌려줘야죠. 에드 존스하고는 거의 주먹질이 오갈 뻔도 했죠. 녀석이 쓰레기 같은 말을 하길래 녀석을 불러냈죠. 이 녀석이 총을 가져와 제 딸을 애비 없는 자식으로 만들어 버리겠다고 협박했어요. 타이론과 다른 친구들이 저를 붙잡아 우리 사이를 갈라 놓았고, 에드를 위협하기 시작했죠. 그러자 녀석이 물러났어요.

◇◇◇

케일럽 아내는 정치학 학위를 받고 워싱턴대학을 졸업하자마자, 슈퍼마켓에서 일을 했어요. 계속 광고일을 했고, 아직도 그 회사에 다니죠. 상무가 되었다가, 소매판매 부문 총책임자가 됐죠.

데이비드 회사가 어디라고 했지?

케일럽 뉴스코프레이션이 사들여서 이제는 뉴스아메리카마케팅이란 회사로 바뀌었어요.

데이비드 다른 말로 하면 머독 제국이지.

케일럽 LA에서 그녀는 폭스 스튜디오 건물에서도 근무했어요. LA, 샌프란시스코, 뉴욕 등 출장을 많이 다녔죠. 파티에서 헨리 키신저를 만난 적도 있고, 빌 오라일리[1]와 같은 엘리베이터를 탄 적도 있었대요.

데이비드 어떤 차원에서는 폭스 뉴스에서 일한다고도 할 수 있겠군?

케일럽 아뇨. 아내 회사와 폭스 뉴스가 모두 뉴스코프레이션에 속하긴 하죠. 아내는 제조업체와 소매업체들 사이에서 광고 협상을 담당하고 있어요. 사라 리[2]같은 회사에서 앨버트슨[3]에 제품 진열을 하려면 아내 같은 사람을 만나야겠죠.

데이비드 그렇군. 출판사들이 책을 매장 앞쪽에 진열하려고 돈을 내는 것과 같은 거군. 아내는 일을 좋아하는 타입이야?

케일럽 아니라고 하지만 일을 하지 않으면 불안해 하죠. 아내는 직장 생활에서 경험하는, 가령 책임이나 만족감 같은 걸 좋아해요. 제 친구들과 제가 예술가니까 상대적으로 불안정한 직업을 가지고 있다고 느끼죠. 하지만 우리는 전심전력을 기울여야 하는 직업을 선택하지 않았을 뿐이죠. 오십이 다 된 가까운 친구들이 있는데, 모두 전형적인 진보 성향이에요. 정부가 의료 비용을 부담해야 한다는 식이죠.

데이비드 그건 우파의 시선으로 전형적인 진보 성향을 조롱하듯이 바라보는 건데.

케일럽 친구들은 기업이 탐욕적이고 모든 사람들을 다 빨아 먹는다고 생각하지만, 아내에게는 수천명의 사람들에게 열심히 일한 만큼 보상해주는 게 기업이죠. 우리 가족은 아내 덕에 의료보험과 사회보장 혜택을 받고 있어요. 그리고 그건 아내가 했던 선택이기도 했고요.

데이비드 자네 친구들을 응석받이라고 생각하겠군.

케일럽 아내는 "난 경제적 안정을 원했어. 나에겐 그게 중요했고, 그래서 뼈 빠지게 일했던 거야."라고 말해요. 정말 그랬죠. 아내는 개미고, 우리 예술쟁이들은 베짱이죠. 노래나 시, 소설 따위를 쓰면서 이 냉정하고 어두운 세상을 저주하죠.

데이비드 말만 들어도 눈에 선하군.

케일럽 일이 힘든가 봐요. 진을 다 빼고 스트레스를 주죠. 집에 와서 멍하니 TV 보면서 와인 한 두 잔 마시며 쉬는 건 그녀의 권리죠.

데이비드 연봉을 꽤 받나 봐?

케일럽 보너스 포함해서 125,000 달러 정도. 출장으로 비행기를 많이 타서 마일리지로 휴가도 갈 수 있어요. 워싱턴 대학에서 얼마 받으세요?

데이비드 나도 그 정도지.

케일럽 125,000달러인데, 선생님은 6개월만 일하잖아요?

데이비드 일년에 두 분기만 수업이 있지. 5개월 정도라고 해야겠군.

케일럽 과제물 읽고 수업 준비를 해야 하는데, 아직도 125,000 달러예요?

데이비드 많은 것 같지 않아?

1   Billy O'reilly: 미국 폭스뉴스의 메인 앵커. 2017년 성추행으로 해고되었다.
2   Sara Lee: 식품과 가정용품을 생산하는 기업으로, 본사는 시카고에 있다.
3   Albertsons: 미국의 대형 유통업체

케일럽 그렇긴 하죠. 그런데 1996년엔 돈 문제로 고민이 많으셨잖아요?

데이비드 처음 워싱턴대학에 왔을 때, 27,000 달러였어. 워싱턴대학은 연봉이 짠 편이야. 주 정부가 예산을 삭감했기 때문이지. 내가 적절한 보수를 받게 된 건 계속 다른 학교에 채용되었기 때문이야. 이런 거지. 다른 사람이 자네를 좋아하게 되면, 자네 주가는 더 올라가게 되는 거야. 그렇게 해서 연봉도 6만 달러에서 9만 달러로 상당히 올라갔지. 그 다음 또 다른 제안을 받게 되면 9만 달러에서 11만 달러로 올라가는 식이야.

케일럽 놀랍군요.

데이비드 아내도 그러더군. 내가 세상에서 가장 쉬운 직업을 가졌다고. 근데 난 믿기지 않을 만큼 많은 일을…

케일럽 됐어요. 그건 이미 말씀하셨어요.

X 요소의 의미

케일럽 경제 전문지에서는 저자들이 어떤 회사나 주식을 홍보할 때, 기사 말미에 해당 저자 또는 저자의 고용주 또는 가족이 해당 주식을 보유하고 있는지 공시를 한다고 해요. 그래서 이해 갈등이 생겨도 투명하죠. 문학계도 그렇게 솔직해져야 해요. 문단이 문단을 칭송하고, 건설적인 비판은 없어요. 그러니 지겨운 책들도 엿 같은 칭찬 일색이죠.

데이비드 이봐, 그건 모두 알고 있어.

케일럽 데일 펙의 〈혹평*Hatchet Jobs*〉과 애니스 쉬바니의 '과대평가된 현대 미국 작가 15인' 같은 글이 더욱 필요한 때죠. 쉬바니는 줌파 라히리, 주노 디아즈, 샤론 올즈를 비판했죠.

데이비드 그 정도는 내가 받은 비판에 비하면 아무 것도 아니야.

케일럽 비판을 할 수 없다면 똥통에 빠진 거나 다름없고 그만큼 문학이 문화에서 차지하는 비중은 줄어들 수 밖에 없어요. 좋은 얘기만 하는 서평을 누가 신뢰하겠어요? 읽기나 하겠어요? 백 명이 읽는 긍정적인 서평과 천 명이 읽는 부정적인 서평 중에 뭐가 더 좋은 걸까요? 선생님도 과거엔 부정적인 서평이 아주 고통스러웠지만 이제는 신경 쓰지 않는다고 하셨죠. 오히려 친한 사람들의 무관심이 더 고통스러울 거 같다고 하셨잖아요.

데이비드 중년의 내가 갖게 된 능력은 비판을 대수롭지 않게 넘겨버리는 거야. 예전엔 말이야, [올랜도 센티널]에서 혹평을 받은 적이 있는데, 지나치다 싶을 정도로 곱씹고 곱씹었지. 지금은 말 그대로 그럴 시간도 없어. 누군가 〈리얼리티 헝거〉를 까는 6,000자짜리 비판서를 쓴다? 내 책이 그에게 깊은 인상을 줬다는 사실에 오히려 전율하겠지.

◇◇◇

데이비드 스캇은 어떻게 지내?

케일럽 〈리얼리티 헝거Reality Hunger〉⁴를 읽었다더군요. 정말 좋은 비평가예요. 소설을 좋아하죠.

데이비드 그래?

케일럽 [럼퍼스]에 실린 우리 인터뷰 서두에서 제가 물었죠. "선생님은 소설로 시작하셨죠. 결국 그게 강점이 아니란 게 드러났어요. 왜 공격하냐구요? 그건 고자가 금욕생활을 선언하는 꼴 아니예요?" 그거, 그 친구 때문이에요.

데이비드 그런 식의 비유는 너무 진부해. 난 말이야 섹스 토이와 하려고 비아그라를 먹는 사람에게 지적질하기 좋아하는 그런 류의 사람이야.

케일럽 그 비유, 얼마나 오랫동안 울궈먹은 거예요?

◇◇◇

데이비드 자네는 히피와 군인을 섞어놓은, 재미있는 캐릭터 같아.

케일럽 아버지가 일년 동안 사이공에 계셨고, 우리 부모님은 8년 동안 아시아에 계셨어요. 아버지는 예술을 전혀 이해하지 못하지만, 엄마는 창의력이 풍부하고, 약간 보헤미안적이죠. 엄마는 내가 대마초 피우는 걸 아셨는데, 아버지에겐 비밀로 해주셨죠. 아버지는 대학살 영화, 뭔가 부정적이고 기분 처지게 하는 것은 안 봐요. 아버지는 이렇게 말씀하시죠. "홀로코스트를 누가 신경이나 써? 다 끝난 일인데, 무슨 상관이냐?"

데이비드 아버님은 반지성주의자인데, 똑똑하다는 말이지?

케일럽 쿠퍼유니온 대학을 졸업하고 뉴욕 주립대학에서 공학 석사를 받았어요. 매우 체계적인 사고를 하시는 분이죠.

데이비드 어머님은 지적이셔?

케일럽 예전에는 책도 많이 읽고, 예술에 대한 관심도 높으셨죠. 이젠 다 그만두셨죠.

데이비드 부모님들은 어떤 책을 읽으시지? 집에 들렀을 때, 어머니가 뭘 읽고 계셨거든.

케일럽 아마 [피플]일 거예요. 부모님 집은 박물관이에요. 1920년 이후 발행된 [내셔널 지오그래픽]은 모두 가지고 계시죠. 백과사전이 네 질, 아마 책은 오천 권이 넘을 거예요. 세익스피어나 멜빌 같은 고전들이죠. 열 살 때 〈베어울프〉를 읽어 주셨는데 그걸 억지로 들어야 했던 게 기억나네요. 근데, 아버지는 카터 브라운의 미스터리 소설, 알리스테어 맥린의 스파이 소설, 로맨스 소설 같은 책들을 엄청나게 많이 갖고 계시죠. 로맨스 소설 중독자예요.

◇◇◇

케일럽 전 고등학교 때 미스터리, 공상과학, 스포츠 매거진만 읽었고, 집에 있는 책이나 [내셔널 지오그래픽]은 대충 훑어 봤어요. 대학생이 되어 작가가 되기로 마음먹고 나서야 비로소 책을 읽었죠. 철학, 특히 기독교에 빠져들었어요.

데이비드 자네가 쓴 책이 생생하게 떠오르는군. 세 친구, 그러니까 마크, 빈스 그리고 자네에 관한 이야기였지. 지금 생각해도 좋은 책이 될 수 있을 거 같은데.

케일럽 조금 잘못 기억하고 계신 부분이 있어요. 그건 마크와 빈스의 이야기를 토대로 썼지만, 저는 이 친구들을 아버지가 죽은 하나의 인물로 바꾸었어요. 마크와 빈스는 모두 고등학교 때 부모님 한 분씩 잃었어요. 선생님은 그때 이렇게 말씀하셨죠. "자신의 생각을 멋진 아포리즘으로 축약하는 화자의 놀라운 능력이 특히 인상 깊군. 그리고 중요한 순간들, 즉 섹스, 사랑, 마약, 종교, 자연, 죽음의 순간에는 산문이 유쾌하고, 심지어 육감적이기까지 해."

데이비드 나답게 이야기를 했군.

케일럽 1부가 너무 늘어지니까 이야기를 시애틀 장면에서 바로 시작하는 것이 좋겠다고 하셨죠.

데이비드 1부의 배경이 어디였지?

케일럽 작은 마을이었어요. 이야기는 시간 순서로 정해져 있었죠. 선생님은 아버지가 죽은 다음부터 시작하는 게 좋겠다고 하셨어요. 회상 하는 식으로 전개하길 바라셨죠.

데이비드 기억나. 내가 그 부분을 표절이라도 하고 싶었던 게 생각나.

케일럽 기꺼이 해드렸을 텐데. 그럼 "추천사 좀 써주세요"라고 할 수 있었을 테니까요.

◇◇◇

케일럽 어젯밤 새벽 4시에 잠에서 깨어 선생님의 X 요소가 무엇일 까, 생각했어요. 그리고 제 것도요. 저는 죽음, 특히 살인에 사로잡혀 있어요. 삶에서 살인 또는 누군가 죽어가는 것을 지켜보는 것보다 극적인 순간은 없어요. 근데 살인은 왜 흥 미를 불러 일으킬까요? 거기에 대한 대답을 하다 보면 고통 에까지 이르게 되죠. 그리고 우리는 거기에 적응해버려요. 어떻게 고통을 멈출 수 있을까요? 어떻게 사랑할까요? 행 응고르[5]와 디트 프란[6]은 잘 아시죠?

데이비드 물론이지. 《킬링필드의 독백》[7]에서 스펠딩 그레이는 영화 《킬링필드》에서 어떻게 응고르가 프란 역을 맡게 되었는지 이야기했지.

케일럽 이들은 모두 《킬링필드》가 죽음을 순치시킴으로써 관객 의 구미에 맞게 만들어졌다고 생각했어요. 《양들의 침묵》 에서 조디 포스터는 늪에서 나체의 시체를 발견하지만, 그 건 괜찮아요. 오락물이니까요. 그런데 〈캄보디아 오디세이A

---

5   Haing Ngor : 캄포디아 출신 미국의 의학자. 영화 〈킬링필드〉에 출연한 배우다.

6   Dith Pran: 캄보디아의 사진기자. 영화 〈킬링필드〉의 실제 주인공으로 알려져 있다.

7   Swimming to Cambodia: 스펠딩 그레이가 〈킬링필드〉에 출연했던 뒷이야기와 함 께 크메르 루주의 이야기를 들려주는 영화

Cambodian Odyssey〉읽어 보셨어요?

데이비드 아니.

케일럽 헹 웅고르가 구술 형식으로 쓴 자서전이죠. 웅고르는 임신한 여자가 건성으로 일한다면서 크메르 루주 대원이 화를 내는 걸 목격했어요. 그 대원은 단검을 꺼내서 배를 가르고 태아를 잘라내고 그걸 줄에다 걸어서 현관에 매달아 두죠. 현관 서까래에 열 댓 개의 작고 쭈글쭈글하게 오그라든 뭉치가 있었는데, 웅고르는 그제서야 그게 태아였다는 걸 깨닫게 되죠.

데이비드 할 말이 없군.

케일럽 전 대학 때 정치보다는 예술을 택했지만, 바뀌었어요. 정치, 예술, 사랑, 삶이 한 곳으로 수렴해요. 브라이언 포세트는 시아누크 왕자의 말을 음미하면서 〈캄보디아〉[8]의 끝을 맺죠. "크메르 루주는 사랑 받을 인간의 기본권을 금지했다." 이 진부하고 상투적 표현이 저의 X 요소에 직접적인 영향을 줬죠.

데이비드 내 말이 쓰레기같이 들리겠지만, 그게 문제야. 그건 너무 진부해. 그런 건 우리를 흥미로운 곳으로 이끌지 못해.

◇◇◇

케일럽 (데이비드에게 원고를 건네면서) 이건 "다.비."로 발음되는 캄보디아 여인 "다비 머스의 전기"예요. 20년째 자서전을 쓰고 있는데 최근에 도와 달라고 연락이 왔어요. 그녀는 프놈펜에 살고 있는 교사인데, 자식이 네 명 있고, 남편은 사관학교 교수였어요. 1975년 4월 17일부터 몇 주에 걸쳐 사건이 일어나죠. 우선 그녀는 남편이 트럭 뒤에 실리는 광경을 목격했어요. 그게 남편과의 마지막이었죠. 그리고 가족이 흩어졌어요. 두 아이는 이모와 어머니가 데리고 가고, 나머지 둘은 그녀가 데리고 갔죠. 아이들은 죽고 말았는데, 하나는 처형 당하고 또 하나는 독살 당하죠. 베트남이 침공했던 1979년 1월까지 가족 소식은 전혀 듣지 못하다가, 태국에 있는 난민촌으로 가서 살아남은 두 아이를 다시 만나게 되죠. 태국 군인들이 캄보디아 여자들을 강간해서, 그녀와 동생은 구멍을 파고 밤마다 숨어 있었어요. 그러다 마침내 시애틀까지 오게 되었죠. 그녀의 이야기를 보면서 이런저런 생각들이 들었어요. 왜 우리는 죽일까? 그것이 허구라고 생각하면서 왜 우리는 살인을 즐길까? 우리는 왜 연쇄 살인에 매료될까? 이렇게 매료된다면 어떤 해결책이 나오게 될까? 우리가 상상력을 통하여 공감을 키우다 보면 마침내 행동할 수 있는 곳에 이를 수 있을까?

데이비드 (원고를 보면서) 이건 내가 구상했던 이라크-아프가니스탄-

---

8   Combodia: A Book for the People Who Find Televison Too Slow: 브라이언 포세트의 소설

92

베트남 사람 아이디어와 그다지 다른 것 같지가 않은데?

케일럽 선생님 글에는 판단에 대한 망설임이 있어요. 무엇이나 유희로 바꾸어버리는 도덕적 상대주의, 결국 비도덕적이라는 인상을 줘요. 선생님은 너무 주저하고 있어요.

데이비드 자네는 나보다 훨씬 더 공적이고 정치적인 상상력을 지니고 있어. 난 말이야, 내가 어떤 상황에서 자네의 마을을 불태울 수 없는지, 그걸 알고 싶은 건데…

케일럽 전…

데이비드 내 말 마저 할게, 케일럽. 그렇다고 해서 자네가 앞장서서 바리케이드를 치는 대단한 진보주의자처럼 보이진 않아. 하지만 나보다는 자신을 정치적 참여 의식이 있는 존재로 여기는 것 같아. 좋아. 이렇게 이야기를 해야겠군. 나보다 열두 살 어리지만, 자네는 어떤 면에서는 우리 어머니, 아버지를 떠올리게 해. 잘 모르겠지만, 자넨 나를 신경질적이고, 지나치게 내성적이고, 유아론적이라고 생각하겠지. 하지만 난 자네가 극단적일 정도로 교훈적이고, 도덕주의적이고, 논쟁적이고, 독선적이고, 설교를 늘어놓기 좋아한다고 생각해. 똑바로 본 것이 아니라고? 내가 판단을 주저한다고 했지만, 이봐, 난 언제든지 무엇이든지 판단을 내릴 자세가 돼 있어.

케일럽 책, 영화, 그림 같은 주관적 취향의 문제들만 판단하시죠. 도덕적인 문제는 거부하시고요.

데이비드 사실 나는 매번 철저히 따져보고 선택한다고 생각해. 내가 누군가를 지나치게 믿는 우를 범한 적이 있다고 생각해?

케일럽 자신의 인종을 이용하는 사람들을 그리셨죠. NBA는 노예 제도를 보상해주기 위한 연극 무대라고 하셨어요.

데이비드 지금이라면 그 책을 다르게 썼겠지.

케일럽 포세트의 〈캄보디아〉에 대한 선생님의 해석은 잘못됐어요. 요약하자면, "브라이언 포세트는 병치 기법을 통해 대중문화가 크메르 루주만큼 음험하다는 것을 보여주고자 한다."고 썼죠.

데이비드 하지만 우리에게 보낸 저자의 이메일에서, 작가는 내 의견에 사실상 동의하는 것 같았어. 그게 아니라면, 그 책을 써야 할 이유가 없었겠지. 대중 미디어에 관한 우화들과 전쟁의 참상으로 각 장을 나눠가는 그 책을 달리 이해할 수는 없어.

케일럽 전 조금 전에 〈캄보디아〉를 다시 읽었어요. 선생님의 해석이 그렇게 크게 빗나가지 않았다면, 그건 선생님과 포세트가 둘 다 틀렸다는 것을 의미할 뿐이에요. 크메르 루주 시대를 살았던 어떤 캄보디아인도 맥도날드나 월마트, 텔레비전의 침공을 그렇게 끔찍하다고 생각하지는 않을 거예요. 이건 하워드 진이나 노암 촘스키의 유사품이죠. 어처구니 없는 해석이에요.

데이비드 (인용한다) "당신이 내게 정치적이냐고 물었을 때, 당신이 정말 하고 싶은 말은 '일상 생활의 비판을 정치적인 비판과 동일시하는가?'이다. 사람들이 대체로 정치적 관점이라고 여기는 것에는 의식의 정치와 인지의 정치가 결여되어 있는 것 같다. 그걸 정치라고 해야할지 나는 잘 모른다. 사람들이 보통 '정치'라고 하는 그런 류의 문제를 논의하기 전에 일상의 담론을 둘러싸고 있는 인식적, 정신적, 감정적인 혼란을 먼저 해결해야 한다. 그게 해결되지 않으면 난 그 담론들이 '정치' 근처에도 가지 못할 것이라고 확신한다."

케일럽 그건 누가 쓴 거죠?

데이비드 레덤[9].

케일럽 〈인간의 연기*Human Smoke*〉[10] 이야기를 해보죠.

도덕적 상대주의 vs 도덕적 절대주의

데이비드 니콜슨 베이커[11]는 퀘이커교에 동조하고, 기본적으로 평화주의자지. 그는 평화주의에 기여하기 위하여 가장 어려운 문제에 뛰어들게 돼. 바로 2차세계대전. 거의 모든 사람들이 나치를 저지하려는 연합군의 노력을 지지했지.

케일럽 촘스키조차도.

데이비드 어쨌든 베이커는 히틀러가 한 짓을 정당화하진 않아. 하지만 루즈벨트와 처칠이 인간의 목숨을 담보로 벌인 전쟁 도발도 함께 보여주려고 하지. 이 책은 독일인도 죽고, 일본인도 죽고, 미국인도 죽고, 영국인도 죽게 된다는 것, 그 모두가 인간 연기에 불과하다는 것을 보여주려고 해. 우리 모두는 인간이고, 우리 모두는 언젠가는 죽는다. 그런 책이야. 반론을 제기하기는 어려워.

케일럽　제가 반론을 제기할게요.

데이비드　다르게 본다고?

케일럽　베이커가 연합군의 전쟁 도발도 보여주었지만, "우리 모두는 인간의 연기다"라고 말하지는 않아요. 전쟁이 인간의 퇴락을 야기하지만, "우리는 싸워야 한다. 어떤 대가를 치르더라도 악을 저지해야 한다"고 말하죠. 그게 이 책의 메시지죠.

데이비드　그래?

케일럽　마지막 장면에서 두 독일 병사가 수용소 밖에 있어요. 공기 중에 떠다니는 재 냄새를 맡으며, "아, 인간의 연기!"라고 말하죠. 이 섬뜩한 이미지는 선생님의 억지 비유와는 모순되죠.

데이비드　그 문장에 집중하는 건 옳지만, 나는 자네가 너무 쓰여진 대로 읽고 있는 것 같아. 그게 그 책의 메시지라면, 왜 애써 책으로 썼을까? 왜 그 책이 부정적 반응을 덮어버릴 만큼 그렇게 많은 서평을 받았을까? 출처가 다른 수백 개의 문단을

9　Jonathan Lethem: 미국의 소설가. 대표작으로 〈머더리스 블루클린〉이 있다.

10　니콜슨 베이커의 논픽션으로 2차 세계대전의 다양한 자료들을 통하여 전쟁의 잔혹성을 밝혀냈다.

11　Nicholson Baker: 미국의 소설가이자 에세이 작가. 번역서로는 〈구두끈은, 왜?〉가 있다.

삽입한다는 전략 자체가 자네 식으로 읽는 것에 대한 저항 이라고 할 수 있어.

케일럽 베이커는 연합군의 도덕적 모호성을 보여주긴 하지만, 결코 2차세계대전에 대해 반대론을 펼치는 것은 아니죠.

데이비드 화로에 던져지는 유태인. 양초로 만들어지는 유태인. 그런 이야기는 백만 번은 들어봤잖아.

케일럽 600만번은 되겠죠.

데이비드 베이커는 사람들을 더 낯선 곳으로 이끌려 하고, 난 그 지점 이 좀 더 흥미롭다고 생각해. 나는 도덕적 상대주의자고 자 네는 도덕적 절대주의자일까? 결국 이 모든 게 거기서 비롯 되는 걸까?

케일럽 저도 그 문제를 두고 열심히 고민 중이죠.

데이비드 난 괴테의 이 문구가 정말 마음에 들어. "내가 직접 행하는 걸 상상할 수 없는 범죄는 하나도 없었다." 나는 말이지, 인 간 존재가 더 나아질 수 있는 길, 적어도 예술이 인간에 봉 사할 수 있는 길은 작가나 예술가가 자신도 얼마나 큰 결함 이 있는지 보여주는 거라고 생각해. 쉽게 말해, 구원으로 가 는 왕도는 자신을 가차 없이 드러낼 수 있는 예술가들이 놓 아주는 거지. 이 가차 없는 탐색을 읽는 동안 독자는 자신에 대해 놀라운 뭔가를 알게 되는 거야. 나는 우리 모두가 같은 버스를 타고 가는 멍청이들이라는 생각으로 늘 돌아가게 돼. 나야 그렇다고 믿어야 하겠지만, 내 작품의 가치는 우리

가 모두 공유하는 인간성과 그 결함을 직시하도록 도와주
는 데 있지. 도와준다기보다 강요한다는 말이 더 맞는 말일
지도 모르겠군. 세상 사람들이 하나도 빠짐없이 내 책을 읽
는다면….

케일럽이 웃는다.

데이비드 첫째, 난 〈빗속을 질주하는 법*The Art of Racing in the Rain*〉을 썼
던 자네가 아는 그 작가보다는 부자가 되었겠지.

케일럽 가스 스타인[12]…

데이비드 …그 작품 아주 좋았어. 둘째, 하느님께 맹세컨대, 사람들은
서로 죽이려고 돌아다니지는 않을 거야. 왜냐하면 악이 "저
기에 있다"는 생각을 더 이상 하지 않으니까. 프랜즌[13] 따위
는 내 안에서 지워버리는 게 너무나도 중요한 이유야. 그가
쓴 건 전부 자신의 내면을 들여다 보는 것을 포기하고 다른
곳, 바로 저기, 저기 옆에 있는 어둠과 그림자를 모두 다 찾
아내려고 하거든.

케일럽 내 안에 악이 있는 게 아니고.

데이비드 맞아.

---

12 Garth Stein: 미국의 소설가. 번역서로는 〈엔조〉, 〈빗 속을 질주하는 법〉이 있다.
13 Jonathan Franen: 미국의 소설가. 번역서로는 〈인생수정〉, 〈자유〉가 있다.

케일럽 평범한 사람이 악해질 수도 있죠. 볼테르가 말했죠. "부조
리를 믿게 하는 자들은 잔혹한 행동을 저지르게 할 수도 있
다." 스탠리 밀그램[14]은 자신의 실험에 느낌표를 더했어요.
아 네네 사람들은 이런 겁니다. 보통 사람들은 권위에 굴복
하고 소시오패스가 되어버린답니다.

데이비드 맞아. 근데 프랜즌은 도덕적 오만에 빠져 있어. 나에겐 완전
밥맛이야. 전성기의 월리스는 가혹할 정도로 스스로를 채찍
질하면서 언제나 자기 내면 깊은 곳으로 파고 들어가려 했
지. 우리가 스스로를 더 잘 이해할 수 있도록 말이야. 정말
어마어마한 성취인 거지.

◇◇◇

데이비드 난 자네 옛날 선생이고 자네에 비하면 자리 잡은 기성 작가
지만, 자네는 나보다도 훨씬 더 강한 자기 확신을 가지고 있
는 것 같아.

케일럽 아내는 날 '확신 없음'의 왕이라고 해요.

데이비드 자네가?

케일럽 전 그다지 확신에 차 있지 않지만, 무언가 말할 때 의심하
면서 끝없이 단서를 달지는 않아요. 내적으로는 확신이 없
어요.

데이비드 그건 좀 안심이군. 그래야 내가 작가로서 자네를 훨씬 더 신
뢰할 수 있어. 이건 그레이엄 그린이 한 말인데, "확신하지

못 할 때, 우린 살아있는 것이다."

케일럽 그린은 어떻게 생각하세요?

데이비드 그는 선과 악이라는 이원론적 우주관을 가지고 있어.

케일럽 선생님이 너무 확신하는 것 같은데요.

◇◇◇

케일럽 토니 모리슨이 전미도서상 후보지명은 되었지만 수상하지 못 했을 때, 심사위원에게 "내 인생을 망쳐줘서 고맙군요"라고 했다던데 사실이예요?

데이비드 옛날 우리 은사님께서 말씀해 주셨지.

케일럽 모리슨답지 않네요.

데이비드 그게 왜 모리슨답지 않다는 거지? 그녀도 다른 사람하고 다를 게 없다고.

◇◇◇

데이비드 자넨 무신론자야?

케일럽 스스로는 아인슈타인적인 불가지론자라고 생각해요.

데이비드 난 무신론자야. 내일 번개를 맞고 생각을 바꿀 수는 있겠지만, 우린 여기 지구에 살고 있는 동물이고 사향쥐보다는 진

---

14 Stanley Milgram: 미국의 사회 심리학자. 일명 '밀그램 실험'으로 악의 평범성을 밝혀낸 것으로 유명하다.

화했지만 본질적으로는 별반 다르지 않다고 생각해. 가톨릭 신자인 내 친구 로버트는 자신의 유일한 관심은 종말신학이라고 말하지.

케일럽 똥을 연구하나요[15]?

데이비드 분변학이 아니라 종말신학.

케일럽 헐.

데이비드 도스토예프스키는 끊임없이 질문하지. "신이 있을까?" "신이 없다면, 우리는 어떻게 도덕적 삶을 살아가지?" "죽은 뒤에는 어떻게 될까?" 이건 유치한 질문이야. 난 오히려 우리가 살인하는 이유에 대해 이야기를 나누고 싶어. 힌두교의 신과 잉카 신은 뭐가 다를까? 모두 속고 있는 거야. 버트란트 러셀이 이걸 뭐라고 한 줄 알아? 천상의 찻주전자. 이 찻주전자가 마법을 부린다고 믿고 싶다면 좋다 이거야. 하지만 커튼봉에 신성이 깃들어 있다는 믿음과 마찬가지로 의미가 없다는 거지.

케일럽 난독증적 불면증적 불가지론[16]에 관해 들어보셨어요?

데이비드 들어본 것 같지만 정확한 뜻은 잊어버렸어.

케일럽 밤새도록 자지 않고 개가 있는지 없는지 생각하는 거에요.

◇◇◇

케일럽 가족 모임에서 절 맥주나 좋아하는 바보 명청이로 생각하나 봐요. 사고 뭉치에다, 물건을 쏟고, 접시를 깨뜨리고, 스포츠만 좋아라 하니까요. 선생님은 어떤 류의 가식이 있어요. 예술가니까 당연할지도 모르죠.

데이비드 글쎄, 그렇겠지. 난 매우 가식적이지만 속물은 아니야.

케일럽 〈검은 행성*Black Planet*〉[17]이란 책에서 선생님은 속물이셨죠. 시애틀 소닉스의 농구 시즌권을 가지고 계셨는데, 함께 갈 사람이 없었죠. 사람들에게 그걸 알렸고, 헨리가 티켓 6장을 사겠다고 제안했죠. 그런데 선생님은 헨리가 엘마 레인즈 볼링장에서 일을 했다는 이유로 그의 제안을 일축해버렸죠. "나는 속물이다."라는 문장으로 시작하는 글을 쓰기도 하셨죠. 좋은 기회를 놓친 거죠.

데이비드 알아. 동의해.

케일럽 헨리가 바로 이 세계죠.

데이비드 결과가 나빴으면 더 좋았을 걸. 두 시간 동안 우린 고통스러울 정도로 상상력이 결여된 대화를 하고 있군.

케일럽 다시 말하지만 마치 헨리가 아무 것도 이해할 수 없는 사람인 것처럼 무시해 버렸죠. 이런 걸 보면서 선생님이 "바닥"에 있는 사람들을 이해하려는 마음이 있기나 한 건지 의심이 들

---

15 Eschatology(종말신학)과 scatology(분변학)의 발음을 가지고 말 장난을 하고 있다.

16 Dyslexic, Insomniac Agnostic: 미국의 조크로, 잠을 못자고 신을 믿지 못하는데 난독증에 걸려 있으므로, 통상 밤새도록 자지 않고 god(신)이 아닌 dog(개)가 있을까 없을까 고민하는 사람을 일컫는 말

17 2006년에 출간된 데이비드 실즈의 책

어요. 기초 생필품, 음식과 거처, 생존을 위해 투쟁하는 60-70%의 인류를 잊어버리는 거죠. 그 사람들이 책을 읽지 않는 데는 나름의 이유가 있어요. 미국에서조차 많은 사람들이 읽을 줄 알고, 읽고 있지만, 많은 사람들이 문학 작품은 읽지 않죠. 모두 멍청이는 아니에요. 데이비드 실즈가 자기들과 어울릴 것도 아닌데, 왜 그의 책을 읽을까요? 카지노에 가 보세요. 그리고 사람들이 슬롯에 동전을 넣는 모습을 보세요. 싸구려 술집도 한 번 가보시고요.

◇◇◇

케일럽 아내는 내가 포르노를 좋아하지 않는 게 마음에 든대요.

데이비드 포르노 좋아하지 않는 남자도 있어?

케일럽 좋아하지 않는다는 말은 아니에요. 매혹을 느끼죠. 전 에로틱한 이미지는 즐겨 봐요. 하지만 포르노를 반대한다고 주장한 적도 있었죠. 캄보디아에서 매춘은 라스베가스와는 많이 달라요. 저는 모든 인간들은 자신만의 심연을 추구할 자유가 있어야 한다고 생각해요. 자기 밖의 세상에 해를 끼치지 않는 한 어떤 것도 허용될 수 있어요. 포르노에도 적용하려고 하죠.

데이비드 아내는 자네가 포르노를 좋아하는지 싫어하는지 어떻게 알지?

케일럽 제 아내니까요. 전 포르노가 없어요. 홍콩에서 구한 중국어판

[플레이보이]가 열 권 정도 있긴 해요. 그건 거의 30년이 된 건데. 어머니가 홍콩에 마지막으로 머물렀을 때 사신 거죠.

데이비드 그게 다라고?

케일럽 어머니 것이죠. 어머니 소유의 책이에요.

◇◇◇

케일럽 조쉬 루크 때문에 매리너스 야구 경기는 더 이상 안 봐요.

데이비드 아내를 폭행했던 친구?

케일럽 그건 홀리오 마테오고, 방출됐죠.

데이비드 여자아이를 강간한 친구?

케일럽 강간으로 기소되었죠. 루크의 DNA가 항문에서 검출되었어요. 사람들은 잘 모르지만 형량이 좀 낮은 "폭행 납치"를 인정하고 복역했죠. 그는 마이너리그에 있었고, 만약 그를 메이저리그로 올리면 매리너스와는 끝이라고 아내에게 말했어요. 그런데 메이저리그에 올라왔고, 그래서 전 그럴만하다고 생각해서 야구하고 끝을 냈죠. 시애틀로 돌아온 첫 해는 야구를 한 게임도 보러 가지 않았어요.

데이비드 항문 강간 이야기는 어떻게 나왔지?

케일럽 인터넷에서 봤어요.

데이비드 그렇게 대단한 선수야?

케일럽 153km짜리 공을 던지고, 잠재력이 있어요. 젊기도 하고요.

데이비드 구원 투수?

- 104

케일럽 네.

데이비드 사람들이 그걸 어떻게 정당화시켰는지 모르겠네. "기회를
한 번 더 줍시다." 이런 거?

케일럽 매리너스는 그와 계약했던 스카우터를 잘랐죠.

데이비드 그게 스카우터의 잘못이야?

케일럽 루크의 공식발표는 대충 이랬죠. "저의 실수였고, 제 변호사
와 말씀하십시오."

◇◇◇

데이비드 〈전락The Fall〉에는 전쟁 기계에 둘러싸여 있으면서도 모든
인간들을 받아들이고 사랑하는 프랑스인이 등장하지. 어느
날 문을 열고 나갔는데 배에 칼을 맞고 말아. 이어서 카뮈는
처형할 아이를 선택해야만 하는 여인을 묘사하지.

케일럽 스타이런이 〈소피의 선택Sophie's Choice〉을 쓴 게 언제죠?

데이비드 〈전락〉이 나오고 20년 뒤에. 난 〈소피의 선택〉 전부보다 〈전
락〉에 나오는 몇 문장이 더 나아. 카뮈가 묘사한 그 단락에
서 모든 것을 알게 돼. 400페이지짜리 〈소피의 선택〉은 필
요 없어. "멍청이를 쏴버렸다"고 떠벌렸던 그 학생이 말하길
자기 이야기를 하려면 책 한 권은 될 거라고 하길래, "한 줄
로 써봐"라고 해줬지.

케일럽 책 한권까지는 못 되어도, 한 줄보다는 많을 걸요. 감방 생
활은 확실히 극적일 거예요.

데이비드 감방 생활의 어떤 점에 흥미를 느껴?

케일럽 시간을 때우는 거죠. 그다지 사색적이지 않은 사람들이 갑자기 할 일이 없어지면서 삶, 죽음, 범죄, 처벌, 가족, 고통 따위를 생각하게 되죠. 감방에 있는 사람들은 누구나 자기 이야기가 있어요. 살인, 사형, 속죄, 재범, 정의 등을 생각하는 거죠.

데이비드 감방에 온 사람들 모두가 누구를 쏴 죽인 건 아니지. 부도수표 끊었다가 잡혀온 사람도 있을 거고.

케일럽 감옥에 간 래퍼 이야기 들어보셨어요?

데이비드 이런.

케일럽 《라임과 처벌*Rhyme and Punishment*》18

◇◇◇

케일럽 전 사형에는 반대예요. 그런데 조건이 있어요. 전 로커비 사건19의 폭파범을 8년 후에 풀어주는 데는 더 더욱 반대예요. 스코틀랜드 수상은 범인이 말기 암에 걸렸다고 석방했어요. 그게 "인도주의적 행동'이었다는 거죠. 그는 리비아에서 영웅으로 살다 죽었어요. 그건 모든 희생자들에겐 잔인하고

---

18 도시 범죄의 힙합에 대한 영향을 그린 다큐멘터리 영화로 2011년에 개봉되었다.

19 Lockerbie Bombing: 1988년 12월 21일 런던 히드로 공항을 출발, 뉴욕으로 향하던 팬암항공 소속 보잉 747기가 스코틀랜드 로커비 상공에서 공중 폭발, 270명이 숨진 참사사건. 이 참사는 최악의 항공기 사고이자, 뉴테러리즘의 시초로 일컬어진다.

비정상적인 조치였죠. 70여 명을 죽인 노르웨이의 안데르스 브레이비크[20]는 20년 후에 가석방을 받을 가능성도 있어요. 종신형이 사형보다 낫지만, 사형이 안데르스 브레이비크 같은 놈들을 석방시키는 것보다는 나아요.

데이비드 자, 그럼 우리 중에 누가 도덕적 상대주의자인 걸까?

◇◇◇

케일럽 (DVR에 대고) 금요일, 정오 무렵, 점심 먹으러 스카이코미시 마을로 이동 중.

데이비드 캄타와 부인은 둘째 아이를 낳으려고 해?

케일럽 처음에는 그럴 생각 없더니, 요새는 하나 봐요. 와이프가 서너 살 연상이니 아마 마흔 하나쯤 됐을 거예요.

데이비드 불교신자인가?

케일럽 캄타는 그저 그런 불교신자죠. 아내 줄리는 여행을 다니면서 라오스 문화에 관심을 가졌지만, 그렇다고 그게 캄타와 결혼한 것과는 무관하고요. 캄타가 라오스를 떠났을 때는 일곱 살이었죠. 그러다가 난민촌에 머물면서 쿠퍼빌 감리교회의 후원을 받게 된 거죠.

데이비드 줄리의 직업은 뭐지?

케일럽 사진가예요. 백화점 같은 데에서 일하다가, 지금은 맥코드 공군기지에서 큰 프로젝트를 맡아서 작업을 해요. 페루에 가서 아이들 사진으로 멋진 콜라주 작품도 만들었죠… 여기가 어제 밤에 왔던 마약 제조실이군요.

데이비드　살벌하군.

케일럽　완전 돼지우리죠. 선생님도 이런 곳에서 머무르고 싶지 않았겠죠.

데이비드　난 어디에서도 살 수 있어.

◇◇◇

데이비드　수잘로 도서관에서 낭독회 할 때, 자네를 못 알아봤지. 15년 정도는 만나지 못 했으니까.

케일럽　1997년부터 2008년까지 17년간이죠! 이메일만 몇 번 주고받았어요.

데이비드　자네의 그 짙고 긴 머리가 어깨까지 내려왔던 것이 기억나. 아주 인상적이었지. 헤비메탈 드러머 같아 보였거든. 난 늘 그게 자네 모습의 큰 특징이라고 생각했었어. 해마다 앞머리가 점점 빠져가는 사진을 자네 집에서 볼 때 정말 재미있더군. 언제 대머리 클럽에 가입하게 됐지?

케일럽　십 년쯤 됐죠. 갤러거[21]처럼 보이고 싶지는 않았어요.

데이비드　긴 머리 대머리. 알아들었어. 우스꽝스럽지.

케일럽　머리를 짧게 해도 바보 같아요. 유대인들이 쓰는 모자 같으

20　Anders Breivik: 2001년 여름 노르웨이 우토야 섬에서 노동당 캠프에 모인 청소년들을 향해 총기를 난사해 77명의 목숨을 앗아간 극우주의자

21　Liam Gallagher: 그룹 오아시스의 리더, 리암 갤러거를 말한다.

니까요.

데이비드 밀어버리면 돼. 그냥 자네의 현재 모습과 나이를 받아들이면 되지.

케일럽 그게 더 쉽죠.

데이비드 난 삼십 대에는 괜찮아 보이려고 세심하게 머리를 다듬고 다녔는데.

케일럽 전 이십 대 후반부터 머리카락이 빠지기 시작했어요. 긴 머리는 여자 꼬시는 데에는 소중한 자산이죠. 긴 머리가 열 명의 여자를 쫓아 보내기도 하지만, 꼭 한 명은 그 머리에 넘어오거든요. 아내가 긴 머리 시절 저를 만났다면 두 번 다시는 보지 않았을 거라고 하더군요. 밀어버리는 것도 데이트 세계에서 대머리 남자가 선택할 수 있는 다양한 옵션 중 하나죠. 단, 머리가 감자처럼 생기지만 않았다면 말이죠.

데이비드 선택할 수만 있다면, 풍성한 머리 쪽이지. 대머리는 나이 들어 보여. 우리 집사람이 좋아하는 사람들은 머리가 대부분 길어. 캣 스티븐스. 제임스 테일러, 토드 런그렌, 테일러 키치.

케일럽 테일러 키치요?

데이비드 《프라이데이 나잇 라이트》에 나오는 꼬마. 솔직히 내 생각에는 별로야. 난 1997년, 사십 대 초반에 머리를 밀었지.

케일럽 전 서른이 됐을 때부터 정기적으로 머리를 민 것 같아요.

데이비드 난 거의 이틀에 한 번 꼴로 밀어.

◇◇◇

데이비드 여기가 스카이코모시의 작은 마을이라는 거야?

케일럽 벌링튼 노든이라는 철도회사에서 기름인가 오염물질인가를 지하수원에 누출시켰어요. 그래서 온 마을을 다 파헤쳤죠. 식당이 두 군데 있는데, 한 곳만 항상 문을 열고 있어요. 저기 보이는 풀이 난 곳이 6미터 깊이의 구덩이가 있던 자리죠.

데이비드 모든 집들을 그냥 들어올려 옮긴 거야?

케일럽 아니면 밀어버렸겠죠. 건축구조 엔지니어들이 그걸 다 해결해야 했죠.

(기차 기적 소리)

데이비드 기차가 끝없이 길어질 수가 있을까?

케일럽 다섯 량이 될 수도 있고, 백 량이 될 수도 있겠죠. 바로우는 아내 킴, 아들, 개와 함께 산 아래쪽 철로에 차가 걸친 적이 있었는데, 주변에 신경을 쓰지 못 했어요. 차의 오디오가 너무 시끄러워서 기적 소리도 듣지 못했죠. 기차가 트럭의 화물칸을 긁고 갔고, 개는 즉사했어요.

데이비드 자네 친구들도 참 어지간하군.

케일럽 캄타와 나는 철로에 올 때마다 소리를 질러요. "바로우! 바로오오오우!"

데이비드 캄타가 건망증이 있어?

케일럽 사람들은 잘 모르지만, 주의력 결핍증이죠. 항상 들떠있고 다른 곳에 정신이 팔려 있어요. 내가 전화를 하면, 항상 "난 지금 바빠. 조금 있다 바로 전화할게."라고 해요.

데이비드 개 말고 다친 사람은 없었어?

케일럽 아내 킴과 아들이 헬리콥터로 하버뷰에 실려갔죠. 정신적인 충격 때문에 6개월간 출근도 못했죠. 아들은 그냥 타박상만 입었어요.

데이비드 바로우는 안 다쳤어?

케일럽 조금 긁혔죠. 병원에도 안 갔지만, 이 사건은 결정타가 되어버렸어요. 킴이 떠나버렸거든요. …다 왔어요. 여기가 캐스캐디아 여관이에요.

◇◇◇

데이비드 아내는 '세포 문제'로 늘 고민하고 있지. 정기 조직 검사, 형성 장애가 아닐까 하는 두려움, 세포의 회복 메커니즘 같은 건데 얼마나 걱정하고 있는지 나에겐 말을 안해. 오히려 내가 묻고 싶어 하지.

케일럽 선생님이 이야기해주기를 은근히 바라는 건 아닐까요?

데이비드 내가 물어보긴 했지만, 그녀는 존 웨인 같아. 강인하고 말이 없는 타입.

케일럽 사모님은 괜찮으신 거죠?

데이비드 우리는 그렇게 생각해. 지금 그녀는 건강 중독자야. 자네 아내의 건강은?

케일럽 아이 세 명을 낳았고, 유산을 세 번 했죠. 사실상 5년 이상을
        임신 상태로 있었던 셈이죠. 내가 보기엔, 그래도 여전히 아
        름다워요. 산책도 좋아하고 집에서 에어로빅 비디오를 보면
        서 운동도 해요.

데이비드 집에 갔을 때 침대에서 뛰었던 애가 누구지?

케일럽 지아요. 걔가 둘째예요.

데이비드 정말 귀여웠어. 다른 아이들은 어때? 성격이 유순해?

케일럽 전 로또 세 번 당첨된 거나 다름 없죠. 선생님께선 부모가
        되고 첫 이 년 동안 괴로웠다고 말씀하셨죠?

데이비드 좀 힘겨웠지. 자넨 그렇지 않았어?

케일럽 힘들었냐고요? 조금 힘들긴 했지만, 나쁜 게 하나 있으면
        좋은 게 서너 개는 있었어요.

                          ◇◇◇

데이비드 수영장에서 다이빙할 줄 알아?

케일럽 그럼요.

데이비드 난 한 번도 그걸 배울 생각을 못 했어.

케일럽 다이빙 못 하시나요?

데이비드 할 수는 있지만 그냥 배치기지.

케일럽 다이빙대에서는 한 적이 없으시겠네요?

데이비드 창피하지만 해본 적 없어.

케일럽   그냥 점프해서 머리부터 집어 넣으면 돼요. 번지 점프 장면 하나 보여드릴게요.

데이비드   자, 여기 노트북.

케일럽   유튜브. 짐바브웨 빅토리아 폭포. 잠깐만요. (동영상을 튼다)

데이비드   무서웠어?

케일럽   겁을 먹고 꽁무니를 뺄까 봐 그게 더 무서웠죠.

데이비드   다시 일어서는 건 어떻게 하는 거지?

케일럽   두 번째 사람이 윈치를 타고 내려와서 걸쇠를 걸면 몸이 똑바로 서게 되는 거죠.

데이비드   그걸 해냈을 때 자랑스러웠어? 뭔가 배운 게 있어?

케일럽   공포를 정복하는 것. 다 헛소리일 뿐이죠.

데이비드   어떻게 뛰어내릴 결심을 했지?

케일럽   그 전날 결심을 하고, 등록하고, 90 달러를 냈어요. 하지 말까 생각도 해봤는데, 어쨌든 두 가지 선택 중에서 전 점프를 하기로 했죠. 진행자가 카운트다운을 했어요. "다섯, 넷, 셋, 둘, 번지!"

데이비드   그 장면 다시 한 번 볼 수 있어?

케일럽   그럼요. (다시 튼다.)

데이비드   자네 몸과 가슴 속에 뭐가 들어 있는지 상상하기가 어려워. 어떻게 그걸 통제하는지 모르겠어. 아주 안도감을 느꼈을 것 같아. 하고 나면 저렇게 매달려 있어야 해?

케일럽   5분 정도 거꾸로 매달려서, 진행자가 윈치를 내려 줄 때까지

기다리는 거죠. 다시 올라가는 동안 그는 자신의 생명을 거는 값으로 하루에 1달러씩 받는다고 하더라고요.

◇◇◇

케일럽 우리 처제 트레이시가 야한 농담 하는 비디오 보실래요?

데이비드 어떤 건데?

케일럽 좋아요. 상황을 말씀 드리죠. 지난 5월이었어요. 처제 결혼식이 있어서 멕시코에 갔는데, 저녁 먹다가 농담을 했죠.

유튜브 비디오

케일럽: 조명, 카메라, 액션!

트레이시: 여자애들이 왜 그렇게 수학에 약한지 알아?

얀 (장모): 여자애들?

트레이시: (검지와 엄지를 5센티미터 정도 벌리고) 남자들이 이걸 20 센티미터라고 계속 우기기 때문이지.

일동: (웃음)

데이비드 아내하고 처제는 잘 지내?

케일럽 절친이죠. 아내는 친구가 세 명 있어요. 장모님, 처제, 그리고 제 여동생. 처제랑 늘 붙어 다니죠.

여종업원 (데이비드에게 영수증과 신용카드를 주면서) 여기 있습니다. 이건 우리 거고, 이건 손님들 기념품입니다.

데이비드 고맙습니다.

여종업원 천만에요.

    (종업원이 간다.)

데이비드 다시 점심이나 저녁 먹으러 마을로 올 거면, 여기로 올 거
지? 여기 마음에 들어. 직원이 정말 친절하군.

◇◇◇

데이비드 여종업원이 말했던 "우리 할머니가 만든 것 같은 파이", 미
국 국기가 걸려 있고 경례하는 군인 그림이 보이고 밖에는
오토바이가 말처럼 서 있어. 그 모든 게 정말 마음에 들어.

케일럽 여기가 선생님 집이라고 상상해 보세요.

데이비드 그래 한 번 해 보자구. 이웃에 사는 샌디는 60대 변호사지.
딸이 레즈비언 파트너와 동거하고 있는데, 인디애나주 블루
밍튼에서 아이 한 명을 키우고 있지. 샌디는 집을 팔고 거기
로 이사 가서 할머니가 되려고 해. 또 상상해볼게. 우리 딸
나탈리가 인디애나에서 살면서 가족을 부양하게 되어서 나
와 아내가 딸 아이 집 근처로 이사가야 한다면, 난 좋을 것
같아. 마음 속 한 편에는 뉴욕을 너무나 갈망하는 척 하지
만, 실제로는 그렇지 않아. 난 믿을 수 없을 정도로 단순한
사람이거든. 여긴 아름다운 시골이야.

◇◇◇

케일럽 율라 비스는 〈무인지대로부터의 노트Notes from No Man's Land〉
를 앞으로 태어날 아들에게 헌정했어요. 인터뷰를 마치고
잡담을 하면서 그녀에게 아들이 있는지 물어봤어요. 있다고
하더군요. 둘째를 가질 거냐고 물어봤어요. 갖지 않을 거 같
더군요. 그녀는 노스웨스턴에서 교수를 하고 있고, 글 쓸 시
간이 없어질까 봐 걱정했어요. 작가가 성공할수록 다른 데
는 시간을 덜 쓰게 되더라고요. 저는 제 작품을 위하여 그만
큼 희생을 할 수 있을지 모르겠어요. 출판, 사람들의 관심,
성공, 이런 것들이 선생님의 삶을 어떻게 바꾸었죠?

데이비드 솔직히 말해서, 여태까지 난 "성공했다"고 느껴본 적이 없
어. 어떤 책이든 성공한다는 보장이 없지.

케일럽 율라처럼 전미도서비평가협회 상도 받으셨잖아요. 다음 책
은 확실히 보장받으신 거잖아요?

데이비드 그렇지 않아.

케일럽 선생님께선 보장이 없다고 말씀하지만, 제가 정말 보장이
없는 게 어떤 건지 말씀드려 볼까요?

데이비드 아내와 내가 둘째 가지는 것으로 싸웠을 때, 책을 네 권 냈
어. 〈리모트Remote〉22가 막 나왔지. 〈리모트〉가 세상에 불을
질러 놓은 것 같지는 않았지만, 꽤 주목을 받았어. 워싱턴 대

학에서 정년 보장을 받고 부교수가 되었지. 나의 일을 찾아
낸 거야. 당시 〈검은 행성〉 작업을 하고 있었는데, 내 생각으
로 인간은…

(기적 소리가 울린다)

데이비드 바로~우~! 이기적이라는 생각이 들더군. 모든 것이 이기적
이야. 자네가 만약 아이가 넷이라고 해도, 그건 자신을 위한
거지. 자네가 그 아이들을 위해 뭔가 한다면, 결국 자기 성취
를 위해서 하는 거란 이야기야. 난 그래도 괜찮다고 생각해.
그런 것 같진 않은데, 내가 이기적이라서 아내를 실망시킨
걸까?

케일럽 아이들이 세상에 올 때 환영받기를 원하시죠?

데이비드 물론 그렇지. 둘째를 가졌더라면, 분명 우리 삶이 더 복잡해
지고 더 즐거웠을 거야. 내 결정은 돈 문제 때문이었어.

케일럽 앞으로 125,000 달러를 벌 거라는 걸 알았더라면…

데이비드 당시 약 35,000 달러 정도 벌었고, 집사람이 25,000 달러를
벌었어. 난 나탈리 교육비라도 댈 수 있기를 원했어. 아, 여
기가 어제 말했던 마약 제작소 같다는 곳이군.

◇◇◇

데이비드 건설업에서는 코카인이 어떻게 직업병이 될 수 있는지, 그걸
이젠 알겠어.

케일럽   전 쿠퍼빌에서 온 녀석과 스노호미시에서 함께 일을 했는데, 그 녀석은 받는 돈의 거의 전부를 코카인 사는데 써버렸어요. 일할 때도 약을 했죠. 하지만 똑똑한 친구였어요. 저는 대학을 다녔고, 졸업할 때까지 그가 작업 반장이었는데, 거기에서 가장 어린 친구였죠. 하지만 약을 너무 좋아했어요. 필로폰에 빠졌죠. 지금은 먼로에 수감되어 있어요. 바로우는 그런 식의 문제에서는 벗어났어요...오, 여기 바로우의 지도가 있네요. 보자, 2번 고속도로… 이 길을 따라가면 도로시 호수가 나와요.

데이비드   차로 갔다가 하이킹을 해야겠지?

케일럽   비포장도로가 11 킬로미터이고, 그 다음에 한 시간 하이킹을 해야죠. 여기 워싱턴주립공원 입장권이에요.

데이비드   코스가 힘들어?

케일럽   오르막과 내리막이 많죠.

데이비드   그건 괜찮아.

케일럽   남자들의 하이킹!

데이비드   걷는 길만 1.6 킬로미터?

케일럽   3 킬로미터요.

데이비드   기본적으로 내 허리 때문에 많이 굽힐 순 없지만, 탐험을 해보고 싶어.

◈◈◈

미국 산림청 관할 비포장도로를 매우 느리게 달린다.

케일럽   그걸 뭐라고 하죠?

데이비드   데우스 엑스 마키나Deus ex machine—기계에서 내려온 신이란 뜻이지. 고대 그리스 연극에서, 신은 무대 위쪽에서 내려와 사람들을 구하지.

케일럽   때로 아내와 텔레비전을 보면서, 데우스 엑스 마키나가 혼란한 세상을 구해내서 작가의 꽉 막힌 이야기를 해결해줄 때마다 그걸 지적해요. 그러면 집사람은 입 닥치고 텔레비전이나 보라고 하죠. (전화가 울린다) 악마와 통화하시죠.

◇◇◇

케일럽   어제 어머니가 선생님을 안아 주셨죠?

데이비드   그걸 꽤 좋아하시는 것 같던데.

케일럽   아내의 부모님이 이혼하고 재혼하셔서, 장인이 두 분이에요. 저희 어머니가 안으면 두 분은 기겁을 해요.

데이비드   그 정도 재량도 허용하지 않으시다니….

케일럽   아직도 안아주신다고 하면 두 분은 기겁을 해요.

부시, 오바마, 미국의 전쟁

케일럽   조지 부시는 사실 악마는 아니에요.

데이비드 악하지 않다고?

케일럽   악마는 아니라고 생각해요.

데이비드 부시가 이라크에서 한 일이 악하지 않다고 생각해?

케일럽   선생님은 체니가 훨씬 더⋯

데이비드 물론이지.

케일럽   친구 빈스와 조지 부시에 대해 이야기를 한 적이 있는데, 누 구나 아는 것들을 열거하더군요. 대량살상무기의 부재, 석 유, 할리 버튼, 아버지에 대한 복수, 그런 걸 열거한 뒤에 사 형에는 반대하지만, 조지 부시가 암살 당하는 건 보고 싶다 고 하더군요. 그게 참 이상했어요.

데이비드 난 부시가 자신이 한 짓이 얼마나 끔찍한 것인지 깨닫게 되기 를 너무나 간절히 원했어. 난 말이지 〈체크포인트Checkpoint〉 를⋯

케일럽   〈체크포인트〉요?

데이비드 부시가 암살 당하는 니콜슨 베이커의 판타지 소설이지. 난 소설 말미에 부시가 죽기를 원했어.

케일럽   힐러리 클린턴도 승인했죠. 미국 혼자 한 게 아니에요. 다국 적 결정, 많은 국가들이 승인했거든요.

데이비드 그렇지 않아.

케일럽   부시는 많은 것을 의미하지만, "악마"는 아니에요.

데이비드 아니야. 악의 화신이야.

케일럽   책 어딘가에서 선생님은 부시를 함께 비행기 타기 좋은 인물로 묘사했어요.

데이비드 난 그저 다른 누군가가 부시의 호감적 면모를 찾아냈다고 말했을 뿐이고, 책의 다른 장에서는 그의 사소한 성격 결함과 나의 결함 사이의 연관성을 찾아보려고 했지. 문학적 제스처야… 자네 이 산들 이름을 알아? 너무 아름답군.

케일럽 지도를 봐야겠군요.

데이비드 수만 명의 이라크 민간인을 죽였는데, 어떻게 조지 부시가 악하지 않다고 하는지 알 수가 없군. 이라크 전쟁이 정당화될 수 있다고 생각해?

케일럽 이라크 전쟁을 지지한 힐러리 클린턴도 악한가요?

데이비드 자네 말은 알겠지만, 어떤 점에서 그렇다는 거지?

케일럽 조지 부시가 악마가 되기 위해서는 그가 절대적인 확신을 가지고 모든 것이 허수아비 논증[23]이었음을 알고 있었다고 가정해야만 해요. 어떤 보좌관이 말하길, "대통령님, 무기를 찾지 못 했습니다." 그러면 부시가 이런 식으로 말해야겠죠. "이라크와 전쟁을 하려면 거짓말을 해야겠군. 그리고 난 이라크 민간인이 몇 명 죽는지 그건 상관 안 해."

데이비드 그게 실제로 일어났던 것과 비슷하다구. 물론 그렇게 명시적으로 정확하게 써낼 수는 없지만 말이지. 자네도 (부시 행정부가 백안관 기자단 만찬용으로 만든) 그 웃긴 동영상을 봤을 거라고 생각해. 부시가 대량살상무기를 찾으려고 하지만 실패하고 마는 그 동영상 말이야. 옷장을 뒤지며, "여긴 대량살상무기가 없어요." 침대 밑을 보면서, "여기도 무기라고는 없어요." 하하. 자네는 부시 쪽에는 최소한 의도적 태만의 책임이 있다고 생각지 않아? 911이 일어났을 때, 부시, 체니, 럼스펠드가 CIA로 가서 실제로 이렇게 이야기하지. "이 사건과 사담이 연계되었다는 증거를 찾아와. 그것만 찾으면 돼." 부시가 양심이 없다는 게 너무 분명해 보여.

케일럽 부시가 사이코패스라고 생각하세요?

데이비드 내가 책에서 부시 편을 썼던 건 날마다 나를 완전 미치게 하는 인물을 이해하기 위한 의식적 노력이었어. "나와 부시 사이에 어떤 연결고리가 있을까?" 라고 자문해봤어. 왜냐하면 그는 자신이 만든 금빛 새장 밖에 있는 사람들과는 어떤 관계도 맺을 수가 없거든. 부시가 너무나도 비도덕적인 정치인이라는 점에는 자네도 최소한 동의하지 않아?

케일럽 그의 도덕적 성격에 대해서는 모호하고 의심스러운 점이 있죠.

데이비드 자네 부시 찍었어?

케일럽 고어, 케리, 오바마.

데이비드 부시가 단지 누군가에 의해 잘 못 엮인 걸로 생각하는 군?

케일럽 난 그가 진심이었다고 생각해요.

---

23 일명 허수아비 때리기 오류. 상대방의 입장과 피상적으로 유사하지만 사실은 비동등한 명제(즉, "허수아비")로 상대방의 입장을 대체하여 환상을 만들어내고, 그 환상을 반박하는 것이다.

데이비드 칼라 파예 터커[24]를 기억하나?

케일럽 부시가 주지사였을 때 사형 당했죠.

데이비드 부시가 질문을 받았지. "칼라 파예 터커가 당신과 이야기를 한다면 무슨 말을 할 거라고 생각하십니까?" 부시 대답, (콧소리로) "도와주세요, 도와주세요!" 그것도 나에겐 사악했어.

케일럽 그 사건을 잘 아시나요?

데이비드 별로.

케일럽 실제로 그랬대요.

데이비드 그녀가 실제로 도와달라고 했다고? 자네는 어떻게 알지?

케일럽 사형 사건에 꽂혀 있으니까요. 그녀와 남자 친구가 어떤 집을 털러 갔는데, 결국 망치와 곡괭이로 사람을 죽이죠. 방 안에 숨어 있는 여자아이를 발견하고는 칼라가 곡괭이로 그 아이를 살해했죠. 수 차례 때렸어요. 이후 그녀는 살인을 하면서 몇 차례 오르가즘을 느꼈다고 말했어요.

데이비드 그 사소한 쾌락을 위해서 그런 짓을…

케일럽 그녀는 약물과 매춘에 빠져 있었죠. 지금이라면 무기징역, 특사 없는 종신형을 받겠죠. 하지만 그건 또 다른 논쟁거리죠, 이후에 사람들이 제기했던 문제들, 가령 그녀가 회개하고 기독교로 개종했다는 건 모두 헛소리일 뿐이죠. 유무죄는 논쟁의 여지가 없죠. 그 문제를 빼면 남는 건 이거예요. 선생님이 사형제에 찬성한다면 양심의 가책을 느끼지 말아야 하고, 사형제에 반대한다면 "개종했대.", "진정으로 죄책감을 느낀

대." 따위가 아닌 그럴 듯한 이유를 대야 하죠.

◇◇◇

케일럽　오바마가 아프가니스탄에서 계속 전쟁을 하고 리비아를 폭격한다고 해서 그를 악이라고 할 수 있나요?

데이비드　알아. 그건 연속선상에 있지. 하지만 살인이 단순한 정치적…

케일럽　민간인 피해가 부수적으로 일어나게 되는 것과 민간인을 목표로 하는 것에는 차이가 있어요.

데이비드　부시와 체니는 후자에 대한 의지가 강하다고 생각해.

케일럽　동감해요. 하지만 부시가 "악"이라고 생각하는 사람은 정치적 편향성 때문에 그렇게 하는 거죠.

데이비드　나는 오바마나 힐러리나 빌의 열성적인 지지자는 아니야. 자네가 그걸 말하고자 했다면 말이야. 정치적 이득을 위해 사람을 죽이는 사람들은…

케일럽　우리가 이렇게 서로 냉소적인 건 어쩌면, 당연해요.

◇◇◇

케일럽　미국은 왜 후지산에 폭탄을 투하하지 않았을까요?

데이비드　1945년?

케일럽　산에는 사람들이 많이 살지 않잖아요. 히로시마나 나가사

키와는 비교가 안 되죠. 분명한 메시지는 전할 수 있었을 텐데 말이에요. "우리에게는 폭탄이 있다. 너희들 도시를 싹 쓸어버릴 수 있다." 그래도 항복하지 않으면, 인구가 얼마 없는 섬 하나를 폭격해서 7만명이나 희생시키지 말고 몇 백 명 정도만 죽이는 거죠. 그래도 이 메시지를 받아들였을 텐데 말이죠.

데이비드 가상역사를 쓰고 있군.

케일럽 사담 후세인은 쿠르드족과 마쉬 아랍인들을 살해한 대학살의 독재자죠. 그는 미국의 지원을 받아 이란과 말도 안되는 전쟁을 벌이면서 자국민을 보내 죽게 만들었죠. 근데 후세인은 너무 멀리 갔어요. 극우파들은 그 전쟁은 종결된 사건이라고 생각했는데, 그들의 추론이 완전히 끝난 건 아니었어요. 화학 무기가 발견된 거죠. 후세인은 마치 무기가 있는 척 시위를 벌이고 사찰단을 쫓아 버렸어요. 그는 수많은 기회가 있었어요. 정말 수많은 기회가…

데이비드 그래서 자네는 정말 전쟁을 지지했다는 거야?

케일럽 반대 근거가 찬성 근거보다 우세하다고 생각했지만, 전 찬성 근거에 주목했어요.

데이비드 다를 거라고 생각은 했지만, 생각보다 우리 입장이 조금 더 다르군. 난 자네가 전쟁에 관해서는 굉장히 도덕적 입장에 있을 거라고 생각했어. 크리스토퍼 히친스[25]의 물고문 기사는 어떻게 생각해?

케일럽 잘난 척 하는 장광설이죠. 물론 물고문도 고문이죠. 하지만 그 다음에 그는 토한 것을 치우고, 《글리》[26]를 보고, 디즈니랜드로 가죠. 그는 위험에 처해본 적이 한 번도 없어요.

데이비드 겁쟁이라고?

케일럽 탈레반이 인질로 다섯 명을 붙들고, 한 명을 골라 손톱을 뽑고 매질하고 참수하는 모습을 다른 네 명이 보도록 했어요. 그리고 그들에게 털어놓고 싶은 사람이 있는지 물어보는 거예요. 이런 게 고문이죠. 선진 심문기법이라 할까요? 관타나모에서는 죄수들에게 바니 주제곡을 강제로 듣게 했어요.

데이비드 내가 좋아하는 곡인데.

케일럽 반 헤일런, 메탈리카, 바니 주제곡을 하루 24시간 일주일 내내 들려주는 거죠. 또는 고기, 야채, 감자를 가져다가 그것을 역겨운 죽으로 갈아서 그들에게 줬죠. 히친슨이 방에 앉아 바니를 들으며 죽 먹는 걸 썼다면, 에세이가 많이 달라졌겠죠. 관타나모는 휴양지는 아니지만, 수감자들이 축구도 하죠.

◇◇◇

케일럽 (DVR에 대고) 9월 30일 금요일, 데이비드 실즈와 케일럽 파월

---

25 Christopher Hitchins: 미국의 컬럼니스트로, 2011년에 사망했다. 번역서로는 〈자비를 팔다〉, 〈신은 위대하지 않다〉 등이 있다.

26 Glee: 미국의 TV 시리즈로, 2015년 시즌 6을 끝으로 종영됐다.

은 캐스케이드 산맥의 도로시호수로 가는 하이킹 코스 출발 지점에 있다. 워싱턴 주의 짧은 관광 홍보물이 보인다. 관광산림부가 하이킹 코스를 잘 관리하고 있다. 30달러를 내면 일년 내내 무제한 방문할 수 있다. 공원 측은 패스를 팔아 많은 수입을 올리고 있다. 지금까지 50만개 이상의 패스 판매고를 올리고 있다. 산들은 매우 멋지다. 표지판에 의하면, 도로시 호수는 2.4 킬로미터 떨어져 있다. 내 생각엔 그보다 더 멀 것 같다.

데이비드 우리가 패스가 있다는 걸 공원 관리자들이 어떻게 알지?

케일럽 백미러 뒤에 붙어 있어요. 패스가 없으면 딱지 끊겨요… 히친스 고문과 악의 이야기로 다시 돌아가죠.

데이비드 히친스는 전쟁사에서 배운 게 아무 것도 없어. 어떤 전쟁이라도 정당화될 수 있어. "독재", "공산주의", "파시즘". 내가 정당방위로 자네에게 해를 끼칠 수 있듯이 한 국가는 직접적인 위협을 받을 때에만 싸울 수 있어야 해. 911이 공중전의 선제 타격은 아니었어. 911에 그렇게 대처한 건 잘못이야. 내 원칙은 "첫째 해를 끼치지 말라"야.

케일럽 저도 굳이 이라크까지 갔어야 한다고 생각하진 않아요. 그래도 전쟁 찬성파들은 타당한 주장을 했다고 생각해요. 히틀러의 정당화와 처질의 그것은 다르죠.

데이비드 《화씨 911》에서 마이클 무어가 여러 의원들에게 그들 아들딸들이 이라크에서 복무하고 있는지 물어보는 장면이 좋더라고. 내가 자발적으로 군대에 들어가거나, 우리 딸 나탈리를 이라크나 아프가니스탄이나 리비아로 보낼 용의가 있냐구? 물론 그럴 수 없지.

케일럽 저도 그러지 않을 거예요.

데이비드 그럴 필요가 없지. 그런 점에서 2차세계대전은 너무나 흥미로운 사례야.

케일럽 전 입대해야 한다고 느꼈을 것 같아요.

데이비드 나 역시 그래. 어떤 지점에서 철학적 모호성이 도덕적 비겁함이 되어 버려.

케일럽 소로가 말했죠. "나에게 총도 쏘지 않고 나에게 자유도 주지 않는 박애주의보다는 캡틴 존 브라운[27]의 박애주의가 더 낫다."

데이비드 맞는 말이긴 하지만, 미국이 이제 전쟁을 벌여야 할 나라는 지구상에 하나도 없어.

케일럽 개입을 정당화할 수 있는 건 고통을 멈추기 위한 인도주의적 이유 밖에 없어요.

데이비드 케일럽! 그 말이 얼마나 이중적으로 들리는지 알고는 있어?

케일럽 현실의 삶은 원래 모순투성이죠.

---

27   Captain John Brown: 미국의 노예폐지론자로서, 노예 폐지를 위해서는 무장 봉기 밖에는 없다는 주장을 펼쳤다.

◇◇◇

케일럽 하이킹은 계속 오르막과 내리막이 있지만, 그다지 가파르지는 않네요. 사진 하나 찍을게요. 선글라스를 끼고 계시니 스파이 같아요.

데이비드 20년 전에 나도 히친스 단계를 거친 적이 있지. 히친스가 쓴 이사야 벌린[28]에 관한 긴 에세이를 좋아했어. 히친스는 어떻게 해서 벌린이 문학과 철학의 모호성에 집착해서 실제 삶에서도 애매한 태도를 취하는 사람이 되고 말았는지 잘 보여줬지. 그는 린든 존슨 대통령에게 아니라고 말하지 않고, 베트남 전쟁을 지지했어. 그건 벌린을 제대로 읽어낸 거지. 그래서 나는 그 비평적 관점을 활용해서 그걸 역으로 히친스에게 적용시켜 보려 해.

히친스의 부친은 영국 해군 소속 직업 군인이었어. 히친스는 군사 작전을 본 적도 없는데 믿을 수 없을 정도로 호전적이고 기회주의적이었어. 클린턴, 키신저, 여성 코미디언, 신에 대한 공격, 그리고 이라크 전쟁 지지에 이르기까지, 그의 전체 이력을 하나의 실로 꿸 수 있어. 무엇이 크리스토퍼 히친스를 갈등의 중심에 놓는가, 그것 하나로.

케일럽 틀린 말을 할 때도, 그는 반대파를 끌어들여 자기 해석을 받아들이게 하죠. 그가 테레사 수녀를 캐고 다니는 건 전 반대예요. 기독교를 공격하지만 덴마크의 만화가를 지켜주지 못하는 미디어의 이중잣대, 자기검열, 루시디에게 의문을 제기하는 에세이를 썼죠. 저도 그걸 쓰고 있었는데, 히친슨이 [네이션]에 같은 주제를 다루면서 선수를 쳤죠. 그래서 제 글이 실리지 못했는데, 편집자는 고료는 주더라구요. 어떤 편집자도, 어떤 출판사도 내 기사를 보지 못하도록 하는 게 최선의 결과였다고 그는 나에게 말했죠. 배짱 있는 편집자도 있는데, 그는 아니었어요.

◇◇◇

케일럽   이라크 침공이 아랍의 봄을 일으키는데 기여했다고 체니는 주장했지만, 논란의 여지가 있어요.

데이비드   그렇게 너무나 손쉽게 다른 사람의 인생을 아무렇게나 가지고 놀다니.

케일럽   반만 동의할게요. 어쩔 수 없는 2차적 피해라는 미명 하에 폭탄에 딸을 잃는다는 건 저로선 상상도 못 할 일이죠. 미국 공영 라디오 방송에 《아프가니스탄의 과부들 Widows of Afghanistan》이라는 프로그램이 있었어요. 어떤 여인은 미사일 공격으로 남편과 네 자녀를 잃었어요. 인터뷰는 온통 그녀의 고함소리로 채워졌죠.… 선생님, 이 폭포 멋지네요. 사진 몇 장 찍어야겠어요.

---

28   Isaiah Berlin: 러시아 태생의 영국 정치 사회 이론가. 번역서로는 〈고슴도치와 여우〉, 〈칼 마르크스〉 등이 있다.

데이비드 정말 아름답군. 사만다 파워가 쓴 책 읽어봤어?

케일럽 〈미국과 대량학살의 시대*The Problem from the Hell*〉[29]

데이비드 그녀는 아르메니아에서 보스니아, 르완다에 이르는 대학살을 탐사하면서, 우리가 행동을 취하지 못 했다는 걸 보여주지. 행동을 했다면 잔혹 행위를 막을 수 있었다고 주장했어. 내 생각에는 그녀가 오바마에게 큰 영향을…

케일럽 그건 좋을 수도 있고 나쁠 수도 있어요. 탈레반 식의 정부가 자국민을 위해 기적을 행한다고는 생각하지 않아요.

데이비드 난 사만다 파워와 생각이 달라. 미국엔 구해줘야 할 사람이 정말 많아. 4,000만 명이 의료 지원을 못 받고 있어. 난 차라리 해외에 있는 돈을 다 모아서 여기로 들여와야 할 거 같아. 이 나라는 제3세계가 되어 버릴 위험에 처해 있어.

케일럽 미국이 제3세계 국가라고요? 세상에. 데이비드 실즈 선생님, 다르 에스 살람, 카라치, 마닐라, 캄팔라에 가 보세요. 시애틀은 중산층 20가구 당 노숙자가 1명이에요. 캄보디아에는 꾀죄죄하고 가난한 노숙자 20명당 중산층 1가구가 있다고요.

데이비드 그거 찾아봤어?

케일럽 전 늘 〈세계연감*World Almanac*〉[30]을 봐요. 통계 수치는 잘못될 수 있어도, 그 의미는 변하지 않죠.

문화라는 것

데이비드 나탈리는 유치원부터 5학년까지 "대안"학교인 TOPS를 다
녔어. 한동안 훌륭한 학교였어. 우리 주 뿐만 아니라 전국에
서 최고, 적어도 "가장 우수한 초등학교"에 들었지. 모든 부
모들은 일년에 30시간 자원봉사를 해야 해. 그보다 훨씬 많
이 하는 부모들도 많지. 나는 나탈리 반으로 가서 제리 스피
넬리 또는 〈주니 B. 존즈〉 시리즈 등을 주제로 잡아 이야기
를 들려 주었지. 그리고 이치로에 대한 수업도 했어. 짜릿했
지. 당시 교육계는 우리 아이가 다니는 학교가 주로 백인 전
문직 고학력 워싱턴대학 출신 부모들이 보내는 학교라고 비
난했어. 이 부모들 덕에 모범적인 공립학교가 됐는데 말이
야. 흑인 교장을 비롯해서 다양한 교사들을 영입했어. 아시
아 이민자, 흑인, 히스패닉계 아이들이 섞여 스쿨 버스를 타
고 다녔지. 이 아이들의 부모들은 자원봉사 의무 규정을 준
수할 생각도 없었지. 이들은 그럴 시간이 없거나 직장에서
시간을 내기 어렵거나 영어를 할 줄 모르거나 너무 인종차
별주의적 발언일지 모르지만, 아예 교육에 별 가치를 두지
않았어.

29   하버드대 교수 Samantha Power가 쓴 책으로, 2004년에 번역 출간되었다.
30   1986년 이후 미국 정부가 매년 발간하는 책으로, 전 세계 사회 변화, 스포츠, 비극
적 사건 등을 모은 연감

난 매주 시간을 내 한 아이를 따로 불러내서 정상궤도에 오를 수 있도록 도와줬지. 부모가 훈육을 포기한 말썽꾸러기였어. 학교는 흑인과 백인 학생들의 "격차 줄이기"에만 집착했지. 근데 흑인 아이들을 백인 아이들 수준으로 끌어올리는 것이 아니라, 백인 아이들 점수를 의도적으로 낮춰서 말이야. 정치적으로 올바른 것PC이 유행했던 나의 어린 시절에 나를 짜증나게 했던 모든 것들이 고스란히 재현되고 있었지. 그래서 나탈리를 그 학교에서 데리고 나와서 내가 감당하기 벅찬 사립 중학교에 보냈지. 내가 특권층이고 백인이라는 것을 깨우치고 당황스럽긴 했지만, 일단 발을 들인이상, 내 딸을 위해 가장 좋은 것을 해주고 싶었어.

케일럽 애바의 유치원비는 연간 2,300 달러 정도에요. 부모의 수입이 일정 수준 이하인 아이들은 수업료 면제고, 아침과 점심은 무상급식이 제공되죠.

데이비드 자네 가족이야 그 정도는 부담할 수 있잖아?

케일럽 불평하는 게 아니고, 부모가 한부모이든, 외국인이든, 저소득자이든 그건 아이들 탓이 아니잖아요. 제대로 먹지 못하는 아이들과 가족들은 재정적 도움을 받아야 해요. 전 자선의 개념에선 사회주의는 괜찮다고 생각해요. 사회 공학적개념에선 반대지만요.

제가 8년 동안 외국인들에게 영어를 가르쳤는데, 아부다비, 한국, 브라질 어디에 있든 학생들을 가르쳤거든요. UAE에

서는 펜과 종이를 들고 앞줄에 앉은 서너 명의 학생을 가르
치곤 했죠. 정부의 한직 공무원이 되려고 공부하는 학생들
에게 신경 쓸 생각이 없었어요. 더 우수한 학생들에겐 상처
가 될 지 모르니까요.

데이비드 그런 건 괜찮아. 딸아이 반에 32명의 아이들이 있었는데, 선
생이 가브리엘이라는 녀석을 자리에 앉히느라 수업 시간 절
반을 써버려서 딸에게 아무 것도 가르쳐주지 않는다면, 그
건 참을 수 없지.

◇◇◇

케일럽   선생님과 이치로는 어떤 관계예요?

데이비드 자네는 어때? 안티야?

케일럽   야구선수로는 존경하죠.

데이비드 인간적으로는 아니야?

케일럽   영화 《사랑도 통역이 되나요?*Lost in Translation*》31에 이런 장면
이 나와요. 한 일본 남자가 통역을 통해서 질문을 받자 상세
하게 설명하는 대답을 해요. 그런데 통역이 돌아서서 "동의
한답니다."라고 말해버리죠.

데이비드 그래서?

케일럽   지금 이치로에게 이 같은 일이 벌어지고 있는 것 같아요. 그

---

31 빌 머레이와 스칼렛 요한슨이 출연한 영화로, 2004년에 국내 개봉되었다.

냥 샤워 하고 싶은 건데, 사람들은 그에게 존재하지도 않은
온갖 찬사의 시를 갖다 붙이거든요.

데이비드 이치로 책 읽어 봤어? 자네는 이치로가 한 말을 모두 읽고도
아직 재미있는 대상이 아니라고 생각해? 이치로가 미국 스
포츠의 상투적 멜로드라마와 강하게 맞서고 있다고 생각하
지 않아? 자신과 다른 사람들을 과정 자체에 집중하게 하면
서 말이야.

케일럽 아뇨.

데이비드 내가 여기 저기서 그를 조금 오바해서 읽어 냈다면, 그게 말
이야, 그렇게 안 하면 책 한 권이 안 나와서 그랬을 수도 있어.

◇◇◇

케일럽 열등 문화와 우등 문화가 있어요.

데이비드 오, 그걸 팩트라고 말하는 거?

케일럽 팩트죠.

데이비드 기본적으로 동의하지만, 자네가 그렇게 말할 거라고는 상
상도 못 했어.

케일럽 저에 대한 고정관념을 바꾸셔야 해요. 제가 의미론에 신중
하게 접근하는 건, 문화와 인종이 겹치기 때문이죠. 부연 설
명을 하죠. 인종차별은 문화를 불평등하게 만들고 그럼으
로써 지속되죠. 오해는 마세요. 전 문화를 매우 좋아해요.
섞이고, 하나되고, 여행하고, 발견하지만, 문화가 평등하다

는 생각은 말이 안 돼요. 사람들의 권리와 능력은 평등하지만 문화는 그렇지 않아요. 부의 문화는 가난의 문화와 같지 않아요. 늘어난 평균수명, 낮은 유아사망율, 줄어든 폭력, 부와 문화는 상관관계가 있죠. 2011년 미국 남부 문화는 1832년 미국 남부 문화보다는 우월해요. 오늘날 유럽 문화는 암흑시대의 유럽보다 우월하죠.

데이비드   문화를 어떻게 정의하지?

케일럽   사회의 집단적 생활방식이죠. 특정 사람들이 일반적으로 믿고 행하는 것. "문화 비평은 문화와 야만의 변증법을 통해 마지막 단계에 직면한다."

데이비드   아도르노.

케일럽   "아우슈비츠 이후 시 쓰기는 야만이다."라는 유명한 문구 앞에 나오죠. 아도르노가 "시를 쓰지 말라."고 한 게 아니에요. 시의 문화와 야만의 문화 사이의 모순에 의문을 제기하고자 한 거죠. 즉, 아우슈비츠를 해결하라. 그리고 나서 예술을 해결하라.

데이비드   그건 틀렸어. 예술은 그런 게 아니야. 먼저 문제를 해결한 다음에 예술을 통해 답을 구현하는 게 아니야. 질문을 탐색하는 바로 그 곳이 예술이지.

케일럽   하지만 아도르노가 묻는 건, 예술이 해답을 주는가, 그거죠. 해답을 준다면, 둘 다 해결한 거죠. 제가 생각하기에 아도르노의 그 질문은 제가 말하려는 것과 닿아 있어요. 다른 말로 하면, 하나의 사회, 하나의 문화가 유대인 살상이나 인신 매매나 소유가 괜찮다고 집단적으로 믿는다면, 그건 열등한 사회죠. 한 사회가 여성에게 섹스를 강요하고, 여성을 팔고, 간음에 돌을 던지고, 강간하고, 명예 살인을 해도 좋다고 한다면, 그것도 열등한 사회죠. 문화는 사회에 내재되어 있는 거예요.

데이비드 나라면 그걸 문화가 아니라 정치와 지배라고 하겠어.

케일럽 정치도 사회를 반영해요. 대부분의 지역에서 명예 살인은 살인죄가 되죠. 기사에 따르면 파키스탄은 연간 800건의 명예 살인이 일어나요. 거긴 위험한 곳이죠. 인종과 문화가 관계를 맺고 있는 상황에선 문화를 공격하면 인종을 공격하는 게 되니까요. 문화에 맞서면 인종주의자의 낙인이 찍힐 위험이 있어요. 전 그런 위험도 감수할 거예요. 논쟁할 가치도 있고요. 오스카 와일드는 동성애로 2년 동안 수감되었죠. 영국법원은 열등 문화에 근거해서 그에게 유죄를 선고한 거죠. 아시아 사람들과 아프리카 사람들은 평등하지만, 문화는 그렇지 않아요. 어떠한 문화도 평등하지 않죠. 문화는 진화하고, 정치는 변화하죠. 인도와 중국의 어떤 지역은 남성이 여성보다 압도적으로 많아요. 여아를 골라 낙태했기 때문이죠. 인간의 존재가 양으로 규정되는 거죠. 마야와 잉카인, 아브라함의 추종자들은 아이들을 희생양으로 바쳤어요. 뉴기니의 코로와이족에게는 지금도 식인 관습이 있어요. 야나마

모족은 처음 태어난 여아는 죽여 버려요. 지바로족 남성은 성인의 지위를 얻으려면 먼저 다른 남성을 죽여야만 해요. 어떤 문화에서는 음핵을 잘라내야 비로소 여성이 되죠.

데이비드 나는 흑인에게 토지 40 에이커와 노새 한 마리를 제공했던 미국 정부의 보상 정책은 지지하지만, 현재의 흑인 우대 정책에는 이중적인 견해를 갖고 있어. 이런 정책이 있는데도 왜 그렇게 많은 흑인들은 가난하고, 왜 그렇게 많은 흑인 아이들이 아버지 없이 자라고 있을까? 노예제도라는 트라우마가 남긴 스트레스성 장애일까? 1865년, 1964년, 2008년 [32]…역사의 시계는 계속 움직였지만, 그 시계가 이제 수명이 다 한 걸까? 오바마가 이 문제에 대해서 많은 이야기를 했고, 적어도 문제를 제기하려고 노력했지. 내가 베트남인, 한국인, 유대인의 일하는 문화를 낭만화시키는 경향이 있긴 하지만, 흑인이나 히스패닉 문화는 사회의 사다리를 올라가는데 크게 가치를 두지 않는 거 같아. 누군가 그걸 말해줄 수 있을까? 왜 그런걸 말할 수가 없을까?

케일럽 인종도 민족성도 아니에요. 그저 문화의 문제죠. 어떤 문화가 다른 문화를 지배해요. 억압된 문화는 불리하죠. 문화는 빈곤 그리고 계급과 연관되어 있고, 인종주의가 이걸 더욱

---

32   1865년: 미국노예해방, 1965년: 미시시피 자유 여름 흑인 인권 운동, 2008년: 흑인 대통령 오바마 당선

악화시키고, 더 불평등해지는 거죠.

◇◇◇

케일럽　테드 터너[33], 로버트 올렌 버틀러[34], 엘리자베스 듀베리 스캔들 들어보셨어요?

데이비드　엘리자베스 듀베리가 누구지?

케일럽　로버트 올렌 버틀러의 플로리다 대학교 대학원 과정 학생이었어요. 버틀러가 거의 스무 살 많아요. 들리는 말로는 그녀는 뚱뚱했었는데, 살을 많이 빼서 매우 매력 넘치는 여인이 되었다죠. 버틀러와 결혼하고, 소설도 몇 권 출간했어요. 뉴올리언즈에서 개최되는 포크너 페스티발에서 로즈매리 다니엘과 이야기를 나누고 있는데, 어떤 매력적인 커플이 지나가는 거예요. 그녀는 비명에 가까운 소리로 인사를 하더니, 로즈매리와 포옹을 나누고, 로즈매리가 저를 엘리자베스 듀베리와 테드 터너에게 소개시켰어요. 처음에는 테드를 몰라봤어요. 192 센티미터의 거구였는데, 미식축구의 라인백커 같았어요.

데이비드　그 사람이 왜 포크너 페스티발에 간 거지?

케일럽　아마 무슨 상을 받았을 거예요. 아니면 억만장자가 푼돈 만 달러 상금에 혹했거나. 거기서 자서전 〈테드라고 불러줘Call Me Ted〉 홍보도 하러 온 거죠. 당시 엘리자베스 듀베리는 버틀러를 차버리고 테드 터너에게 붙었죠.

데이비드 어떻게 생겼는데?

케일럽 키도 크고, 늘씬하고, 세련됐죠. 테드와 엘리자베스가 떠나고, 로즈매리가 이야기 해준 건데, 듀베리와 버틀러가 이혼했을 때, 버틀러가 순수예술 석사과정 대학원생들에게 결별에 관한 이메일을 뿌렸대요. 한 학생이 그것을 온라인에 올렸고 입소문이 퍼지면서 결국 [뉴욕타임즈]에 실렸죠. 미국 공영 라디오방송에도 나왔어요.

데이비드 거기 뭐가 쓰였길래?

케일럽 엘리자베스가 할아버지에게 성적 학대를 당했고, 첫번째 남편에게도 학대를 당했대요. 로버트가 자신의 존재를 통해 그녀의 생명을 구했지만 그녀는 로버트가 성공적인 작가였다는 등등의 사실을 극복할 수 없었고, 따라서 두 사람이 이혼한 이유는 엘리자베스가 로버트와 그의 풀리처상 수상을 시기했기 때문이래요. 이메일에는 이어서 엘리자베스가 지금은 테드 터너의 애인이 되었지만, 터너가 한 여자에게 만족할 리가 없다는 이야기가 나오죠. 엘리자베스는 자신을 막 대하는 나이든 남성형에게 끌리는데, 테드는 학대만 빼곤 거기에 딱 맞는 사람이라는 거죠. 수상 연회가 시작되고, 테드 터너가 상을 받고 수락 연설을 했죠.

---

33   Ted Turner: 미국의 미디어 재벌
34   Robert Olen Butler: 미국의 소설가. 번역서로는 〈이상한 산의 향기〉가 있다.

데이비드 그러면 로버트도 거기 있었던 거지?

케일럽 연단 근처에요.

데이비드 오, 안돼.

케일럽 테드는 회고록에 대해 몇 마디하고 "비행기가 예약되어 있어서 떠나야 합니다. 성공은 당신이 어떤 계급이냐에 따라 결정되죠. 명심해요. 바비 보이[35]."라고 말하고 나가 버렸어요.

데이비드 엘리자베스는 뭘 했지?

케일럽 테드를 따라 나갔죠.

데이비드 요점이 뭐야?

케일럽 요점이라니 무슨 말씀이시죠?

데이비드 이 이야기 자네가 꺼냈으니까.

케일럽 좋아요. 요점이 뭐라고 생각하세요?

데이비드 우리 모두는 앞을 내다보지 못한다.

케일럽 저의 요점은 우리 모두는 고통 받는다. 아무리 높이 올라가도 우리에게 한 방 먹이는 놈은 항상 있다는 거죠.

데이비드 드디어 우리 의견이 일치하는 부분을 발견했군.

◇◇◇

케일럽 계속 말씀해보세요. 전 사진 좀 찍을게요.

데이비드 이 책에는 사진이 안 들어갈 것 같은데...

케일럽 들어가야 해요.

데이비드 아내는 늘 주의를 줘. 숲을 하이킹할 때, 정신을 집중하라

고, 그렇지 않으면 미끄러질 거라고. 여기는 바닥이 단단하
군. 돌아가는 길은 더 쉬울 것 같아. 우리가 얼마나 왔는지
모르겠군.

◇◇◇

케일럽 상반된 권위의 오류는 두 "전문가"가 서로 대립할 때 생겨
나죠. 케인즈 대 프리드만 식으로요. 마이클 메드베드는 보
수 경제학이 경제를 살린다고 확신하고, 노먼 골드먼은 보
수 경제학이 해롭다고 확신하죠.

데이비드 사실 난 골드만이 좋아.

케일럽 너무 확신에 차 있는 거 같아요. 골드먼과 루시 모두 반대파
가 세뇌당한 거라고 확신하는 절대주의자들이죠. 이들은 추
종자들의 이야기만 너무 많이 듣는 것 같아요. 메드베드도
그다지 나쁘지는 않아요.

데이비드 메드베드가 논리정연한 주장을 펼칠 때가 있어?

케일럽 론 폴을 "루저테리언"[36]이라고 규정하면서 보수주의자들도
공격하죠. 그는 합리적인 우파 토크쇼 진행자이기도 하고요.

데이비드 어떤 의미에서?

케일럽 생각이 다른 사람들의 전화를 받고 이야기를 하게 해요.

---

35 Bobby Boy: 빈둥거리고도 운좋게 시험을 잘 보는 학생을 조롱하듯이 하는 말
36 Losertarian: 전체 자유주의 운동을 파괴하는 광신 그룹

911은 미국이 꾸민 일이라고 주장하는 사람들이나 오바마가 미국 태생이 아니며 대통령 자격도 없다고 주장하는 사람들 그야말로 누구나 끌어들이죠. 아마도 도날드 트럼프도 비꼬겠죠.

데이비드 911에는 정말 이상한 점들이 너무 많아.

케일럽 설마 음모론자세요?

데이비드 아니지만, 빈 라덴 가족이 미국을 떠나도록 허용한 건 이상하지 않아? 2001년 초에 누군가 부시에게 메모를 전달했어. 빈 라덴이 비행기를 납치해서 미국 영토 내에서 공격할 거라고. 부시는 그 CIA요원에게 다음과 같이 감사를 표했지. "이 일로 더 이상의 책임은 묻지 않겠네. 수고했네. 파일 이름을 'W'라고 해둬야겠군."

케일럽 빈 라덴 또는 알카에다는 이미 미국을 공격한 적이 있었어요. 아프리카 대사관들을요. 신문들은 정기적으로 "알카에다, 미국 영토 내 도발 공언"이라는 기사를 내보냈죠. 지금도 그러고 있죠. 2011년만 해도 정보부처에서 입수한 협박만도 수천 건에 달할 거예요. 그리고 그 중 하나가 실제로 일어날지도 모르고, 그렇게 되면 "알고 있으면서 내버려 두었다."는 음모론이 나올 수 밖에요.

데이비드 부시가 911에 대한 모든 비난을 피했던 방식은 정말 놀라웠다고 생각해. 반면에 오바마 정권에서 그런 일이 일어났다면 어떻게 됐을까, 생각하고 싶지도 않아. 좌파들이 부시를 제대로 공격하지 못했어. 특히 911에 대해서는 말이야. 어떻게 그걸 피해갈 수 있었을까?

케일럽 피해갔다고요? 좌파들은 쉬지 않고 부시를 디스했어요. 아직도 그러고 있고요.

'고통받고 싶어하는 예술가'라는 모순

케일럽 열탕 욕조가 좋아 보이네요. 선생님도 이걸 해보고 싶다고 하셔서 좋았어요. 연약한 도시남일 거라 생각했거든요.

데이비드 내가 도시남이라고?

케일럽 펑크 난 타이어 같아 보셨어요?

데이비드 아니.

케일럽 아내에게 "선생님은 타이어 간 적이 한 번도 없을 거야"라고 말하자, 그녀가 그러더군요. "그런 건 안 물어 볼 거지, 응?"

데이비드 뭐든 물어 봐. 아내가 뭐든지 다 해. 마치 정비공 같아.

케일럽 그러면 모르는 장소에 갔는데 타이어가 펑크 나면, 사모님이 그걸 갈아 끼우나요?

데이비드 글쎄, 그런 일을 당한 적이 없어서. 하지만 그러면 우리는 미국 자동차 서비스협회에 전화를 하겠지.

케일럽 에이, 에이yai[37], 에이yai

---

37 yai : you're an idiot.의 줄임말 "너는 바보다"

데이비드 그렇게 형편없어 보여? 자넨 공사장 일도 하고 했지만, 난 그런 일을 안 해 봤거든. 난 나랑 정반대되는 사람과 결혼했나 봐. 아내는 나와 달리 손재주도 뛰어나고 합리적이지. 난 물을 끓일 줄도 몰랐던 버트런드 러셀 같아. 아내는 정말 일을 잘 하지. 집에서 수리 같은 일은 자네가 다 해?

케일럽 많이 하는 편이죠. 아내가 정원 손질을 하면, 전 구덩이를 파요. 아내도 전구 갈아 끼우는 것 정도는 할 수 있는데 제게 시키죠.

데이비드 그녀는 손재주가 없어?

케일럽 자립심이 강하죠. 제가 없으면, 쓰레기 정도는 직접 버려요. 그녀는 돈을 버니까, 자질구레한 일들은 전부 제가 해야죠. 아내가 가족을 부양하니까요.

데이비드 내가 자네 아내 같군. 워싱턴대학교 강의와 여타 출강, 그리고 출판을 해서 좋을 땐 한 해 20만 달러를 번 적이 있지.

케일럽 헐.

◇◇◇

데이비드 곰이 나타나면 어떻게 해야 하지? 자네는 어떻게 할 텐가? 어떻게 하는지 까먹었어.

케일럽 회색 곰인지 아니면 검은 곰이나 갈색 곰인지에 따라 다르죠. 사실 저도 몰라요. 도망가거나 한 방 날리든가, 주의를 딴 데로 돌리거나, 죽은 척 하는 거?

데이비드 정말 무서울 것 같아. 죽은 척하고 있는데 곰이 와서 막 뜯어 먹는 거야.

케일럽 무서운 건 주로 새끼를 보호하려는 어미곰이죠.

데이비드 와, 정말 멋진 폭포군. 아름다워. 정말 아름답군.

케일럽 "아름답다" 재밌군요. 그 단어가 이렇게 유용하게 쓰이다니… 보세요. 저 호수 멋지죠? 다 왔어요.

데이비드 그래, 다 왔군.

◇◇◇

데이비드 돌아서 내려갈 때, 가속이 붙으면 안 될 텐데?

케일럽 무릎에 무리가 갈 거예요. 저는 와이나픽추에 오른 적이 있어요. 800미터 높이의 거의 직벽이었죠. K2에 비하면 식은 죽 먹기였지만, 그래도 힘들었어요.

데이비드 스페인어 실력은 어느 정도지?

케일럽 나쁘지 않아요. No es malo 하지만 문제는 있죠. 일상회화 정도는 가능한 수준이지만, 말이 빨라지면 많이 놓쳐요.

◇◇◇

케일럽 모순을 지향하는 예술가, 문제도 많고 고뇌를 겪고 있으면서도 고통을 추구하는 예술가에게는 마음을 끄는 뭔가가 있어요. 신비감과 정당성, 심지어 진실성까지 느껴져요. 동의하지 않으시겠지만, 선생님의 글에서 제가 발견한 한가지 사실은 실제보다 더 많은 고통을 원하는 것처럼 보인다는 거예요.

데이비드 그렇다면 잘 못 읽었고, 내 삶에 대해 아무 것도 모르고 있는 거야.

케일럽 진정하세요. 비난하려는 게 아니에요.

데이비드 내 작품이 모순을 지향한다고 생각하는 건 아니겠지?

케일럽 물론 아니죠. 하지만…

데이비드 평범한 삶을 살아가는 사람도 글의 소재가 될 수 있는 수많은 문제와 고통을 갖고 있다고 생각지 않아? 고통을 찾아내려는 게 아니야. 고통은…

케일럽 그렇죠. 모르긴 몰라도 선생님은 평범한 삶에 관심이 있고, 저는 극단적인 삶에 흥미를 느끼는 것 같아요.

데이비드 내 말은, 우리 모두는 죽을 거라는 거야.

케일럽 모두 다르게 죽겠죠. 선생님은 "죽음이라는 피할 수 없는 운명"에 관심이 있고, 저는 "살인"에 관심이 있는 거죠.

데이비드 우리 모두는 인간으로서 고통 받고 있어.

케일럽 "고통은 삶의 필연, 고난은 선택"

데이비드 내 척추 치료사의 말을 인용한 것 같군.

케일럽 〈우리는 언젠가 죽는다〉에 나온 문구죠. 다음은 부코스키 38의 글이에요. "고통과 고난에 대한 이 모든 글쓰기는 헛소리다." 우리가 겪는 고통은 대개 자초한 거죠. 외부의 힘 때문에 유발된 트라우마의 희생자들도 있겠지만, 선생님이나

저, 그리고 학생들, 동료들 저마다 고통은 다른 거죠. 카불
에 사는 과부가 겪는 고통은 데이비드 실즈의 고통과는 달
라요. 문학이 삶을 구했다고 하셨죠? 정말 그랬나요? 삶이
위험에 처한 적이 있었던가요? 선생님은 정치적으로나 사회
적으로 억압당하신 적은 없잖아요.

데이비드 고통의 원인에 대한 자네의 시각은 놀라울 정도로 진부한
마오주의식 견해야. 카불 여인의 고통만이 중요하다면, 〈햄
릿〉은 왜 읽지? 예이츠의 다음 시구를 정말 좋아하는데, "전
쟁터에서 죽은 사람들에게 왜 명예 훈장을 주는가? 인간은
자신의 심연으로 들어가는 데 그만큼의 무모한 용기를 보
여줄 수도 있다."

케일럽 예술가로서 예이츠는 자신의 심연을 탐구했고, 자기 심연을
탐구하는 데 총알에 맞는 것보다 더 큰 용기가 필요하다고
말했다는 건가요?

데이비드 같은 정도의 용기가 필요하다는 거지.

케일럽 어쨌거나요.

데이비드 예술을 진지하게 받아들인다면, 그 말이 사실일 거야.

케일럽 선생님은 자신과 타인들의 고통 위에서 머뭇거리고 계세요.
제 말은 선생님이 과장하고 있다는 거죠. 선생님 자신의⋯

데이비드 고뇌를.

38   Charles Bukowski: 미국의 작가. 번역서로는 〈팩토텀〉 등이 있다.

케일럽 바로 그거죠. 선생님이 더 젊었더라면, 그 고통은 더 진정성
이 있었을 거예요. 말더듬이가 상당한 영향을 미쳤겠죠. 일
대일이면 잘 하셨을 테지만, 여럿이 있을 때는 끔찍할 정도
로 내성적이었을 거예요. 그것 때문에 친구들과 어울리는
것도 어려웠을 거고요.

데이비드 맞아. 말에 대한 통제력이 조금 생긴 후, 고통이 멈춘 것 같아.

◇◇◇

데이비드 우리 딸 나탈리는 인슐린 내성이 있어.

케일럽 당뇨인가요?

데이비드 당뇨 전전 단계지. 우리 딸을 만난 적이 있는지 모르겠지만
아주 뚱뚱해.

케일럽 인슐린 때문인가요?

데이비드 인슐린을 제대로 처리하지 못 하지. 탄수화물을 섭취할 때
마다 몸에서 계속 더 먹으라고 신호를 보내게 되지. 이제 좀
나아졌어. 작년 특정 약물 요법, 다이어트, 운동으로 몸무게
를 13kg이나 뺐어. 계속 더 나아지기를 바라고 있지.

케일럽 아내와 처음 데이트를 할 때, 그녀의 대가족들과 만난 적이
있어요. 모두 행복한 결혼 생활을 하고 있었고, 경제적으로
안정되어 있었고, 아이들도 예뻤죠. 겉으로는 모두 완전 행
복해 보였어요. 카렌 숙모를 처음 만났더니, "작가라고 들
었어요. 우리 가족들이 들려줄 이야기가 많을 거예요."라고

하시는 거예요. 그 숙모님은 일중독자와 결혼을 했는데, 그
는 비교적 젊은 나이에 백만장자로 은퇴했죠. 시애틀, 리벤
워스, 팜데저트에 집이 한 채씩 있어요. 자녀 둘에 손주가 넷
이고, 아메리칸 드림의 전형이죠. 기독교인으로 교회에 다니
며, 골프도 치고, 멋진 식당에 가고, 휴가도 떠나죠. 그래서
제가 대답했어요. "정말 괜찮습니다. 모두들 행복해 보이시
네요. 그런데 작가에게 행복은 꽤나 지루한 주제거든요."

데이비드 그리고 정말 덧없기도 하고.

케일럽 권태감이 밀려들죠. 전 행복보다는 흥미로운 것, 적극적으
로 참여하는 것, 열정적인 것, 이런 게 더 좋아요. 카렌 숙모
님은 내 말에 미소를 짓더니 주제를 바꿨어요. 그녀는 선생
님 말씀처럼 자신만의 괜찮은 통속 소설의 주인공이죠. 돈
으로 행복을 살 수는 없지만, 고통을 줄일 수는 있어요. 그
녀는 18살 무렵에 발작과 기절을 반복했는데 1형 당뇨 진단
을 받았대요. 대학을 다니다가 지금 남편을 만났죠. 밥과 결
혼하고 아이를 가지려고 했죠. 첫 아이는 사산이었고 둘째
아이는 낳았는데 의사의 실수로 며칠 만에 죽고 말았죠. 당
시 의사들은 집게를 사용했고, 그걸 뭐라고 하죠? 출산할
때 발이 먼저 나오는 거 말이죠.

데이비드 도산이라고 해.

케일럽 의사가 아기 머리를 으깨어 버렸다죠.

데이비드 그 정도 고통이면 충분하다고 생각해?

◇◇◇

데이비드 자네는 내가 더 많은 고통을 경험했으면 하고 바란다고 했
지. 강제노동수용소 같은 곳에서 살아남기를 바란다고 말
이지. 난 말이야, 소통의 어려움이든 죽게 될 운명이든 그 무
엇이든 내가 가진 강박을 최대한 밀고 나갔다고 말하고 싶
어. 목표는 자신의 모순들을 직시하고, 인간의 비극을 상징
할 수 있도록 그 모순들을 확장하는 거야. 파스칼에서 매기
넬슨에 이르기까지 모든 작가들이 그렇게 했어. 몽테뉴 식
으로 말하자면, "모든 인간은 자기 내면 속에 완전한 인간
존재의 조건을 내포하고 있다."

케일럽 누구나 마음 속에 소설 하나씩은 있죠.

데이비드 글쎄, 내 생각엔 소설은 아니야. 난 꿈꾸는 삶에는 관심이
없어. 내가 관심을 두는 것은 한 사람의 슬픔과 자기 인식이
야. 크메르 루주 치하에서 살아남아야 한다든지, 베트남에
서 귀환한다든지, 처칠 내각에서 일한다든지, 마피아 단원
이 된다든지 그런 건 생각하지 않아. 그건 역사고, 저널리즘
이야.

케일럽 고통이 한 사람을 고귀하게 만들까요, 옹졸하게 만들까요?

데이비드 음, 내 경우에는, 확실히 고귀하게 만든 것 같아.

◇◇◇

케일럽 선생님은 간략하게 요약된 삶이 플롯을 가진다는데 동의하

세요?

데이비드 그럼. 태어나고, 살아가고, 사랑하고, 죽지. 그런데 그런 이
         야기에 누가 관심을 가지겠어? 그건…

케일럽 제가요. 안녕들 하세요?

하이커1 좋네요. 호수까지 얼마나 멀죠?

케일럽 30분은 더 가야 해요.

하이커2 그렇군요.

케일럽 정말 아름답군요.

하이커1 우린 도로시호수를 지나 베어호수까지 갈 거에요.

케일럽 와우.

데이비드 캠핑 하실 건가요?

하이커1 이틀 동안.

케일럽 끝내주네요.

데이비드 좋아요. 체온 유지 잘 하세요..

케일럽 이것도 녹음되었어요. 책에 넣어야겠어요.

데이비드 좋아. 드라마를 위해서는 이런 것도 넣어야지. 플롯을 위해!

섹스, 스포츠, 그리고 마약

케일럽 〈문학은 어떻게 내 삶을 구했는가〉에서 선생님은 에로틱한
       관계를 시각적으로 그려내고, 그 여자 때문에 귀걸이를 하
       게 된 사연도 말씀하셨죠.

데이비드 여자들을 뒤섞어 놓았군.

케일럽 마지막 줄에…

데이비드 바꿨는데…

케일럽 하지만 마지막 줄에서 그건 허구의 인물이라고 말씀 하셨잖아요.

데이비드 난 그런 말 한 적 없어.

케일럽 그리고 그 여자가 침대에서 정말 호랑이 같았지만, 행동에는 "순수한 감정이라고는 하나도 없었다."라고 하셨죠.

데이비드 그런 말 한 것 같지 않은데. 나중에 내 노트북을 한 번 뒤져 봐야겠군.

케일럽 적어도 제가 읽은 초고에서는, 그녀의 에로틱한 자아는 가짜였다는 이야기였죠. 침대에서 그녀는 "현실적"이지 않았다는 거죠. 하지만 전 반대로 말하고 싶어요. 사람들은 현실에서 자신의 에로틱한 자아를 억압하고, 잠자리에서 진정한 자기 모습을 보여주는 법이죠.

데이비드 자네는 그런 거 해? 사람들을 구글로 검색하는 거.

케일럽 옛 여자친구를 검색하는… 그런 거요?

데이비드 호기심을 참을 수가 없지. 지금은 어떤 모습일까? 어떻게 나이를 먹었을까? 구글로 제시카 네이즐을 검색해봤어. 자신이 쓴 소설에 관한 짧은 인터뷰 동영상을 찾았지. 고등학교 시절부터 논객이었는데, 지금까지 논쟁에 관련된 두 편의 소설을 썼더군.

케일럽 출판됐나요?

데이비드 응, 하지만 읽지는 않았어. 인간으로서의 한계가 글에 고스란히 옮겨져 있더군. 깊은 듯 하면서도 얕아. 물론, 바로 그 점이 나에겐 그렇게 섹시하게 보였던 거지. 마지막으로 만난 것이 20년도 넘었지만, 그 인터뷰 동영상을 보니 온몸이 그녀에게 다시 접속된 것 같아. 내가 끌렸던 점들, 내가 싫어했던 점들이 전부 떠오르는데 어찌할 수가 없더군. 바로 메모를 하기 시작했어. 언젠가 책 한 권에 그녀의 이야기를 담아낼 거라고 생각했지만, 감흥은 거기까지더군.

케일럽 섹스에 관한 글은 어찌되었거나 페니스나 버자이너에 관한 거죠. 섹스를 과학적으로 보면 너무 분석적이 되어버리고, 시각적으로 보면 포르노가 되어버리죠. 알렉산더 와트는 〈나의 세기My Century〉에서 섹스가 가장 중요하지만 거의 이야기되지 않는다고 했죠. 그리고는 자신도 거기에 대해 별다른 이야기를 하지 않아요. 우리는 섹스에 관하여 자유롭게 쓸 수 있는 능력이 없거나, 좋게 말하자면, 너무 몸을 사리고 있어요.

데이비드 난 쓰고 싶지만 아내를 말하지 않고는 어떻게 쓸 방도를 모르겠어. 아내는 쓰지 않는 게 좋겠다고 하지. 난 오직 제시카만으로 한권의 책을 쓰고 말 거야.

케일럽 그런 이야기는 작가만이 아니라 개인으로서 자신의 불안을 드러나게 하죠. 작가와 개인을 구분할 수 없지만요. 어렸을 때는 성 경험을 여기저기 마구 떠벌리고 다니기도 했죠.

데이비드 누구한테 그렇게 이야기를 했어?

케일럽 친구들이죠. "그녀를 3루 쪽 스탠드로 데리고 가서…"

데이비드 알았어. 고등학교 시절이니까 그것도 어느 정도는 매력적이지. 자네는 여자들과 인간적으로 관계를 맺은 게 아니었을 거야. 그러니까, 지금 섹스하고 있다고 세상에 말할 테야, 이런 식이지. 친구들도 똑같았지?

케일럽 롤 모델이 변변치 않았던 거죠. 한 녀석이 여자친구와 섹스하는 걸 녹음했는데, 그게 자랑거리가 되었죠. 여자가 "해줘, 해줘" 이런 말을 했죠.

데이비드 동영상은 없었지?

케일럽 없었어요. 침대 밑 녹음기가 다였죠. 점점 그런 게 역겨워지더라고요. 그걸 만회하려다 보니, 천박한 멍청이에서 설교꾼 멍청이가 되더군요. 어렸을 때는 전 너무 성급하게 판단을 내리려 했죠. 완전 밥맛이었어요. 정말 좋아하는 여자 앞에서는 설교나 하고, 숨도 못 쉬고, 쭈뼛쭈뼛 말도 더듬었죠. 그러다가 섹스가 하고 싶어지면 앞뒤 분간도 못했죠. 그 시절의 삶을 글로 써야 할지 모르겠어요.

데이비드 나라면 쓰겠어. 황당하고 끔찍할수록 더 좋지.

◇◇◇

케일럽 전 부엌에선 독재자죠. 버섯을 자르라고 선생님께 명령할 수도 있어요.

데이비드 설거지 할게.

케일럽 좋아요. 뭐 먹죠? 연어하고 파스타 말고 또 뭘 먹을까요? 완두콩?

데이비드 수산염 때문에 완두콩을 먹으면 안 돼. 신장 결석이 있거든. 사과는 괜찮아.

케일럽 전 완두콩과 빨간 피망을 먹겠어요. 파스타가 포화감은 만점이죠.

데이비드 연어 파스타가 맛있겠군. 이번 주말 워싱턴대학이 누구랑 붙지? 유타였던가?

케일럽 그럴 거예요.

데이비드 묘하게 끌린단 말이야. 샤르키산도 좋고, 크리스 폴크도 좋고. 키스 프라이스도 괜찮아. 토요일이 오면 심부름을 자청해서 자동차 라디오로 축구 경기를 듣지. KJR방송의 휴 밀런 어때?

케일럽 나쁘지 않아요.

데이비드 끝내 주지. 아주 단순한 플레이도 로코코식 분석을 더해서 방송하는 것이 정말 마음에 들어. 어떤 의미에서 우리의 삶은 매우 단순해. 흥미로운 건 그 단순한 삶에 대한 우리의 성찰이지.

케일럽 시애틀 라디오 710의 브록앤솔크를 한 번 들어봤죠. 그들은 단조로워요. 똑 같은 걸 여덟 가지 다른 방식으로 이야기

156

하죠. 제이크 로커가 드래프트에서 어디로 갈 것인가를 두고 이야기를 하고 있었어요. 채널을 돌렸다가 1시간 뒤에 다시 710번으로 돌아가면 아직도 제이크 로커가 드래프트에서 어디로 갈지 이야기를 하고 있는 거예요. 게다가 자기 사생활만 계속해서 지껄여대죠. 한 번은 15분 동안 버거 굽는 법만 이야기한 적도 있어요.

데이비드 그거 하이퍼 마초 방송인가? 그 방송국은 너무 지나치게 힘이 들어간 거 아닐까? "테스토스테론이 충만한 남성이 됩시다."

케일럽 아마도요.

데이비드 KJR 방송에서 제일 좋은 건 허스키즈나 시호크스가 대패하는 날이야. 모두들 전화를 해서 패배를 분석하거든. 그럴 때 난 마치 천국에 있는 기분이야.

케일럽 축구 문화를 정말 좋아하시는군요.

데이비드 나탈리를 통해서 축구를 알게 됐지.

케일럽 카푸시친스키의 〈축구 전쟁The Soccer War〉.

데이비드 모두들 그 책이 좋다고 난리가 났지. 난 첫 20페이지 정도는 좋았어. 그 다음은 완전 늘어지더군. 전부 다 쑤셔 넣는 건 글쓰기 전략이 될 수 없어.

케일럽 1994년 월드컵 미국 전에서 자책골을 넣은 콜롬비아의 안드레스 에스코바라는 선수가 있었죠. 귀국 후 주차장에서 살해당했어요. 살인자는 총을 쏘기 전에 "네 자책골에 감사

해라!"라고 말했어요. 움베르토 카스트로 무뇨즈라는 녀석
이었는데, 그 경기에 도박 판돈을 건 마약왕이 고용한 청부
살인자였죠. 무뇨즈는 11년형을 받았어요. 굳이 이 이야기
를 꺼내는 건, 형량이 너무 가볍다는 거예요.

◇◇◇

케일럽 저희 부모님들은 제가 약을 한다는 걸 까맣게 모르셨죠. 장
인 장모님은 그렇게 순진하지는 않았던 것 같아요.

데이비드 LSD를 해봤어?

케일럽 네. 선생님은요?

데이비드는 고개를 젓는다.

케일럽 LSD는 자기 인식의 환상을 만들어 내지만…

데이비드 누군가 수십 번 쯤 LSD를 했다면, 금방 알아차릴 수는 있지.

케일럽 일종의 레이저 쇼죠. 이미지 픽셀과 막대와 뿔이 온통 뒤섞
여 마음 속에 이미지를 만들어요. 환각이죠. 무의식이 형상
을 만들어 내요. 그건 숲에서 코끼리가 걸어 나오는 게 보이
는 식이 아니라 색상과 이미지가 무의식과 결합되는 거죠.
전 항상 통제된 환경에서 LSD와 마약을 했어요. 마리화나
는 19살에 끊었어요. 한 두 번 예외는 있었지만요. 마지막으
로 한 게 1990년 여름 오레곤주 유진에 있는 오첸 스타디움

에서 열린 그레이트풀 데드의 콘서트에서였죠. LSD를 같이 했는데, 그게 마지막이었어요.

데이비드 너무 지나치게 반항적이었군.

케일럽 아뇨, 그렇지 않아요.

데이비드 난 환각성 마약은 해본 적 없어.

케일럽 코카인은 평생 네다섯번 해봤죠.

데이비드 나도 그래.

케일럽 그건 진한 커피 같아요.

데이비드 난 모르겠던데.

케일럽 가격은 스무 배인데 20분밖에 지속되지 않아요. 코카인을 정말 좋아했던 친구가 있었죠. 그게 왜 그렇게 좋냐고 물었더니, 그 친구는 내가 좋은 코카인을 해보지 못 해서 그렇다고 하면서, 또 한 친구랑 최상품 코카인을 구해왔어요. 두어 시간 뒤에 자러 갔어요. 글쎄, 좋긴 했지만 저는 잘 모르겠더라고요. 아침에 일어났더니 친구들이 아직도 그대로 있었어요. 일분 일초가 아까웠던 거죠. 하룻밤에 200 달러어치를 다 날려버리고 뿅가버린 거죠.

데이비드 아내는 고등학교 때 마리화나를 피웠고, 대학교 때 코카인을 했고, LSD를 몇 번 해봤다고 하더군. 자네 생각에는 내가 좀 더…

케일럽 실험적이라는 말씀이시죠?

데이비드 아마 나를 그렇게 보겠지만, 실은 아내가 좋은 면에서 좀 더 괴짜지.

케일럽 전 고등학교 시절 가장 친한 친구인 빈스와 마크랑 LSD를 했어요. 마크 아버지가 돌아가신 직후였어요. 나중에 보니 마크는 자기는 안 했다고 하더군요.

데이비드 나도 그랬을 거야. 하는 척하다가 주머니에 넣어뒀을 걸.

◇◇◇

데이비드 간혹 호텔에 가서 전화로 "쿠션 하나 더 갖다 주실래요?"라고 하면, "네, 알겠습니다. 부인."이라고 하더라구.

케일럽이 웃는다.

데이비드 미쳐버리지. 그 사람들이 잘못한 건 없지만 내 목소리가 그렇게 높지는 않잖아?

케일럽 낮게 말씀해 보세요.

데이비드 의식적으로 하면 나도 낮게 할 수 있지. 꽤 저~음으로.

케일럽 그렇게 낮지 않아요. 소프라노는 아니지만 알토 정도 되겠네요. 그런데 확실히 섹시한 여자 목소리는 아니에요. 저음에 쉰 듯한 섹시한 목소리를 가진 여자들도 있죠. 선생님은 아니에요. 여자라면 별로인 목소리죠.

데이비드 목소리가 그냥 저음이 될 때가 있어. 저어어음. 이유는 모르겠지만, 전화할 때나 녹음할 때는 평소보다 조금 더 높게 나온단 말이야.

케일럽 나아아앗게 내도록 연습하세요. 전 테너에서 베이스까지 목소리를 낼 수 있죠.

데이비드 수업 중에 학생들을 휘어잡고 있다는 느낌이 들면, 느긋해지면서 저음이 나올 때가 있지.

케일럽 마지막으로 DVR에 대고 한 번 해보세요.

데이비드 그레에에에오아르르르! 어떤가? 낮은가?

케일럽 음.

데이비드 저절로 다음 이야기로 넘어가게 되는군. 자네를 포함해서 학생들이 내 말 더듬는 걸 어떻게 생각했는지 궁금해. 학생들끼리 그런 이야기도 했어?

케일럽 아뇨. 20년 전에는 거의 눈치채지 못 했어요.

데이비드 다행이군. 많은 사람들이 별일 아니라고 말하지. 하지만 나에겐 큰 일이야.

케일럽 전 외국어로 말하려고 하면, 말이 어눌해져요.

데이비드 자네도 말을 더듬는 편이라고?

케일럽 외국어 할 땐 정말 수줍음을 많이 타요. 자신감 있는 척 하죠. 일대일로 하면 잘하지만, 여럿이 있으면 잘 못 해요. 천천히 말하거나 또박또박 말하거나 짧게 말해달라고 부탁해요. 저랑 친해진 친구들은 나와 어떻게 대화하고 내 약점을 어떻게 보완해야 하는지를 알게 되죠. 문법이나 발음을 문제 삼는 건 별로 신경 안 써요. 엉터리로 말해도 전달만 하면 되니까요. "스페인어 하시나요Puedes hablar espanol?"

데이비드 별로야.No muy bien

케일럽 두 달 뒤에 비용 일체 포함 패키지로 멕시코에 다녀오려고요.

데이비드 비용 일체 포함? 호텔과 비행기?

케일럽 호텔, 식사, 술 등 모든 음료까지 포함된 가격이죠. 낙원이
에요. 더 좋은 건, 애들을 봐준다는 거죠.

데이비드 수영장이 있어?

케일럽 성인용 수영장, 아동용 수영장, 바까지 헤엄쳐 갈 수 있는
수영장, 카페테리아와 고급 식당도 있어요.

데이비드 같은 장소에 그게 다 있단 말이야? 그리고 미리 그 돈을 다
낸다고?

케일럽 팁 빼고요. 팁은 몇 백 달러 내야겠죠. 8일, 5인 가족, 카보까
지 직항 포함 2,500달러. 제가 광고를 하는 것 같지만, 공항
셔틀과 팁까지 포함해도 3,000달러도 안 드는 휴가예요…
오, 안녕하세요. 예쁜 아기네요. 축하해요!

여성 하이커 (앞에 아이를 매고) 고마워요.

케일럽 저도 아내와 갓 태어난 애를 안고 이 길을 걸었죠. 멋진 하이
킹이었어요.

여성 하이커 정말 그래요!

케일럽과 데이비드 잘 다녀오세요.

여성 하이커 안녕히 가세요.

케일럽 제 블로그인 〈섹시한 전업주부 아빠의 노트〉에 우리 가족

휴가에 관해 한 번 썼는데, "파월 가족이 다시 하면 재미있을 것"이라는 제목을 달았죠. 그리고 하나의 항목으로 "비용 일체 포함 농담All-inclusive Jest"이라고 넣었어요. 마약 거래나 하면서 지역 일자리를 창출한다고 자랑하는 탐욕스러운 자본가를 욕한 거죠.

데이비드 내가 보기에 전업주부 아빠라는 게 독특한 아이디어는 아니지만, 책 한권을 낼만한 아이디어는 돼.

케일럽 모든 전업부모 중 절반을 위한 블로그죠.

데이비드 아내는 그 블로그를 좋아해?

케일럽 가끔은요. 저는 저희 가족 이야기를 하면서 놀아요. 사실 아내 이야기죠. 아내가 아이들 벌주는 데 너무 관대해요. 저는 그녀의 방식을 "죄와 보상"이라고 하죠.

데이비드 자네가 더 엄격하게 규율을 잡는다는 거?

케일럽 그렇기도 하고 아니기도 해요. 아내는 애들에게 뭐든 주려고 해요. 아이들한테 도넛을 사줬다고 나에게는 뭐라고 해놓고선, 저녁에 초콜릿 케이크를 내놓죠.

데이비드 무슨 말인지 알겠네. 부모들 간의 경쟁. 아내와 나도 그렇게 하지. 아들을 가지고 싶은 적은 있었어?

케일럽 아들을 보려고 넷째까지 낳자고 밀어 부칠 정도는 아니었어요.

데이비드 난 딸을 정말 원했어. 완전변이세대Xenogenesis. 자손이 반대 성에서 나온다면 자신과 완전히 달라질 가능성이 더 커진다는 가설이지.

좌파에 대하여

숲길로 다시 돌아와서

데이비드 오늘 밤 《앙드레와의 저녁식사》보는 거 어때? 그들은 각자
의 타자기를 마주보면서 함께 일하지. "좋아, 앙드레. 롱아
일랜드에서 널 비웃던 친구들 한 번 쭉 읊어봐. 난 내가 어
떻게 전기담요에 중독되었는지에 대해서 쓸 거야." 난 윌리
가 진이 다 빠졌을 때가 좋아. 투덜거리면서 이렇게 말하지.
"확실히 인생은 그런 게 아냐. 페루의 우림에서나 볼 수 있
는 장엄함을 동네 담배 가게에서도 쉽게 찾을 수 있어야 흥
미로운 인생이라고 할 수 있지."

케일럽 폴란드의 시골 마을에서도.

데이비드 그리고 나서 마지막에 윌리는 모든 거리가 마술 같아 보인
다고 하니까, 앙드레는 "그래, 난 정말 아내와 아이들이 좋
아."라고 말하지. 매우 미묘한 변화가 있어. 이게 이 장르의
핵심이라고 생각해. 《사이드웨이》[39], 《앙드레와의 저녁식
사》, 《여행》. 이 영화들은 끝에 가서는 인물들이 역할을 바
꾸는데 설득력이 느껴지지. 우리가 확실히 목표로 해야 할

---

39 Sideways: 2004년 알렉산더 페인 감독이 만든 영화. 두 친구가 와인 여행을 다니면
서 벌어지는 에피소드를 소재로 한 코미디 영화다. 한국에선 2005년에 개봉되었다.

거고, 부시에 관한 논쟁을 했을 때 이런 식으로 약간 변화가
있었다고 생각해.

케일럽 다 좋은데, "예술"이라는 명목 하에 내가 표변하거나 뭔가
주장할 수 있을지 잘 모르겠어요. 선생님이 데이비드 포스
터 월리스가 되고 제가 데이비드 립스키가 되고 그런 건 하
고 싶지 않아요.

◇◇◇

케일럽 《볼링 포 콜럼바인*Bowling for Columbine*》[40]에서 마이클 무어는
미시간호를 건너 토론토로 가서 집집마다 노크를 하면서
문이 잠겨 있는지 살펴봐요. 무어는 "미안합니다. 영화를 찍
고 있는데, 지금 캐나다 사람들이 문을 잠그지 않는 이유를
알아보고 있어요."라고 말하죠. 그러다가 브라이언 포세트
가 문을 열어 줘요.

데이비드 무어가 우연히 포세트 이웃까지 가게 된 거?

케일럽 네. 전 영화도 좋았고 총기 소유에도 반대해요. 동의하지 않
으실지 모르지만, 이건 선전물이고 허수아비 논쟁이라는 점
에서 무어는 올리버 스톤과 비슷해요.

데이비드 분명 자네는 정치적인 포즈를 취하는 능력을 갖고 있어. 사
실 나는 마이클 무어도 좋고, 올리버 스톤도 그럭저럭 참아
줄만 해.

케일럽 오늘날 예술가들은 천편일률적인 진보주의 이데올로기를

받아들이는 경우가 너무 많아요. 전 좌파에 환멸을 느껴요.

데이비드 뭣 때문에 좌파와 멀어지게 됐지?

케일럽 좌파들은 너무 절대주의적이고 망상에 빠져 있죠.

데이비드 좌파가 어떤 문제를 잘못하고 있다는 거지?

케일럽 노조 문제요. 《슈퍼맨을 기다리며*Waiting for Superman*》라는 영화는 노조가 무능한 공립학교 교사들을 어떻게 보호하는지 잘 보여줬어요. 시카고에서는 노조가 너무 강해서 트럭 한 대 당 쓰레기 처리 담당자가 세 명이나 붙어요. 다른 미국 지자체에서는 트럭당 두 명의 직원이 붙죠. 람 이매뉴얼 시카고 시장이 전 시장인 리차드 데일리가 저질러 놓은 혼란을 수습하려고 했을 때, 노조는 아무도 해고를 해서 안 된다고 했어요. 한국이나 대만, 태국에 가보세요. 그곳 노동자들은 하루 12시간, 주 6일 일하죠. 거기선 일하다가 다치면 엿 되는 거죠. 노조가 정말 필요해요. 여기서 좌파들은 "노조는 선, 자본주의는 악"이라는 상투적 구호만을 외쳐댈 뿐이에요.

데이비드 아무래도 극우 매체 뉴스콥의 영향력이 감지되는데.

케일럽 《슈퍼맨을 기다리며》의 감독은 오바마의 강력한 지지자였어요. 좌파를 감시하는 좌파라고 할 수 있죠. 이런 게 더 필요해요.

---

40 마이클 무어 감독의 다큐멘터리. 1999년 4월 20일, 콜로라도 주에 있는 콜럼바인 고등학교에서 벌어진 총기 난사 사건의 궁극적인 원인을 파헤친다.

◇◇◇

데이비드 미국이 지구에서 가장 자유로운 나라지만 아직도 믿기지 않을 정도로 결점이 많다는 촘스키의 견해가 난 마음에 들어. 간혹 도가 지나치기는 하지만, 아직도 가치 있는 목소리를 내고 있지.

케일럽 선생님은 보이는 것만 보는 것 같아요. 촘스키의 반은 틀렸어요. 그리고 정치나 종교에서 "반이 틀렸다는 것"은 "완전 틀린 것"과 같아요. 미국은 비판이 필요하지만, 어디에도 속하지 않는 사람으로부터의 비판이어야 해요. 촘스키는 아니죠. 그는 지식인 선동가가 되어버렸어요.

데이비드 순수한 선동가라고 말하고 싶어. 하나의 기준이 되려는 듯 신중하고 조용하고 공손하게 말하는 방식이 마음에 들어.

케일럽 제 생각에 촘스키의 문제는 자신의 권위를 남용한다는 거예요. 8천명만 죽었다는 서방의 선동을 인용하면서 캄보디아 사태를 오판했던 때랑 달라지지 않았어요. 촘스키의 오독은 좌파 지식인들의 캄보디아 접근 방식에 직접 영향을 미쳤죠. 촘스키는 선생님이 즐겨 쓰는 표현을 빌리자면, "화살을 자신에게 돌린 적"이 없었어요. 그리고 점점 더 나빠지고 있어요. 오사마 빈 라덴이 사살되자, 촘스키는 "빈 라덴이 911 공격을 주도했다고 자백하는 건 내가 보스턴 마라톤에서 우승했다고 고백하는 것과 같다"라고 했어요. 거슬러 올라가보면, 1967년 촘스키는 "지성인의 책임"을 썼어요. 하지만 자신의 소명에 답하는 데 실패했어요.

데이비드 난 그의 존재감에 매료돼.

케일럽 존재감? 그게 다예요?

데이비드 들어봐, 케일럽. 자네가 나보다는 세상에서 더 많은 걸 해봤 겠지만, 난 나 자신의 목소리로 그것을 써내는 방법을 터득 했어. 나는 테네시에서는 항아리를 어떻게 놓는지 알고 있 어. 내가 할 줄 아는 건 그것 밖에 없고, 나에겐 그게 전부야.

케일럽 테네시의 항아리[41]?

데이비드 월러스 스티븐스[42].

케일럽 그게 전부는 아니죠.

데이비드 나에겐 그래.

케일럽 그게 선생님이 가진 전부라면, 아무것도 없는 거죠.

데이비드 자네가 그걸 터득하지 못해서 하는 소리지.

케일럽 무지 재수없는 말씀인데요. 그렇지 않아요?

데이비드 맞아. 사과하지. 서로 의견이 다르다는 점만 인정하도록 하 고, 좀 쉬자고.

◇◇◇

---

41   Wallace Stevens의 시 'Anecdote of the Jar'에서 유래한 이야기로 황량하고 무질서 한 테네시에 항아리를 두는 순간, 테네시가 질서있는 곳으로 변했다고 노래한다.

42   Wallace Stevens: 미국의 시인. 공저로 〈가지 않은 길〉이 번역 출간되었다.

케일럽 필록테테스 센터 토론회에서 선생님, 릭 무디, 존 캐머런 미
첼은 DJ 스푸키가 쓸데없는 이야기를 계속 지껄여대는 바람
에 토론에 끼어들 틈이 없었죠. "우파들이 현실을 기괴하게
재현하는 방식은 정확히 히틀러가 하던 거죠. 이야기라는 틀
을 이용해 두려움과 공포의 관념을 불러 일으키는 거예요."
같은 헛소리를 해댔죠. 사회자가 프로이트와 버자이너에 관
한 문제제기를 하면서 그의 말을 끊었어요. 무디는 "훌륭한
지적"이라고 말하면서 주제를 바꾸는 데 성공했어요.

데이비드 내가 그 토론회 사회를 보기로 되어 있었는데…

케일럽 열띤 대담이었어요.

데이비드 알고 있겠지만 DJ 스푸키의 본명이 폴 밀러인데, 그때 처음
만났지. 다른 사람이 출연하기로 되어 있었는데 마지막에
대타로 들어왔다더군. 똑똑하고 간결하고 똑부러지게 말을
잘하는 건 확실하지만…

케일럽 멍청이는 분명 아니지만, 누가 닥치라고 말을 해줘야 한다
니까요.

데이비드 나라면 "폴, 고마워요. 하지만 다른 사람들에게도 기회를 줘
야죠."라고 했을 텐데 말이야. 내 딴에는 생각 끝에 한 말이
었겠지만 분위기는 순식간에 냉랭해졌을 거야. 만약 릭 무
디가 말을 너무 많이 하면, "릭, 그만해요. 좀 쉬셔야죠. 폭풍
처럼 말을 쏟아내고 계시군요."라고 말할 수 있었을 텐데 말
이야.

케일럽   얼음 폭풍이죠.[43]

데이비드 하하

케일럽   하지만 스푸키에게는 아무 말도 하지 않으셨죠?

데이비드 자네라면 했겠어?

케일럽   했겠죠.

데이비드 그는 끊임없이 헛소리를 지껄이고, 유명인사들 이름이나 들
         먹이고, 실제로는 어떤 의미 있는 이야기도 안 했지. 그에게
         그걸 따졌어야 하는 건데, 그렇게 하지 못 했어.

케일럽   저도 아는 유명인들 이름을 들먹이고, 목숨 내놓는 짓도 하
         고, 이런 저런 못된 짓을 하고 다녔지만, 그것도 때와 장소
         가 있는 법이죠.

데이비드 그가 흑인이기 때문에, 편하게 입 좀 닥치라고 할 수 없었던
         것 같아.

케일럽   말이 나온 김에, 힙합 들어보신 적 있어요? 데이비드 실즈가
         N.W.A[44] 노래를 쿵쾅거리면서 운전하는 건 상상할 수가 없
         군요.

데이비드 내가 NWA를 모를 거라 생각하다니. 나를 완전 1차원적으
         로만 보고 있군. 내 친구 마이클과 나탈리가 듣고 있길래 처
         음 들었는데, 좋더라구. 찾아 듣는 척 하지 않지만 말이야.

---

43 2002년에 출간된 릭 무디의 소설 〈An Ice Storm〉을 비꼬면서 하는 말

44 N.W.A: Niggaz with Attitude의 줄임말. 미국의 힙합 그룹

◇◇◇

부엌에서

케일럽 맥주 드실래요?

데이비드 좋아. (맥주병 따는 소리) 놀랍군. 경륜 있는 맥주 애호가의 면모가 보이는군. 그렇게 따는 건 본 적이 없어.

케일럽 아내는 결혼반지로 병 따는 걸 좋아하지 않아요.

데이비드 왜?

케일럽 반지에 흠이 난다고 생각하죠. 전 이것이야 말로 헌신의 상징이라고 하죠. 맥주, 아내, 그리고 사랑.

◇◇◇

케일럽 〈엘리자베스 코스텔로*Elizabeth Costello*〉[45]에서 쿳시[46]는 우리가 동물을 대하는 방식이 나치가 유대인을 다루는 방식과 유사하다는 암시를 하죠.

데이비드 난 채식주의자는 아니지만, 그런 자제력이 있었으면 해. 쿳시가 〈동물을 먹는다는 것에 대하여*Eating Animals*〉[47]에 대해 이렇게 말했지. "포어의 책을 읽고도 공장형 농장 제품을 계속 소비하는 사람은 심장이 없거나 이성이 없거나 아니면 그 둘 다일 것이다."

케일럽 헐.

데이비드 그런 류의 다큐멘터리를 본다면…

케일럽 많이 봤어요.

데이비드 자네도 닭이 도살되는 걸 보면 죄책감이 들었겠지. 도살 방식이 잔인하다고 생각하지 않아? 인간이 자신들의 편리를 위해 그런 식으로 하는 게 말이야. 채식주의가 정당한 주장이라고 생각하지 않아?

케일럽 인간은 잡식동물이죠. 동물은 고통을 당해요. 동물은 그렇게 될 수 밖에 없죠. 서로 잡아 먹고, 영양분을 얻기 위해 싸우고, 굶어 죽기도 해요. 이들이 우리 인간들처럼 인지력이 있는 건 아니죠. 부유한 진보주의 고학력 사회에서, '도덕적 채식주의자'가 되는 건 참 쉬운 일이지만, 아프리카와 남미에서는 육식을 하지 않는 건 사먹을 형편이 못 되기 때문이죠. 아이들은 미네랄, 철분, 비타민 결핍을 겪고 있어요. 고기가 제공하는 영양분 없이는 뇌도 발달할 수 없죠. 임산부들도 태아에 영양분을 공급하기 위해서는 고기, 달걀, 우유가 필요해요. 상대적으로 윤택한 생활을 하는 채식주의자들이 두부, 미나리, 톳, 유기농 템페 등을 먹으면서 육식은 "살인 행위"라고 혀를 차지만, 가난한 사람들은 영양실조로 죽거나 발육이 늦어지죠.

---

45 2004년 출간된 소설로, 존 쿳시는 이 소설로 생애 두번째 맨부커 상을 받았다.

46 John Maxwell Coetzee: 노벨상을 수상한 남아프리카의 소설가. 번역서로 〈추락〉, 〈슬로우맨〉 등이 있다.

47 조너선 사포란 포어의 책으로, 2011년 국내에 번역 출간되었다.

데이비드 유기농 제품을 찾아 먹는 편이야?

케일럽 아내가 유기농 광팬이에요. 우리 아버지도요. 놓아 기른 닭을 먹어요. 전부 유기농이죠. 오늘밤 우리가 먹고 있는 채소는 모두 이 지역에서 생산된 거예요. 건강에 좋지 않다는 이유로 우리집에서는 붉은색 고기는 안 먹어요.

◇◇◇

케일럽 음식, 총기, 낙태에 관한 한, 저는 선택적 권리를 지지해요. 흡연은 각자의 선택이죠. 전 담배는 싫지만, 선택적 권리를 지지해요. 낙태는 찬반의 문제가 아니지만요.

데이비드 내 생각에 낙태 찬성파는 더 이상 물러설 곳이 없다고 믿는 거 같아. 반면 소위 생명 중시 운동의 궁극적인 목표는 낙태를 완전히 금지하는 거지.

케일럽 총기를 금지하면 사냥도 금지할 것이라고 두려워하는 사람들도 있죠.

데이비드 나는 낙태 찬성론에는 공감하는 편이지만, 총기 소지 찬성 운동에는 공감할 수가 없어.

케일럽 총기에 대해서는 의견일치군요. 하지만 아무도 그걸 금지하려고 하지 않아요. 낙태에는 찬성하고 사형에는 반대하는 도덕적 채식주의자라면 뭐라고 할까요? 태아가 범죄자나 닭 한 마리보다 가치가 없다? 아내 친구인 제니와 남편은 도덕적 이유에서 육식을 끊었어요. 그런데 제니가 간호학교에 다닐 때 낙태를 했죠. 두 해 전 여름에 함께 바베큐를 먹었는데, 자기들 먹을 채소를 굽기 전에 그릴을 박박 닦기 시작하더라구요. 고기 찌꺼기가 채소를 더럽힐까 봐 그랬던 거죠. 제가 아내에게 말했죠. "닭이 태아보다 소중한가 봐?"

데이비드 자네는 인간의 약점을 거리를 두고 초연하게 바라볼 줄 아는군. 그걸 잘 해. 매우 논리적이야.

케일럽 물론 직접 말은 안 했죠. 하지만 제니는 낙태 사실을 끔찍하게 느꼈어요. 마음이 엉망이 되고 말았죠. 그래서 자기 엄마에게 낙태 이야기를 했는데, 위로는 커녕 화가 머리 끝까지 나서 "내 손주를 낙태시켰다"고 딸을 책망했대요. 지금은 말도 안 한대요. 제 생각에 제니는 자신의 선택을 후회하고 있는 것 같아요. 정말 아이러니죠.

추천사라는 것

케일럽 쿳시 홍보 사건 이야기 좀 해주세요. 질문할 때마다, 완전 얼버무리시던데요.

데이비드 지난 10년 동안 출판된 책들 중에 〈엘리자베스 코스텔로〉가 제일 좋았어.

케일럽 정말 지루한 책이죠.

데이비드 농담이지?

케일럽 전혀요.

데이비드 난 논란이 있을 때마다 그 책을 지지하는 쪽이었어. 쿳시에게 손편지로 팬 레터까지 보냈지. 내가 무지 좋아한다는 걸 분명히 알려주고 싶었거든. 각 장마다 이전 책들에서 보여주었던 도덕적/미학적 태도를 완전히 걷어내 버렸고 책 전체가 인생에서 가치 있는 게 있다면, 그 이유를 밝혀내려는 시도라고 할 수 있지. 결국 그가 긍정하는 건 오직 하나, 진흙 속에서 개구리가 울고 있다는 거야. 순수한 동물의 생존 본능 말이야. 믿기지 않을 정도로 진지하고 위대한 책이야. 이런 내용을 편지에 담아 보냈더니 그도 내 평가를 좋아하더군. 이걸 전부 우편으로 주고 받았지.

케일럽 우편으로요? 호주까지?

데이비드 이메일을 몰랐거든.

케일럽 끔찍한 악필이시잖아요.

데이비드 내가 말이야…

케일럽 음메~

데이비드 몇 번 편지 왕래가 있고 나서 〈리얼리티 헝거〉를 설명하고 테이프로 묶은 원고를 읽어줄 수 있는지 물었는데, 놀랍게도 그러겠다고 하는 거야.

케일럽 요점만 말씀하세요.

데이비드 거두절미하고 그가 실제 추천사를 써줬고, 거기에 그가 보낸 또 다른 이메일을 덧붙이고 난 뒤에 그에게 공식 추천사와 비공식 이메일 글들을 합쳐서 써도 되는지 물었어. 난 그게 큰 일이라고 생각하지 않았어.

케일럽 (웃으며) 그는 큰 일이라 생각했겠죠.

데이비드 얼마나 많은 사람들이 내 이메일을 그렇게 써먹었는지 헤아릴 수도 없거든. 하지만 그는 "아니요, 그건 안 돼요. 그냥 공식 추천사만 쓰세요."라고 하더군. 그래서 난 "그래야죠, 물론이죠. 문제 없어요"라고 보냈지.

케일럽 그것만 써라, 그런데 문제가 생겼군요.

데이비드 그 몇 주 전 이미 내가 만든 추천사를 미국과 영국의 편집자들과 몇몇 지인들에게 보냈지. 쿳시의 요청을 받자마자 수정했지만, 책이 나오기 몇 달 전 자디 스미스가 [가디언]에 서평을 써버린 거야. 그것도 사용하면 안 되는 비공식 추천사까지 인용하면서 말이지. 내가 인터넷에서 그걸 본 순간, 정말 엿 된 거 같았어.

케일럽 다음을 기록으로 남긴다. 길고 어려운 말하기로 유명한 데이비드 실즈가 방금 "난 정말 엿 된 거 같았어"라고 말함.

데이비드 무엇보다 책에 관한 자디의 접근 방식이 그다지 재미 없었고, 둘째, 잠깐만 사과 하나 먹고.

(데이비드는 사과를 한 입 베어 문다. 케일럽은 맥주를 들고 한 모금 마신다.)

둘째, 서평에서 쿳시의 인용문을 봤을 때, 심장이 갈비뼈를 뚫고 나오는 줄 알았어.

케일럽이 웃는다

데이비드 바로 편지를 썼어. "당신에게서 제 책이 좋다는 말을 받아본 날이, 바로 제 인생의 기념일입니다. 당신은 제가 세상에서 가장 존경하는 여섯 분의 작가들 중 한 분이니까요. 전부 저의 잘못입니다. 진심으로 사과의 말씀을 드립니다. 앞으로 올바른 추천사만 사용할 것을 약속 드립니다." 그게 마지막이었지. 그때부터 쿳시의 에이전트는 어떤 출판사도 쿳시의 글을 사용할 수 없다고 했지. 쿳시는 [가디언]지에 편지를 써서 그 서평을 내리라고 했어. 자디 스미스도 그 서평을 어디에도 다시 실을 수 없게 되었지.

케일럽 그 인용문은 출판되었잖아요. 1쇄가 몇 부나 남아있죠?

데이비드 아마 400부 정도.

케일럽 정말요? 교정쇄 수집가들의 필수 아이템이겠네요. 한 권 가지고 있는데, 1,000달러를 불러도 안 팔 거에요.

데이비드 엄밀히 말해서 내가 잘못한 걸까?

케일럽 그렇다고 봐야죠.

데이비드 내가 정말 존경하는 작가였는데 내가…

케일럽 블로그에 올려야겠어요.

데이비드 그러지 마.

케일럽 왜 안 되죠? 정당하게 사용할 수 있는 건데요.

데이비드 글쎄, 법적으로 책임져야 할 걸?

케일럽 누구 책임이죠? 선생님? 저?

데이비드 아마도 자네가 되겠지.

케일럽 그러면 안 올릴래요.

데이비드 안심이군. 고마워.

◇◇◇

케일럽 제 소설에 대해 진심으로 찬사를 보내줄 수 없다고 거절하셨을 때 실망이 컸죠.

데이비드 난처한 상황이었지.

케일럽 그 소설이 어떻게 선생님께 피해를 준다는 거죠? 선생님은 "난 방금 〈리얼리티 헝거〉를 썼는데, 전통 소설을 디스하는 선언서 같은 거야. 그래서 전통 소설을 추천하는 글은 쓸 수가 없네"라고 하셨죠.

데이비드 그때는 쿳시 사건으로 엉망이던 때였어. 쿳시가 다소 고압적으로 행동하고 있다고 느껴서 난 케일럽에게 그러지 말아야지, 했었지.

케일럽 열 받았죠. 그 뒤에 선생님한테 허락을 받긴 했어요.

데이비드 내가 뭐라고 했지?

케일럽 선생님 은사님들 이름은 인용하지 말고, 선생님이 이전에 썼던 칭찬들은 써도 좋다고 하셨죠. 제 소설이 극찬하는 추천사를 받을만할 정도로 대단하진 않았지만 그래도…

데이비드 날 뭐라고 했지, 기억해?

케일럽 "선생님은 진짜 얼간이예요"라고 했죠.

데이비드 초등학생 수준이었어.

케일럽 바로 답장을 보내셨죠. "무슨 말이야?" 몇 분 뒤에 "너무 막
        나가는군"이라고도 하셨죠.

데이비드 사실인 것 같은데, 그렇지 않아?

케일럽 그런 거 같아요.

데이비드 내가 뭐라고 했는지는 잊어버렸어.

케일럽 "훌륭하게 쓰여진 책이고, 결말이 아주 강렬해. 불행하게도
        내 책이 나와서 자네 책 추천사를 쓸 수가 없군."

데이비드 사실 나로서는 그게 이치에 맞는 행동이었어. 〈리얼리티 헝
        거〉가 나온 다음이라…

케일럽 괜찮아요.

데이비드 어쨌든, 난 자네 소설은 마음에 들었어.

케일럽 그다지 좋아하신 것 같진 않은데요.

문제적 인간, 데이비드 포스터 월리스

데이비드 〈엘리자베스 코스텔로〉에 관해서는 자네와 내가 멋진 레슬
        링을 한 판 한 것 같군. 자네 입장은 말이야, 바로 이 쪽엔 아
        프가니스탄의 어떤 미망인이 있고, 반대편엔 자신이 쌓아온
        업적에 대하여 고민하는 쿳시가 있다는 거지만, 이 책의 메
        시지는 "비애는 나의 것! 나는 오해 받는 노벨상 수상자"라

는 식은 아니야. 쿳시는 이렇게 말한 거야. "나는 작가로 살아 있기 위하여 노력할 것이고, 박수 갈채 속에 묻히고 싶지는 않다. 내 나이 육십대 중반. 궁극의 질문을 던지고 싶다."

케일럽 궁극의 질문이란 게 뭘까요?

데이비드 인생에서 진짜 긍정할 수 있는 게 뭘까? 사이비 확신이 아니라, 우리가 실제로 믿을 수 있는 건 무엇일까? 결국 동물의 권리, 시민의 권리, 정치적 행동주의, 예술, 사랑, 우정에 관한 이 위대한 글들 속에 내가 믿는 것은 개구리의 울음소리…

케일럽 아까 말씀하신 그거.

데이비드 자네의 쿳시 비판은 나에겐 월리스 비판과 똑같아 보여. "징징거림은 이제 그만…나와 세계 사이에 존재하는 당신의 그 고귀한 인식 따위는 빼고 세계의 고뇌를 나에게 보여줘." 하지만 나에겐 예술이 바로 그거야. 인간의 의식.

케일럽 '롭스터를 생각하라', '출항'은 매력적이지만, 월리스의 문제는 독자가 너무 열심히 공부하듯이 작품을 읽어야 한다는 거예요. 난해함과 장황함 사이를 오락가락 해요.

데이비드 자신의 권위를 너무 지나치게 휘두른다는 거지?

케일럽 지금도, 예전에도 쿨한 사람이기는 해요.

데이비드 나라면 지구 역사상 가장 쿨하지 않은 사람이라고 말하고 싶어.

케일럽 그와 함께 시간을 보내는 것이 꽤 흥분되는 일이란 건 잘 아시겠죠. 하지만 정작 그에게는 누군가 필요했던 거죠. 만나

주고, 영감을 주고, 외롭지 않게 해줄 사람 말이죠. 편집자든 연인이든.

데이비드 그런 사람이 있었다면, 그렇게 사랑 받는 작가가 되지는 못 했을 거야. 그의 모든 작업은 말이야, 살아있다고 느끼는 게 얼마나 낯선 것인지를 상징하고, 표현하고, 전달하려는 시도 그 이상도 그 이하도 아니야. 특히, 의식하는 행위의 부담과 기쁨을 말하려 했던 거야. 모든 주석, 모든 신조어, 호언장담하는 말투와 통속적인 특수용어의 기묘한 조합, 단어와 단어 사이를 이어주는 '~에 관하여" 또는 "~처럼"의 남용, 모든 한정형 삽입어구. 이 모든 것의 목표는 바로 지금 이 바닥에서 살아있다는 게 어떤 것인지를 새로운 방식으로 이야기하려 했던 거야.

케일럽 난 말 끊는 소가 되고 싶어요. 아마 IQ는 저보다 높겠죠.

데이비드 자넨 지나치게 지적인 인간이야.

케일럽 전 한계가 있어요. 낮은 자존감 때문에 괴로워하진 않지만, 제가 멍청하다는 건 알아요. 전면에 내세우지 않을 뿐이죠.

데이비드 누가 월리스의 IQ에 신경 쓰겠어? 월리스는 글 속에서 똑똑해 보이는 비법을 터득했어. 자신이 가르쳤던 포모나 대학의 학생들이 자신보다 SAT 성적이 높다고 말했어. 난 고등학교, 대학, 대학원에서 라틴어를 공부했는데, 그는 라틴어를 계속 잘 못 쓰고 있더라구.

케일럽 그 사실을 알았을까요?

데이비드 아니, 그냥 모르고 그렇게 쓴 거지. 그런 실수가 그 작가도 엄청 똑똑해 보이려고 애쓰는, 우리처럼 연약한 사람이란 걸 알게 해주지. 근데 공교롭게도 그게 내가 잘 아는 분야였기 때문에 말도 안 되게 틀린 경우가 많다는 걸 알게 된 거야. 중요한 건 어떤 의미이건간에 그는 굳이 "천재"일 필요는 없었다는 거야. 책에서는 정말 똑똑하고 재미있어 보이는 방법을 찾아냈으니까.

케일럽 재미있군요. 어쩌면 IQ가 저보다 낮았을지도 모르겠네요.

데이비드 그럴 거야. 자살할 정도로 멍청했지.

케일럽 자살 충동을 겪었던 친구 둘이 있었어요. 한 친구는 조울증을 앓았고, 다른 친구는 우울증이 있었는데, 지금은 둘 다 치료를 받고 있어요.

데이비드 월리스도 그랬지.

케일럽 어떤 사람들은 뇌에서 시냅스가 연결되어 있지 않다고 하더군요.

데이비드 이야기가 순수 생화학 분야로 넘어가는군. 열 네다섯살 때쯤 월리스는 이마에서 도끼가 튀어나온다고 상상했어. 자신과 세계 사이에는 항상 유리벽이 있다고 느꼈고, 생의 대부분을 항우울증 약인 나르딜에 의존했어. 그러다 포모나대학에서 좋은 자리를 얻었고, 행복한 결혼 생활도 했고, 아이를 가질 생각까지 했지. 그리고 이렇게 말했어. "난 이 행복을 다음 단계로 끌어올리고 싶다" 그리고 나르딜도 끊었지.

그게 큰 실수였어. 걷잡을 수 없이 심각한 우울증에 빠져들고 말았거든. 이 약은 끊었다가 다시 사용하면 예전 같은 효과가 나오지 않거든. 예전의 쾌감은 돌아오지 않는 거지. 다시 복용하기 시작했지만 이미 예전 같지가 않았어. 전기 충격요법과 같은 별짓을 다해봤지. 우리 아버지도 말년에 전기 충격요법에 빠져 있었지.

케일럽   월리스하고는 알고 지내셨어요?

데이비드   조금.

케일럽   제가 한 말을 취소할게요. 너무 잔인했어요.

데이비드   전혀 그렇지 않아.

◇◇◇

케일럽   이건 "제임스 우드는 공룡"이라는 노래예요. (기타를 치며 노래한다) 제임스 우드는 공룡. (코드를 바꾼다.) 제임스 우드는 악보를 볼 줄 몰라. (크게 연주한 다음, 부드럽게 연주한다) 제임스 우드는 데이비드 실즈를 코 골게 해.

데이비드   음악이 아니라 외국어처럼 들리는데?

케일럽   (DVR에 대고) 현재 시간 9월 30일, 금요일 오후 9시 37분.

데이비드   내가 생각하는 제임스 우드[48]의 문제가 뭔지 알아? 문학과 종교를 혼동하고 있다는 거야.

케일럽   (노래한다) 문학과 종교!

데이비드   자네도 알지, 그의 고루함!

케일럽   (노래한다) 그의 고루함!

데이비드   그의 서평집을 두 권 읽었어. 〈소설은 어떻게 작동하는가〉
를 읽었는데 정말 진부했지. 신에 관한 소설은 더 나빴어.

케일럽   (가볍게 기타를 치며) 전 안 읽었어요. 간혹 [뉴요커]에 실리는
글만 봤죠.

데이비드   그는 하나의 사례 혹은 유형으로서만 매혹적이야. 그의 아
버지가 영국 성공회 목사였고, 우드도 성직자 교육을 받았
지. 교회를 떠나 문학 비평가가 되었지만, 옛날 이야기에서
벗어나질 못했어. 2011년에도 그는 여전히 리비스의 "위대
한 전통"[49]에 집착하고 있고, 현대의 작품을 전부 〈보바리
부인〉에 견줘 평가하고 있어.

케일럽이 웃는다

데이비드   서평자들은 그를 하나의 황금률로 생각하지만, 그의 정체
는 19세기 소설의 바다를 항해하는 선장이야. 내가 보기엔
그는 길 잃은 사람이야. 감동을 주긴 하지만 그의 퇴행적인
행동에 맞서 싸우는 게 정말 중요해.

---

48   James Wood: 영국 태생의 미국 문학비평가
49   〈The Great Tradition〉: 영국의 문학 비평가 F.R.Leavis가 1948년에 쓴 평론집으로
영국 소설문학의 계보를 짚어본 것으로 유명하다.

인생 대 예술

데이비드 《앙드레와의 저녁식사》에서, 월리는 앙드레가 멘붕 상태
의 고통 속에 빠져 있기 때문에 함께 저녁을 먹어야만 한다
고 생각해. 케일럽과 데이비드가 함께 이와 비슷한 걸 만들
어낼지 모르겠군. 케일럽에게는 내가 읽어줬으면 하는 원고
가 있을지도 몰라. 아니면 나는 〈문학은 어떻게 내 삶을 구
했는가〉에 대하여 케일럽이 인터뷰 해줬으면 하고 바랄지도
모르지. 아니면 자기 원고에 추천사를 써주지 않았다고 케
일럽은 화가 나 있을지도 모르고, 대학원에 가기 위해 추천
서가 필요한 건지도 몰라.

케일럽 너무 연출된 느낌인데요.

데이비드 처음에는 그저 사소해 보이지만…

케일럽 전 모르겠어요.

데이비드 그냥 생각 없이 던진 말이야.

케일럽 글쎄요. 우리가 《앙드레와의 저녁식사》를 흉내낼 거라면,
제가 선생님을 만나러 워싱턴대학 연구실로 걸어가는 장
면으로 시작해야죠. 거기에 나레이션이 깔리겠죠. "음, 데이
비드 실즈가 함께 책을 쓰는 게 어떻겠냐고 물어왔다. 왜일
까? 이건 잔인한 농담? 날 미워한다고 생각했는데."

데이비드 문화과 예술에 대해 이러쿵저러쿵 평론이나 쓰던 데이비드
가 그 일이 너무 지겨워져서 케일럽을 찾는 거, 이게 나름 그

럴싸한 시작일 수 있어. 근데 그거 말고는 다음에 뭘 해야 할지 정확히 알지 못해. 그저 화살통에 화살이 얼마 안 남았을까봐 두려웠던 거야. 자신을 흔들어 깨울 무엇 혹은 누군가가 필요했던 거지. 그는 적수를 찾고 있는데 케일럽이 공격적이었다는 게 떠오른 거지…

케일럽 저더러 "전투적"이고 "논쟁을 좋아한다"고 하셨죠.

데이비드 자넨 내가 아는 사람 중에 나에게 대립각을 가장 잘 세우는 사람이니까.

케일럽 "적대적"이라고까지 하셨어요.

데이비드 그랬지.

케일럽 전 그걸 칭찬으로 받아들였어요. 그리고 보완[50]으로도 받아들였죠. 어쨌든 우린 이제 좀 친해졌죠.

데이비드 나에게 항상 도전하려고 했지만, 지금까지 우린 미학적으로 충분히 공유하고 있어서 굳이 이야기할 게 없었던 거야. 앙드레와 윌리처럼…

케일럽 전 앙드레처럼 잠수 탈지도 몰라요. 결혼하기 전에 아내에게 전, 세달 정도 잠수를 타고 와도 행복한 결혼 생활을 다시 이어갈 수 있는 그런 사람이라고 했죠. 아내가 임신했을 때 아무 이상 없는 걸 확인하고 아시아로 갔어요. 혼전에 다

---

50 Compliment는 칭찬이란 뜻이고, complement는 보완하고 보충한다는 뜻. 발음이 비슷한 단어를 가지고 하는 말장난

합의한 건데, 아무리 그래도 그녀는 어떻게 내가 그럴 수 있는지 이해하지 못했죠. 장모님은 더 이해하지 못하셨어요. "마누라가 임신을 했는데 대만으로 간다고?" 앙드레도 아내와 가족을 떠나죠.

데이비드   대단한 역마살이야.

케일럽   프러포즈를 하고 6개월 동안 대만에 가 있었어요. 우린 홍콩에서 만나 일주일을 보냈지만, 결혼식 준비는 모두 그녀가 도맡아 했어요. 양가 모두 이상하다고 생각했대요. 아시아에서 돌아와서, 결혼식을 올리고 벨리즈와 과테말라로 신혼여행을 갔죠. 결혼식 날, 장인이 건배를 하며 아내와 내가 아주 많이 닮았다고 하시더군요. 둘 다 역마살이 있다고요. 장인이 말했죠. "케일럽은 전 세계를 떠돌아 다녔죠. 또 내 딸은 회사 사장이 메릴랜드로 가서 일할 수 있는지 묻자, 곧장 거기로 가버렸죠." 그 후로, 메릴랜드로 대모험을 떠났다고 아내를 놀리곤 하죠.

데이비드   아내는 아시아에서 일한 적 없어?

케일럽   없어요.

데이비드   앙드레의 아내 같군.

케일럽   앙드레는 아내를 그리워하지 않아요.

데이비드   아냐 그렇지 않아. 난 그녀에 대해서 아주 특별한 느낌이 있는데.

케일럽   그녀에 대해서 아는 건 거의 없어요. 트리비아란 이름의 그녀는 엑스트라처럼 바에 앉아 있을 뿐이죠.

◇◇◇

데이비드 (케일럽이 방을 나가자 DVR에 대고) 월리와 앙드레는 더 강한 대
비를 보여주기 위해 스스로를 희화화했다. 풍차를 공격하
는 돈키호테와 흔해빠진 남자 산초 판자. 그리고 케일럽과
나는 우리 대화 그 자체든 편집본이든 우리 입장을 약간 과
장해야 한다고 생각한다. 거짓말이나 가식이라는 건 아니지
만, 나는 앙드레가 외면에 보이는 것처럼 권위적인 사람인
지에 대해서는 심각한 의문이 든다. 월러스 숀은 스스로 얼
간이 행세를 하고 있지만 훨씬 교양 있는 사람이라는 것도
안다. 마찬가지로 케일럽과 나도 예술작품을 위해 기꺼이
그들처럼 노력해야 한다. 말하기 좀 그렇지만 이 작품의 가
장 중요한 토론 주제가 인생 대 예술이니까.
난 4개월 이상 해외에서 살아본 적이 없다. 케일럽은 아마
인생의 1/4를 외국에서 살았지만 지금은 전업주부 아빠다.
난 이렇게 상반되는 것들이 있다는 게 마음에 든다. 그렇지
않았다면, 이 모든 대화가 책 쓰는 일을 기저귀 가는 일에 비
유하는 한 줄짜리 농담에 지나지 않았을 거다. 난 우리의 성
격을 어떻게 만들어가야 할지 잘 모르겠다. 난 나의 성격을
정확히 파악하기 위해 나 자신과 충분한 거리를 두지 않는
다. 나에게 성격이 있긴 있는 건지. 하하. 〈물론 너는 네 자신

이 되는 걸로 끝나겠지만*Although Of Course You End Up Becoming Yourself*〉에서는 데이비드 포스터 월리스는 예술 쪽이고, 립스키는 정말 세련되지 못한 돈벌이 쪽이었다. 영화《사이드웨이》에서 지아매티는 고뇌하는 작가고, 헤이든 처치는 "한번뿐인 인생"주의자다. 아마 이런 것들이 이 작품들의 한계를 보여주는 것인지도 모른다. 케일럽과 나는 이런 식의 이름표를 넘어서기 위하여 열심히 노력해야 한다.

케일럽 (방으로 돌아오며)《로젠크랜트와 길덴스턴은 죽었다》[51]도 있어요.

데이비드 오, 그 연극 너무 좋아.

케일럽 〈고도를 기다리며〉[52]도 있어요.

데이비드 플라톤과 소크라테스의 대화까지 거슬러 올라가겠군. 오랜 역사를 가진 형식이지. 백인 남자 둘이 헛소리하는 거 말이야. "왜 우린 이걸 하고 있을까?" 왜 우린 아내와 가족을 놔두고 집을 나온 거지? 스스로 물어보는 것도 좋은 생각 같아. 난 립스키/월리스,《사이드웨이》,《여행》을 한 번 이야기해보는 것도 좋을 것 같아. 우리가 의식적으로 그 작품들을 토론 하는 게 너무 이상한 게 아닌지 의문이 들긴 하지만.

케일럽 우리에게도 코미디가 필요해요. 예를 들면 〈사이드웨이〉에서 와인 시음을 하는 토마스 헤이든 처치가 껌을 씹고 있었다는 걸, 폴 지아매티가 알아채게 되는 장면 같은 거요.

데이비드 그거 정말 웃겼지.

케일럽 아내는 제가 헤이든 처치래요.

데이비드 왜?

케일럽 세련되지 못하다고 생각해서죠.

데이비드 본인은 꽤나 세련됐나 보지?

케일럽 만찬, 초대하고 초대받기, 가구 배치 등에 관한 모든 규칙과 에티켓을 알고 있죠. 쿠션을 놓을 때 줄기는 아래로, 꽃은 위로 가게 해야 된대요.

데이비드 난 그게 뭔 말인지도 모르겠어.

케일럽 쿠션에 새겨진 꽃 무늬 말이예요. 그리고 말벡, 카베르네, 메를로의 차이도 알아요. 한 번은 아내에게 넓은 잔이 아니라 얇고 길쭉한 잔을 건넨 적이 있는데, "케일럽, 고맙긴 한데, 잔이 틀려먹었어. 잔의 곡선은 와인의 에센스가 순환하게 하는 거야."라고 하더군요.

데이비드 내 아내도 좀 그래. 시카고 대화재 사건이 있었던 1871년, 가업이던 보험회사가 파산할 때까지 고조부모가 하녀와 하인을 거느리고 있었다고 하더군. 아내도 자네 사고방식은 세련됐다고 인정하지 않아?

케일럽 우리 부부가 함께 사는 날이 길어질수록 저만 점점 멍청해

---

51 Rosencrantz and Guildenstern Are Dead: 톰 스토파드의 연극 작품인데 1990년 영화로 만들어졌다. 이 두 인물은 햄릿의 친구로 햄릿의 광기의 원인을 알기 위해 스파이로 파견되지만 햄릿에게 죽임을 당한다.

52 Waiting for Godot: 아일랜드 태생의 극작가 사뮈엘 베케트의 작품

지는 거 같아요. 아내는 내가 의사나 변호사 정도가 됐어야 할 사람인데, 자신을 너무 싸게 팔고 있다고 생각해요. 글을 쓰는 나의 동기도, 또는 어떤 것에 동기가 안 생기는지도 이 해 못 해요. 어째서 제가 22,000달러 이상을 번 적이 없는지 도 이해 못 하죠.

데이비드 그 돈은 어떻게 벌었어? 영어 가르쳐서?

케일럽 공사장 일을 해서죠. 영어 가르쳐서는 그만큼 못 벌어요. 보 통 숙소 제공 같은 혜택은 있지만요. 브라질에서 월 500달 러를 벌었고, UAE에서 가장 많이 벌었죠.

데이비드 이제 영화 보자고.

케일럽 맥주 한 병 가져올게요.

◇◇◇

데이비드 (다시 혼자, DVR에 대고 말한다) 윌리와 앙드레가 좋았던 또 다 른 이유는, 스스로를 웃음거리로 삼았다는 것이다. 그들은 자신이 우스꽝스럽다는 것을 잘 알고 있다. "난 멍청이"라 는 말을 자주 하는데, 내가 좋아하는 사람들의 중요한 특징 이다. 케일럽과 나도 그렇게 해야 한다고 생각한다. 아니면 케일럽 혼자만이라도 말이다. 왜냐고? 난 멍청한 짓은 한번 도 해본 적이 없기 때문이다.

케일럽과 내가 말하는 시간에 있어서 동등한 대화를 하길 원하지만, 나는 공격 기회를 기다리며 진득하게 뒷자리에 앉아있는 월리의 방식이 마음에 든다. 그는 수동적이면서 공격적이고, 단지 때를 기다릴 뿐이다. 영화 전체가 "내가 어떻게 생각하는지 알고 싶어?"라고 막판에 말하는 월리에게 맞춰져 있다. 그리고 나서는 독백을 하는데, 내가 이해하기로는 그건 앙드레를 부드럽게 박살내는 것이었다. 혹은 적어도 앙드레의 논점을 박살내 버렸다.

그런 순간이 찾아올지 모르겠지만, 난 이렇게 말하는 순간이 오기를 원한다. "케일럽, 티베트, 이스탄불, 쿠에르나바카에 관한 멋진 이야기를 들려줘서 고마워. 난 정말 이 모든 길고 긴 이야기를 즐겁게 듣고 있지만, 글쎄, 내 진심은 이거야. 난 자네가 완전히 틀렸다고 생각해."

케일럽   저 왔어요.

◇◇◇

월리: (나레이션) [앙드레는] 잉그리드 버그만이 맡은 배역이 "난 언제나 예술 안에서는 살아갈 수 있지만, 삶 속에서는 살아갈 수 없어요"라고 말하는 걸 듣고 터져 나오는 눈물을 주체할 수 없었다.

데이비드   이 영화에서 제일 중요한 대사지.

케일럽   왜죠?

데이비드   가장 중요하지 않을지도 몰라. 내가 가장 공감하는 대사지.

케일럽   그게 뭐가 달라요?

앙드레: ⋯ 저 어딘가에 나치 친위대의 전체주의적 감수성이 있어⋯음, 뭐랄까, 기름을 발라 번들거리는 근육에 대한 남성적 사랑이랄까. 무슨 말인지 알겠어?

데이비드 이 영화는 홀로코스트의 유령에 집착하지. 매우 의도적인 거야. 앙드레는 계속해서 거기로 돌아가거든. 그는 1934년 프랑스에서 태어났고 두 사람 모두 완전히 동화된 유대인이었어.

앙드레: ⋯ 집으로 돌아온 이후 난 우리가 살아가는 세상이 점점 더 괴로운 곳이라는 것을 알게 되었어⋯아우슈비츠나 다하우 수용소의 생존자라고 해도 될 만큼 상태가 안 좋아 보이는 그 여인을 보게 되었지⋯.

⋯

앙드레: 마르틴 부버의 <하지디즘에 관하여On Hasidism>53 읽어 봤어?

월리: 아니.

앙드레: 거기엔 인생을 바라보는 하나의 관점이 있어.

데이비드 화장실 좀 다녀올 때까지 일시중지해 줄 수 있을까? 케일럽?

케일럽이 코를 골고 있다.

데이비드 케일럽?

케일럽   어?

데이비드   일시정지해 줘.

케일럽   알았어요. 죄송해요.

데이비드   괜찮아.

> 윌리: 내 말은 말이야, 옛날에 사람들이 나를 어떻게 대했냐 하면, 어, 전문 가나 문인들이 모인 파티에 가면, 그러니까, 좋게 말해서, 개처럼 취급을 받았어. 까놓고 말하자면, 그러니까 한 번도 생각지도 못한 거대한 세계가 거기 있더라고. 내가 이 세상을 살아온 방식이 분명 내 책임은 아냐. 그러 니까, 내가 아프리카 어딘가에서 굶주리고 있는 사람과 이 세계라는 무대 를 공유하고 있다는 사실에 직면한다면, 그러니까, 나 자신에 대해 그렇게 좋은 느낌을 가지지는 못 할 거야. 그러니 이 사람들을 내 인식에서 완전히 지워 버리는 거야. 물론, 그럼으로써 현실 세계의 한 부분을 통째로 무시해 버리는 거지.

케일럽   모든 예술가들이 저런 생각을 하죠. 혹은 저렇게 해야 한다 고 생각해요.

데이비드   다시 말해 저게 자네 작품의 주제인 거지. 그래서 그걸 문학 예술의 필수 요소라고 생각하는 거야. 작품에서 의식적으로

---

53   오스트리아 태생 유대인 철학자 마르틴 부버가 쓴 책으로 하지디즘은 유대주의를 일컫는 말이다.

세계를 저런 식으로 생각하려고 한다면, 자네는 실패하고 말 거야.

월리: ··· 그러나 솔직히 말해 내가 희곡을 쓸 때 목표하는 건 현실에서 몇 개의 작은 조각들을 가지고 와서, 어, 그걸 관객들과 공유하려는 거지. 내 말은 말이야, 물론, 우리 모두 연극계가 엉망인 건 알고 있어. 내 말은 말이야, 몇 년 전에 연극을 진심으로 걱정했던 사람들이 "연극은 죽었다"고 했지. 그리고 지금은 저마다 천박한 방식으로 연극을 다시 정의하고 있어. 내 말은, 내 말은 말이야, 이런 제길. 지금 연극을 보러 가는 연극 관계자들 있잖아, 그들이 몇 년 전에 요즘 연극을 봤다면 민망해 했을 거야.

데이비드 책도 마찬가지야.

앙드레: 지금부터 10년 뒤에 사람들은 무언가의 사랑을 받을 수만 있다면 현금 1만 달러를 내고라도 거세를 받고자 할 거야.

케일럽 앙드레가 미쳤군요.
데이비드 《파이트 클럽》[54] 어떻게 생각해?

앙드레: 내가 핀드혼에 있었을 때, 영국의 저명한 수목전문가를 만났지··· 그가 말하길, "뉴욕은 수용자들이 자신을 위해 건설하는, 새로운 강제 수용소의 최신모델이라고 생각해." ··· 우리는 정말이지 30년대 말 독일의

유대인 같단 말이지… 내 생각에 1960년대는 멸종을 앞둔 인류의 마지막 대폭발이었고 그 이후로 새로운 미래가 시작된 거고, 지금부터는 생각도 감정도 없이 걸어 다니는 로봇들만이 존재하게 되리라는 것…

케일럽 앙드레가 DJ 스푸키처럼 말하기 시작하네요.
데이비드 저기가 전환점이야. 일단 보라구.

앙드레: 이 모든 것에 대한 나의 진짜 반응을 알고 싶어? 내 진짜 반응을 듣고 싶냐구?

데이비드 아, 너무 아름다워. 이 장면 너무 너무 좋아.

윌리: 내 말은 말이야, 나보다 뭔가를 더 만끽하는 사람이 있는지, 어, 잘 모르겠어. 어, 찰튼 헤스튼의 자서전을 읽는다든지, 어, 아침에 일어나 밤새 내가 마셔주기를 기다리면서 그 자리에 그대로 있는 차가워진 커피를 마신다든지 그리고 그 커피 속에 파리나 바퀴벌레가 한 마리도 죽어 있지 않았다든지 하는 거 말이야. 내 말은 말이야, 어, 아침에 일어났는데, 원하는 그대로 그 자리에 커피가 놓여있는 걸 볼 때 너무나 전율을 느껴. 내 말은 말이야, 그걸 나 이상으로 만끽하는 누군가 있다는 게 상상이 안돼. 내

---

54   Fight Club: 1999년에 데이비드 핀처 감독이 만든 영화. 브레드 피트와 에드워드 노튼이 출연했다.

말은, 내 말은 말이야, 만약에 바퀴벌레가, 어, 그게 커피 속에 죽어 있으면, 정말 실망하게 될 테고 슬플 거야. 하지만 내 말은 말이야, 어, 난, 난 그냥, 그 이상 어떤 것도 더 필요하다는 느낌을 받지 않는다는 거야.

케일럽 월리는 '내 말은 말이야'를 정말 많이 쓰는군요.

앙드레: … 30년대에 풀려나온 나치 악마들하고 똑같아.

월리: … 하이데거가 말하길, 어, 만약 어떤 인간이 자신의 존재를 극한까지 경험하게 된다면, 경험의 일부로서 자신의 존재가 죽음을 향해 쇠락해 가는 걸 경험해야 할 것이다…

…

앙드레: "아내", "남편", "아들"이라는 말이 무얼 의미할까? 어떤 아기가 나의 손을 잡고 있는데, 갑자기 거대한 남자가 나를 땅에서 번쩍 들어올려 버리고선 그는 어디론가 사라져버리는 거야. 아들은 어디로 간 거지?

…

월리: (목소리 나레이션) … 마침내 돌아왔을 때, 데비가 퇴근해서 집에 있었다. 그녀에게 오늘 앙드레와의 저녁식사에 관한 이야기를 모두 들려 주었다.

데이비드 월리가 어릴 때 갔던 가게들을 카메라가 패닝 샷으로 훑고 지나갈 때 흐르는 에릭 사티의 피아노 곡이 정말 멋지군. 이보다 완벽한 엔딩은 없을 거야.

《사이드웨이》에, 헤이든 처치가 지아매티에게 자동차 사고를 가장하기로 했을 때, 왜 부상을 입지 않았냐고 묻는 장면이 나와. 그러자 지아매티가 "안전벨트를 매고 있었으니까."라고 말하지. 그러자 헤이든 처치는 "그렇군"이라고 말해. 이 장면을 보면, 지아매티가 헤이든 처치보다 더 생존자에 가깝다는 걸 깨닫게 되지. 헤이든 처치는 허세만 부리고 있을 뿐이야.

케일럽 자신의 단점을 잘 알고 있는 쾌락주의자죠. 아닐 수도 있지만요.

데이비드 아무튼 잘 자. 저녁 잘 먹었네. 내일 날씨가 차지 않으면 스카이코모시에 가보고 싶군. 아침은 내가 쏘지. 늦게 일어나면 점심으로.

케일럽 와, 벌써 자정이 지났네요. 한 시가 다 돼가요.

데이비드 열 시쯤에 영화가 시작됐고, 중간에 메모하느라 멈춘 적도 있었으니까.

케일럽 졸려 죽겠어요.

데이비드 한 시간은 잤을 텐데.

케일럽 그렇게 많이 놓쳤나요?

데이비드 중요한 장면을 모두 코 골며 흘려 보냈지.

케일럽 5분쯤 놓쳤다고 생각했는데.

데이비드 완전히 곯아 떨어졌다고. 내일 봐.

셋
째
날

게이 혹은 여장남자

데이비드 매우 좋은 단편이지만, 나라면 한 두 군데 다시 쓸 거야. 첫째, 엘리자를 더 생생하게 묘사해야 해. 자네는 이런 식으로 썼지. "그래, 그녀는 성적으로 남다르지만, 내가 왜 그걸 말해줘야 하지?" 이게 아주 흔한 창작 수업에서나 하는 조언 같이 들리겠지만, 엘리자를 이해시키려는 화자를 중심으로 전체 이야기가 진행되니까, 나라면 독자가 똑같은 고통을 느낄 수 있는 뭔가를 하고 싶어. 그리고 그녀의 복장도착증을 둘러싼 혼란을 장황하게 써 내려간 대목이 나오는데, 우리는 처음부터 그 사실을 알고 있거든.

케일럽 하지만 화자는 몰라요.

데이비드 우리는 알고 있어. 화자가 어떻게 그렇게 멍청할 수 있지?

케일럽 나중에는 알게 되죠.

데이비드 물론이지. 어떤 느낌이 들기 시작하냐면… 그 영화가 뭐였지?

케일럽 《크라잉 게임》[1]

데이비드 《크라잉 게임》을 다섯 번쯤 보고 있는 느낌이야. 자네에게 흥미를 느낀 것과 동시에 이질감을 느꼈던 것은, 그것이 일종의 허구라 해도, 자네는 이런 식으로 자랑질을 해. "난 경험도 많고 모험도 많이 했어. 이것도 해봤고, 저것도 해봤어. 여기 저기 여행도 다녔어. 이 사람도 알고, 저 사람도 알아." 반면 난 그런 류가 아니야. 세상물정에 밝은 척 하지 않아.

난 책을 읽고, 책을 써온 사람이야. 그 이외의 것들에 대해서
는 완전 멍청이가 아니기를 바랄 뿐이지.

케일럽 그 이외의 것이라뇨?

데이비드 책 속에 없는 모든 것들. 아마 그건 삶이겠지. 이야기의 결말
에서 우리는 자네 내면 깊은 곳에 있는 어떤 것, 다시 말해
또 하나의 자네를 발견하게 돼. "지상에서 우리의 책무는 모
든 것을 경험해야 한다는 것이다." 화자의 이 말은 멋진 결
단이었어. 그래서 화자는 자신을 억지로 끌어내서 자살 행
위나 다름 없는 선택을 하게 되지. 화자는, 음, 그 남자와 섹
스를 함으로써, 스스로의 남성성을 증명하고자 해. 난 이 화
자에 대해 더 많은 걸 알고 싶어. 그는 스스로를 납득시키는
기묘한 순환 논법에 빠져, 더 많은 경험을 해보겠다는 의지
때문이 아니라 자기의 남성성이 요구된다는 이유로 게이와
의 섹스라는 거의 자살적인 행동을 하기로 결심하게 되지.
이 소설의 이야기는 바로 그거야. 그리고 화자는 자네일 테
고. 자넨 스물여섯 살부터 서른네 살까지 전 세계를 누비고
다녔어. 일상적 삶의 달콤한 유혹을 거부하려 한 거지. 이해
도 되고, 이치에도 맞지만…

케일럽 타당한 견해예요. 결함을 딱 잡아내셨네요. 나에게 이 소설

---

1   The Crying Game: 닐 조단 감독이 만든 아일랜드 영화. 여장남자가 나오는데
1993년 한국 개봉 당시 성기 노출로 센세이션을 일으켰다.

은 동성애 혐오에 관한 것이고, 또 동성애 성향의 사람이 얼마나 멀리까지 갈 수 있는가에 관한 거예요. 선생님 말처럼 복장도착을 수용하는 성적 문화를 그 안에 겹쳐놓고 싶었어요. 폴리네시아에서는, 아들이 너무 많으면 막내는 여자 아이로 키운다고 해요. 그래서 전 처음에 두 녀석, 즉 화자와 그의 친구에 대해 쓰려고 했죠. 이들이 복장도착자 두 명을 만나서 해변으로 데리고 가죠. 화자가 브라를 끌어내리다가 충격을 받고 친구에게 소리쳐요. "그만 해." 친구가 말하길, "왜? 오랄 직전인데 이게 더 급해." 화자가 말하죠. "얘들, 그거 달렸어." 친구가 "아아아아아" 하고 비명을 지르죠. 그리고 그 두 친구는 어둠 속을 달려 다시 호스텔로 돌아가죠.

데이비드 자네 이야기지?

케일럽 나중에 말씀드릴게요.

데이비드 음, 이젠 분명해졌군.

케일럽 이야기는 계속되죠. 다음날 호주 친구가 두 사람에게 그런 문화에 대해 이야기를 하죠. 한 친구는 열 받아서 술에 취해 극도로 흥분하죠. "이 게이 놈들, 복수할 거야." 화자가 말하죠. "야, 그 정도 일은 아니야. 이건 둘만 아는 비밀이고, 이봐, 이건 그들의 문화라고. 네가 갓난 아기 때부터 여자처럼 옷을 입었으면 어떻게 됐을 것 같아?" 두 친구는 그날 밤 나가서 술을 잔뜩 마셨죠. 그 친구는 복장도착자에게 춤을 추자고 하더니, 곧 그를 데리고 밖으로 나갔어요. 화자가 따라

나갔는데, 친구가 복장도착자를 미친 듯이 패는 걸 보고 그
를 뜯어말리죠.

데이비드   그 복장도착자들이 매춘부들인 거고?

케일럽   아마도요. 다른 버전도 썼는데, 그건 오직 제 관점으로만 쓴
거죠.

데이비드   그게 더 재미있을 것 같아.

케일럽   그 버전에서 나는 오랄 섹스를 받지만, 정말 남자인지 몰랐
고, 사실을 안 뒤에는 절망하게 되죠. 난 그 이야기에 문화,
인류학, 문학, 역사를 언급하고 싶었어요.

데이비드   난 훨씬 더 길게 써야 할 필요가 있다고 봐.

케일럽   게이가 집적거린 적 있어요?

데이비드   당연히 있지.

케일럽   어땠어요?

데이비드   그냥 안 한다고, 됐다고 했어.

케일럽   매트라는 게이 친구가 있었는데, 어느 날 녀석에게 "여자하
고 해 본 적 있냐?"라고 물었더니, 그 친구가 말했죠. "응, 몇
번." "몇 번?" "세 번." "어땠어?" "나쁘진 않았어. 안 좋아하
는 아이스크림 먹는 것 같았어. 디저트가 아예 없는 것보다
는 낫지만 만족스럽지는 않았어." 많은 동성애자들이 이성
과 섹스를 시도하지만, 그 반대는 아니죠.
저에게 이건 매우 복잡한 이야기였죠. 3,000자 안에 서머셋
모옴의 은밀한 동성애적 성향, 자신의 불행한 결혼, 어린 소

년들에 대한 사랑, 단편 〈비Rain〉, 마돈나의 양성애적 에로티
시즘, 고갱, 마거릿 미드[2], 킨제이 척도[3], 오이디푸스, 오스카
와일드를 함께 엮어야 했어요.

데이비드 하지만 그런 실타래들은 절대 하나로 엮이지 않는…

케일럽 이걸 소설로 형상화한다는 게 정말 만만치 않은 일 같아요.

데이비드 아니야, 그렇지 않아. 하지만 소설이건 아니건 화자의 청교
도적 금욕주의를 더 많이 보여줬어야 해. 이 이야기는 〈정글
의 야수Beast in the Jungle〉[4]나 〈훌륭한 군인The Good Soldier〉[5]처럼
되어야 할 것 같아. 그 소설의 주인공은 자기 생각보다 훨씬
더 억압되어 있지. 자네 소설의 화자가 엘리자는 에로틱한
매력이 있지만 거기에 빠져들 수 없다고 말한다면 재미있었
을 텐데… 본격적인 전투가 시작되는 거지.

케일럽 그건 아니구요…

데이비드 잠깐만. 마저 이야기할게. 화자가 너무 심하게 저항해서, 독
자들로 하여금 이 인물이 억압되어 있다는 데서 흥미를 느
끼게 할 수도 있어. 그렇게 하면 정말 강렬한 이야기가 될
수 있을 거야. 그렌웨이 웨스코트의 짧은 소설 〈필그림 호
크Pilgrim Hawk〉처럼 말이야. 또는 에세이나 에세이 같은 소설
로 확 바꿔도 돼. 그 이야기 속에서 작가이자 화자는 서머셋
모음, 오스카 와일드, 마돈나의 영향력 아래서 그런 생각들
을 탐구하고, 진정한 교양인이 되려면 가능한 어떤 성적 경
험도 받아들여야 한다고 생각하는 거지. 어리석게도 그렇게

해야 한다고 굳게 믿는 거야. 그러면 말이 될 거야.

케일럽   그렇게 생각하세요?

데이비드   하지만 엔딩은…놀라는 포즈를 취하는 건데, 받아들이기가 어려워.

케일럽   받아들일 수 없다구요?

데이비드   나라면 그렇게 하지 않았을 거야.

케일럽   않다니 그게 뭐죠?

데이비드   그러고 싶지 않아. 난 매우 자기 방어적이야. 하지만 내가 하지 않아도 또 다른 누군가 그걸 할 수 있다고 믿고 싶어. 화자는 아무도 모르는 양성애자일까? 그는 자멸하고 있을까? 혹은 정치적 올바름이 지배하는 세계주의의 강력한 영향을 받고 있을까? 그는 생각하지. "난 모든 것을 경험해야 해." 내 생각에, 그건 바로 자네야.

◇◇◇

2   Magaret Mead: 미국의 인류학자로 사모아섬 등지의 문화를 연구하여 남녀의 성역 할이 타고나는 것이 아니라 사회적이라는 사실을 밝혀냈다.

3   Kinsey Scale: 특정 시기의 개인의 성적 경험이나 반응에 대해 서술하는 척도로, 이성애-동성애 평가 척도라고도 불린다. 전적인 이성애를 뜻하는 0에서부터 전적인 동성애를 뜻하는 6까지를 사용한다.

4   미국 태생의 영국 소설가 Henry James가 쓴 단편으로, 번역 출간된 단편집 〈밝은 모퉁이집〉에 수록되어 있다.

5   영국의 소설가 Ford Madox Ford의 작품으로, 1차세계대전 직전을 배경으로 표면 적으로 완벽한 한 병사의 결혼생활과 두 미국 친구에 관한 이야기

케일럽 실제 일어난 일과는 상당히 달라요. 엘리자는 마시 레즈카노를 비롯하여 내가 아는 몇몇 여자애들의 특성을 결합시킨 거죠.

데이비드 마시 레즈카노?

케일럽 네.

데이비드 그녀도 이 이야기에 등장하는 거야?

케일럽 간접적으로요. 선생님 소설 수업을 두 개 들었는데, 마시도 둘 다 들었어요. 저에겐 매력적이었죠. 선생님은요?

데이비드 매력적이지. 짙은 머리카락, 담배, 허스키한 목소리, 타락한 천사의 모습.

케일럽 가을학기 마지막 날 데이트를 신청했죠. 전화번호를 주더 군요. 전화를 했더니, 룸 메이트가 받아서 샤워 중이라고 해서, 이름과 전화번호를 알려 줬어요. 그런데 전화가 안 오더라고요.

데이비드 저런.

케일럽 봄 학기에 선생님 수업을 하나 더 들었는데, 첫째 날 몇 분 일찍 나왔더니 거기 마시가 있더라고요.

데이비드 안녕…

케일럽 어색하게 인사를 했는데, 강의를 들으면서 친해졌죠. 전화 이야기는 안 했어요. 나중에 절 파티에 초대했죠.

데이비드 나도 초대했어. 난 안 갔지만.

케일럽 선생님도요? 선생님을 초대했다고요? 멋지긴 한데 좀 그렇군요. 파티는 시내의 바에서 있었는데.

데이비드 그래.

케일럽 전 갔어요. 대단했죠. 마시와 이야기를 나누려고 했는데, 다른 여자애 한 명을 만나게 됐죠. 여기부터 마시는 이야기에서 빠져요.

데이비드 걔는 어땠나?

케일럽 제 소설에 나왔던 사모아 사람은 정말 끝내줬죠. 근데 이 친구는 그 정도는 아니었어요. 우리는 춤을 추고, 서로 애무 했죠. 자기 집에 가겠냐고 해서 택시를 타고 캐피톨 힐에 있는 그녀 아파트로 갔어요. 그리고 걔가 남자라는 걸 알게 되었죠.

데이비드 어떻게 알게 되었나?

케일럽 단단해진 거기를 만지게 됐죠.

데이비드 윽.

케일럽 제가 말했어요. "여잔 줄 알았어. 난 정말이지 이성과 섹스를 하고 싶었다고." 그러고 나서 걔가 날 만지도록 내버려 두었고, 나도 계속 그를 만졌죠. 키스까지 하면서 말이죠. 하지만 우리는 거기서 딱 멈추었어요. 내가 말했죠. "너무 취했어" 걔 감정을 다치게 하고 싶지 않았어요. 진부하지만, 그렇게 느꼈죠. 그리고 전 기절해버렸어요.

데이비드 이해가 돼. 그렇게까지 되고 싶지 않았다는 거.

케일럽 다음날 같이 아침까지 먹었다니까요.

데이비드 같은 침대에서 잤어?

케일럽 바닥에서요. 바닥에 담요를 깔아줬어요.

데이비드 하지만 섹스는 하지 않았던 거지?

케일럽 그가 입으로 하려고 했는데, 제 물건이 이미 축 처져버렸죠. 이건 오이디푸스 이야기는 아니지만, 내가 하려던 사람이 엄마라는 걸 알아버린, 그런 느낌이었어요.

데이비드 그 친구 감정이 상했어?

케일럽 내가 너무 취했다고 생각했던 것 같아요. 그는 이게 나의 첫 경험인지를 물었고 나는 정말 여자인 줄 알았다고 말했죠. 그러자 물었죠. "그러면 왜 지금 여기 있는 거야?" 내가 왜 그랬는지, 어떤 사람인지 알고 싶어했어요.

데이비드 그러니까 그게 자네 소설이 태어나게 된 발단인 셈이군. 사모아 사람은 나오지 않는군. 거기 있었어?

케일럽 3년 뒤인 1994년 겨울, 서사모아로 날아갔죠. (서머셋 모음은 '비'의 배경을 미국령 사모아의 마고파고로 했죠.) 비행기에서 내렸는데, 비행장 표지판에 정확히 다음과 같이 쓰여 있었죠. "에이즈 없는 나라를 만듭시다."
방을 얻고, 가방을 내려 놓고, 마을을 걸어 다니고 있는데, 어떤 예쁜 여자가 날 꼬셨어요. 오후 늦게 만나기로 하고 호스텔로 돌아갔어요. 거기에는 한 무리의 여행자들, 마오리족 부부, 호주 여자, 독일 남자, 노르웨이인과 그의 사모아 여자친구 노엘라가 있었죠. 노엘라가 핵심인물이죠.

데이비드 그녀도 여장남자인 거지?

케일럽 아니요. 6명의 사람들, 기억하기에는 이름이 너무 많죠. 하지만 이 이야기를 생각할 때마다 다 떠오르더라구요. 마오리족 남자는 럭키였고, 호주 여자는 캐롤, 독일인은 베른하르트였고, 노엘라와 함께 있던 노르웨이인은 베가드였죠. 우리는 이런 저런 이야기를 함께 나눴죠. 그날 밤 이들은 밖에 놀러 가면서 나에게도 오라고 했어요. 전 좋은데, 그 여자를 만나야 한다고 말했죠. 어쨌든 모두 함께 외출을 했어요. 6명의 사람들, 나, 그리고 나랑 데이트할 여자 이렇게요.

데이비드 모두들 그녀가 여장남자라는 걸 알고 있었어?

케일럽 중요한 건 제가 몰랐다는 거죠. 그녀는 정말 끝내줬어요. 눈을 뗄 수가 없었죠. 정말 슈퍼 모델급이었어요. 전 이 클럽에서 제일 섹시한 여자를 골랐다고 생각했거든요.

데이비드 폴리네시아인이었나?

케일럽 사모아 사람이었죠. 이전에 내가 속은 적이 있었지만, 추호도 의심하지 않았어요.

데이비드 마시 로즈카노에게 속은 것처럼.

케일럽 그녀 친구에게 속은 거죠.

데이비드 맞아.

케일럽 그녀는 내가 멋지다고 했어요. 그때 머리가 길었는데, 긴 머리가 좋다고 했죠.

데이비드 그렇군.

케일럽 전 밉보였죠.

데이비드 밈보가 뭐지? 남자 빔보[6]?

케일럽 《사인펠트》[7]에서 만든 말이죠. 우리는 무대에서 춤을 추고 있었는데, 내 데이트 상대가 화장실에 가기만 하면 일행들이 나에게 좋은 소리를 늘어놨죠. 특히 마우리족 부부가요. 럭키와 여자친구는 "정말 아름다운 커플이네요. 너무 잘 어울려요."라는 말을 계속 해댔어요. 우리에게 술을 두 번이나 샀어요. 그리고 모두들 춤을 췄지요.

데이비드 네 커플이.

케일럽 네. 그리고 모두 떠나고, 저와 저의 데이트 상대만 남게 되었죠. 우리는 댄스 클럽 구석으로 가서 술을 마셨어요. 어둡고 외진 곳이었고, 그녀가 테이블 아래로 내려가서 오럴을 하기 시작했고 전 사정했죠. 그리고 다음날 데이트 약속을 잡았어요.

데이비드 그녀가 그걸 할 때, "이제는 바꿔. 내가 해줄게." 이런 분위기는 아니었어?

케일럽 하려고 했죠. 밑으로 들어가지는 않고, 만져 주려고 했죠. 그녀는 손을 뿌리치고, 만지지 못하게 했어요. 심지어 가슴도 안 된다고 했죠. 손을 옷 속에 넣지도 못하게 했어요. 그래서 정말 이상하다고 생각했죠.

데이비드 자기가 기쁘게 해주는 걸 좋아할 뿐이라고 했겠지.

케일럽 그게 더 재미있다고 말했죠. 돈은 전부 내가 냈어요. 술값이며, 저녁이며, 집에 가는 택시비까지. 내 방으로 가자고 했지

만, 집에 가고 싶다고 하면서 다음날 보자고 했죠. 제가 호
텔 규정을 잘 몰랐어요. 그녀를 데리고 갈 수 없었고, 따라
오지 않은 건 그 때문이죠. 다음날 호스텔의 일행들과 어울
리고 있었는데, 제 여자친구에 대해 물었고, "오늘 밤에 또
만나기로 했어요."라고 했죠. 그러자 노엘라가 그 사람이 남
자인지 아냐고 물었어요.

데이비드 뜬금 없이.

케일럽 뜬금 없었죠. 전 "말도 안돼"라고 말했어요. 노엘라에게 물
었죠. "농담이죠?"

데이비드 남자라는 걸 그녀는 어떻게 알 수 있었을까?

케일럽 그녀도 사모아 사람이었으니까. 결국 모두 알고 있었던 거죠.

데이비드 몇 살 때 일이었나?

케일럽 스물다섯.

데이비드 꽤 어렸군.

케일럽 그 정도는 알고 있었어야 할 나이였는데. 제가 노엘라에게
물었죠. "왜 좀 더 일찍 알려주지 않았죠?" 그녀는 어깨만 으
쓱하더군요. 호스텔 근처에서 그 여장남자를 만나기로 했고
곧 올 시간이 다 되어서 제가 말했죠. "그가 여기로 온다고
했어요. 오기 전에 여기서 벗어납시다." 우리가 나오는데, 그

---

6   Bimbo: 섹시하지만 머리가 빈 여자를 일컫는 말
7   Seinfeld: 1989년부터 1998년까지 NBC에서 방영된 시트콤. 이 시트콤에서 쓰인 용
     어를 'Seinfeldism'이라고 부른다.

가 밖에 있는 거예요. 손을 흔들며 소리쳤죠. "야, 케일럽!"
전 고개를 저으며 말했어요. "잊어버려. 안 돼. 집에 가. 안 돼."
그런데 그녀가 막 웃기 시작하는 거예요. "내가 동성애자라
는 거 알게 된 거야?" 그때 내 머리 속에 떠오른 생각은 단
하나였죠. 외국에 나와있고, 이 이야기를 아는 사람이 아무
도 없다는 게 얼마나 다행인가.

데이비드 모두 알고 있었어?

케일럽 모두요. 나중에 독일인 베른하르트가 수작을 걸면서 말했
죠. "우리 나라에서 난 BMW를 몰아. 남자하고 하든 여자
하고 하든 뭐가 달라? 섹스하고 싶으면, 하면 되지 뭐. 문제
없어." 베가드, 베른하르트, 노엘라, 그리고 저 이렇게 차이
나 타운에 밥 먹으러 갔는데, 베가드가 자신도 똑같은 일을
당했다고 말했어요.

데이비드 뭐?

케일럽 노엘라를 만나기 전에, 제가 만났던 그 여장남자가 베가드
를 찍었대요. 그의 이야기는 이래요. "바에 가기를 원했고,
술을 한 두잔 했고, 뒤쪽으로 가더니 빨기 시작 하더군요.
그래서 만지려고 하니까 안 된다고 하는 거예요. 난 생각했
죠. 만지는 걸 싫어하는 건 어떤 여자일까? 그래서 내가 말
했죠. '너 남자지, 맞지?'"
베가드는 동남아시아를 두루 여행했다는데 어디에나 복장도
착자들이 있다고 했어요. 이들은 성기를 밀어 넣고, 성형물을

넣어 가짜 가슴까지는 만들지만, 목젖과 손은 어쩔 수 없는
거죠. 그는 그런 걸 보고 알아내는 거죠. 저도 알아내려고 노
력하지만, 보는 눈이 없어도 너무 없는 거죠.

데이비드가 웃는다.

케일럽 베가드와 노엘라 뿐만 아니라 모두들 알고 있었고, 그 복장
도착자도 자신이 남자라는 걸 모두가 알고 있다는 사실을
알고 있었고, 거기 모든 사람은 복장도착자가 자신들이 그
걸 알고 있다는 사실까지도 알고 있었던 거죠. 그 자리에는
기묘한 기운이 흘렀을텐데, 저만 모르고 있었죠. 아마 그 친
구도 궁금했겠죠. 이 케일럽이라는 녀석은 어떻게 아직 모
를 수 있지?

데이비드 돈이 목적인 건 아니구?

케일럽 마지막엔 택시비를 요구했죠. 제가 얼마면 되냐고 물었더니
10달러를 달라고 했어요. 그 정도면 괜찮다고 생각했죠.
결국 모두들 어딘가로 떠나버렸고, 나와 노엘라만 남게 되
었죠. 그날 오후 우리는 밖에서 뭘 조금 먹으면서 그녀에게
모든 이야기를 들려 줬어요. 오럴 이야기까지. 그녀는 이 사
람들은 언제나 외국인을 속인다고 말해줬어요. 일부는 돈을
받고, 때로는 외국인들도 알아채지만 신경 쓰지 않는대요.
현지인들한테도 해준대요.

노엘라와 나는 하루 종일 돌아다녔고, 그날 오후 나에게 그
녀의 인생 이야기를 다 들려줬는데, 오후 내내 이야기를 할
정도의 인생사였죠. 그녀는 장학금을 받고 호주의 대학교
를 다녔고, 남자 친구가 생겼고, 사랑에 빠졌고, 임신까지
했는데 남자친구가 결혼을 원하지 않았대요. 비자가 만료
되어서 사모아로 돌아와 아이를 낳았대요.

난 그녀에게 호텔을 바꿀까 생각 중이라고 말하면서 그녀에
게 나와 함께 가겠느냐고 물었어요. 그러자 그녀가 나에게
물었어요. "오늘밤 재미 좀 보고 싶어요?"그때, 그녀는 일
주일 내내 노르웨이 친구와 잤고, 저의 여장남자와의 일을
알고 있는데도 말이에요.

데이비드 그녀가 에이즈 걸릴 걱정은 하지 않았어?

케일럽 전혀요. 그녀는 슬픈 인생을 살아왔죠.

데이비드 그녀가 자네와 짧은 애정 행각을 벌인 데에는 숨은 동기가
있었던 게 아닐까?

케일럽 물론 더 많은 것을 노렸을 수도 있죠. 그건 아무도 모르죠.
거기 남자들은 그녀가 처한 여건 때문에 그녀에게 관심이
없대요. 매우 사무적인 어투로 자신이 할 수 있는 게 없다고
했죠. 그녀는 자애로움이 넘치는 여자였어요. 하여튼 특히
제 기억 속에선 그렇게 보였던 거죠.

그 당시엔, 그녀가 나를 여장남자와 춤추는 긴 머리의 멍청
이로만 보지 않아서 그것만으로도 행복했어요. 난 그녀가

눈이 낮은 거라고 생각했어요. "나를 회원으로 받아들이는
그런 클럽에는 가고 싶지 않아."[8]

그녀와의 섹스는 정말 아름다운 경험이었어요. 하나의 해방
이면서 새로운 것을 알게 되는 길이었지만, 결국 내가 떠나
게 됐죠. 둘 중에선 제가 분명 더 이기적인 쪽이었죠. 그녀는
나를 배웅하러 공항에 왔고, 내가 가진 사모아 돈을 바꾸지
않고 그녀에게 줬어요. 70 달러 정도 됐죠. 난 아랍 에미레
이트에서 일할 때까지 에이즈 검사를 받지 않았죠.

데이비드 순서대로 정리해주면 좋겠어.

케일럽 1991년 생일파티에서 여장남자를 경험함. 그 해 노엘라는
아들을 가졌고 호주를 떠남. 1994년 두 번째 여장남자와
경험을 가졌고 노엘라를 만남. 1997년 에이즈 검사를 받음.

데이비드 음. 솔직히 말해서 한 사람으로 자네가 나의 흥미를 끄는 건
두 가지가 있어.

케일럽 두 가지 뿐이에요?

데이비드 어떤 면에서 자네는 매우 아는 것도 많고 통찰력이 있어. 그
런데 또 다른 면에서 자신의 정서에 대해서는 깜짝 놀랄 만
큼 무지하다는 거야.

케일럽 아마 그게 저란 존재겠죠. 그렇다면 그건 저의 운명이죠. 바

---

8 1930년대에 활동했던 미국 코미디언 그루초 막스의 말. 상류층 클럽에서 탈퇴하면
서 이 말을 남겼다.

꿀 수가 없어요.

데이비드 나도 마찬가지야.

케일럽 물론, 저도 자각을 못한다는 걸 알고 있어요. 하지만 그건 모순이죠. 제가 자각을 못 하는데 그걸 어떻게 알 수 있죠? 작가가 질문을 던지기 시작하면, 이야기는 맥이 빠지죠. 미학적으로 그래요. 선생님은 그 반대라고 말씀하실 수 있지만.

데이비드 완전 반대지. 왜냐하면 나에겐 그런 분리가 없기 때문이야.

케일럽 선생님은 자아라든지 기억이라든지 등등에 관해 질문을 하시고 싶은 거죠. 회고록 쓰는 사람들은 모두 그렇게 하죠.

데이비드 난 회고록을 쓰지 않아. 내가 좋아하는 작가들 중 누구도 회고록을 쓰지 않았어. 내가 관심 있는 건 책 한 권 분량의 에세이야.

케일럽 차이가 없는 구별.

데이비드 자넨 자네가 무슨 말을 하는지 모르고 있는 것 같아.

케일럽 전 고통을 이해하려고 해요. 왜 인간은 고통을 받고 어떻게 고통을 멈추게 할 수 있는가. 아마 제가 아직 그런 능력을 완벽히 갖추진 못했지만, 그것이 제 목표예요. 끝없이 자기에게로 돌아오는 질문을 하는 것 말고요.

데이비드 그런 것 때문에 자네 작품이 너무 일반적이라는 느낌이 들어. 자네는 아직도 자신만의 감수성이라는 중앙정보국을 거쳐 자네가 조사한 내용을 세상에 알리는 방법을 배우지 못

했어. 그런 게 없으면, 전보나 치는 것 밖에 안돼.

케일럽   전보라고요?

데이비드   어떤 이유에서인지 난 《킬링필드의 독백》이 떠올랐어. 그 이
야기에 완전히 몰입했었지. 누군들 그렇지 않았겠나? 하지
만, 내가 들은 바로 자네의 섹스와 고통에 관한 이야기를 보
자면, 그 어떤 수준의 이야기에도 이르지 못했어. 자네는 자
신의 이야기에 둔감해져야 해. 나의 방식, 마저 이야기할게,
케일럽, 내가 그걸 쓰는 방식은 이래. 어떤 생일 파티에서 특
별한 경험을 하고, 사모아에서 복장 도착자와 오랄섹스를
경험한 남자가 있어. 모두들 그를 골려 먹지. 하하. 그리고
나에게 정말 재미있는 순간은 그가 노엘라와 가지는 짧은
관계였어. 자네에겐 그것이 극적인 통찰의 순간이 되었어야
했는데, 그렇게 안 된 거지. 아마도 이건 내가 가진 서구적
편견이나 이성애적 편견일지도 몰라. 하지만 어떤 의미에서
자네가 그녀 곁에 있어주기를 그녀도 바라지 않았을까?

케일럽   아주 잘난 이성애자시군요. 방콕에는 [파랑Farang]이라는 잡
지가 있어요. 프놈펜, 타이완, 한국 등 아시아 여행문학의 절
반은 이게 주제죠. 〈다시 찾은 꽃목걸이〉를 쓴 소말리 맘은
프놈펜의 NGO에서 일하는 프랑스 남자와 결혼했죠. 그녀
는 구원 받고 싶었고, 그는 구원하고 싶었죠. 하지만 그들은
매춘남과 창녀로 시작했어요. 꾸미고 자시고 할 게 없어요.
아시아 전역에, 전 세계에 소말리와 노엘라 같은 여자들은

항상 있어요. 저마다 구원 받고 싶은 상황은 다 다르지만요.

데이비드 자넨 노엘라에게 끌렸지?

케일럽 전 여자를 2진법으로 분류해요. 0와 1. 그녀는 1이었죠.

데이비드 (웃으며) 자네는 정말이지, 나의 내면도 그렇게 통렬하게 간파하지. 자네에겐 온화한 매너와 미쳐 날뛰는 기질이 재미있게 섞여있어. 때로는 호전적인 것 같지만, 인정도 많아. 문화에도 무척 관심이 많지. 자넨 우리 대부분보다는 더 훌륭한 인류학자지. 하지만 이야기건 에세이건 다음 둘 중에 하나라야 해. 1번, 자네는 이 세가지 에피소드에서 의도적으로 멍청하게 아무것도 감지하지 못한 채 남아있고 독자들이 스스로 알게 하든가, 2번, 결론에 이르러 자네가 직접 스스로의 무지와 직면하든가.

케일럽 흠.

데이비드 자네가 매우 똑똑하다고 생각하지만, 그 이면을 들여다 보면 참 어리석지. 반면 난 매우 어리석어 보이지만, 그 이면은 똑똑하거든.

케일럽 제 이야기에 관한 우리의 대화가 사실상 하나의 소설이 될 거 같은데요.

데이비드 어, 난 그렇게 되는 게 좋아.

케일럽 그런데 아까 말씀하신 게 무슨 뜻이죠? 제가 재미있게 섞어 놓은 것 같다는…

데이비드 나를 "얼간이"라고 불렀잖아. 그때 왜 그랬지?

케일럽   (웃으며) 그것도 수위를 낮춘 건데.

예술인 것과 예술이 아닌 것

데이비드   얼굴은 왜 그렇게 됐어?

케일럽   이 흉터요? 자동차 사고죠. 1985년 7월, 16살 때였죠. 스캐
짓 밸리 커뮤니티 칼리지에서 있었던 시카고 컵스의 예비선
발 캠프에 초대를 받았어요. 지역 유망주들이 모두 거기에
왔고, 대부분 대학생이었죠. 전 고등학교 3학년이 되기 직전
이었죠. 리그 내내 투수였어요. 모두 달리기를 하고 캐치볼
을 하고 시뮬레이션 게임을 했죠. 전 두 회를 던졌고, 안타
를 하나도 내주지 않았어요. 계약 대상자로 지명된 건 아니
지만, 스카우터인 엔디 피에노비의 관심은 끌었죠. 그가 말
을 걸어오더니 명함을 주더군요.

데이비드   145킬로의 강속구를 던질 수 있었어?

케일럽   135,6킬로 정도요. 제 몸무게가 73킬로 밖에 안 나갔지만
투구 동작이 독특했고, 커브를 던질 수 있었죠. 밤에는 식당
에서 일했고, 일이 끝나면 항상 마리화나를 피우고 때로는
술에 취했죠. 이 주 뒤 일을 끝내고 마리화나로 기분도 업되
고 술도 취해서 집으로 차를 몰고 가다가 나무를 들이받았
죠. 얼굴에 상처가 나고, 팔이 부러지고, 척추와 뇌가 손상되
었죠. 헬리콥터로 벨링햄의 세인트루크스 병원에 이송되었

는데 4일 동안 의식 불명이었죠. 그리고 2개월이나 입원해 있었어요. 이 사건은 저의 초기 글쓰기에 중요한 요인이 되었죠. 마크와 빈스는 부모님들이 돌아가셨죠. 그들은 죽음을 보았고, 저는 제가 진짜 죽을 뻔 했죠.

◇◇◇

케일럽 잭슨 폴락[9]이 왜 그렇게 위대한 거죠?

데이비드 형언할 수 없을 정도로 아름답고, 미술의 역사를 바꾸었지. 그거 말곤 별 거 없어.

케일럽 전 그가 예술을 부정적으로 변화시켰다고 반박하고 싶군요. 선생님은 왜 그의 작품이 아름답다고 하는 거죠?

데이비드 그 전 누구보다 더, 예술을 만드는 과정 속에 있는 예술가를 보여준 거야. 그가 보여준 건…

케일럽 에이 그런 뻔한 소리.

데이비드 자네의 회의적인 생각에 공감해. 나도 미술 이야기는 싫어. 하지만 솔직히 폴락, 디벤콘, 로스코에게는 반응하게 돼. 그냥 그렇게 되더라고. 대부분의 미술가는 전혀 공감이 안돼. 가령 드 쿠닝 같은 작가 말이지. 시각 예술은 본능적이야. 게하르트 리히터의 작품은 딱 보자마자 좋아했지. 잘 모르겠지만, 자넨 라우센버그를 이해할 수도 있고 못할 수도 있겠지. 난 콜라주가 좋아. 그래서 나도 해봤지.

케일럽 "이해할 수도 있고 못할 수도 있다"는 말은 장벽 같군요.

기독교를 이해할 수 있을 수도 있고 못할 수도 있다. 프랑
스 와인을 이해할 수 있을 수도 있고 못할 수도 있다. 프랜즌도 그
렇겠죠. 기본적으로 선생님이 하는 말씀은 "가치를 모른다
면, 그건 네 잘못이야"라는 식인데요. 우리 두 사람은 모두
캐스케이드 산맥이 아름답다는 데에는 동의해요. 그런데 폴
락은요?

데이비드 나에게 캐스케이드 산맥은 폴락의 그림 발 끝에도 못 미쳐.

케일럽 일부러 바보인 척 하시는군요.

◇◇◇

케일럽 한쪽엔 율라 비스의 72페이지짜리 서정 에세이집인 〈열기
구 탄 사람들*The Balloonists*〉이 있어요. 다른 쪽엔 전미도서비
평가상을 수상한 율라 비스의 〈무인지대로부터의 노트*Note
from No Man's Land*〉가 있어요. 데이비드 실즈는 전자가 좋다고
하고, 케일럽 파월은 후자가 좋다고 하죠.

데이비드 난 두 책 모두 좋아.

케일럽 선생님은 〈무인지대〉가 상을 탄 게 놀랍다고 하셨잖아요.

데이비드 그 책도 좋아. 내가 〈열기구 탄 사람들〉을 좋아하는 것과는
다른 이유에서지. 내가 항상 인용하는 피카소의 명언, 알지?

---

9   Jackson Pollock: 미국의 추상표현주의 화가로, 20세기 미국 미술을 대표하는 아
     이콘

222

"위대한 그림은 하나로 합쳐진다. 단지, 그런 일은 거의 일 어나지 않을 뿐이다" 나에겐 그게 예술에 대한 정의야. 건성 으로 읽는 독자는 〈열기구 탄 사람들〉을 읽고 그게 무슨 이 야기인지 몰라. 반면에 〈무인지대〉는 매우 분명하지. 이해 안 될 게 없어. 율라는 열기구라는 로맨스를 띄우는 것이 불 가능하다는 것을 보여줌으로써 〈열기구를 탄 사람들〉이라 는, 한 세대를 위한 놀라운 찬가를 쓴 거야. 그녀는 더 이상 로맨스를 믿을 수 없게 된 거지. 그녀의 어머니에게 일어난 모든 일을 본 뒤로는 더더욱 믿을 수 없게 되었어.

케일럽 (웃으며) 그게 무슨 대단한 일이나 되나요?.

데이비드 그래? 자네에겐 그게….

케일럽 우리가 끝없이 열기구를 타는 꿈을 꾼다구요? 열기구가 우 리를 구할까요? 이게 X 요소인가요? 와인을 마시면서 껌을 씹고 있는 기분이네요.

◇◇◇

케일럽 예술가는 세상에 발을 딛고 서 있어야 하고, 저널리즘과 해 설문에도 개방적이어야 해요. 첫째가 작가고, 둘째가 예술 가예요. 선생님은 반대일지도 모르겠네요. 난 예술적인 것 과 비예술적인 것을 섞어 놓은 글을 쓰고 싶어요. 그걸 인간 의 위기에 대한 관심과 연결시키는 것이죠. 가령, 잔인한 살 인을 저지른 몰몬교 원리주의자들에 관한 히친스, 사만다 파워, 존 크라카우어[10]의 글들이 그렇죠. 조지 오웰은 훌륭한 문체와 세계에서 직접 얻은 지식을 결합했기 때문에, 좋은 거고요. 사람들에게 잘 들리지는 않죠. 하지만 내가 크라카우어에 대해 이야기했을 때, 데이비드 실즈는 '윽'하는 표정을 지으며 아니라는 손짓을 보여주었죠.

데이비드 완전 아니야.

케일럽 그는 작가가 먼저고, 예술가는 그 다음이었죠.

데이비드 촘스키에 대해 말할 때, 난 큰 붓으로 듬성듬성 그림을 그리는 거야. 그러니까 바보 같이 보이는 거야. 난 디테일은 신경 쓰지 않으니까. 난 정치에는 자네만큼은 신경 쓰지 않아. 잭슨 폴락을 이야기할 땐, 자네가 큰 붓으로 듬성듬성 그림을 그리더군. 참 바보 같이 보였는데 자넨 디테일에 신경 쓰지 않더군. 자넨 예술에는 나만큼은 신경 쓰지 않는 거지.

케일럽 촘스키는 선생님 말씀이 어느 정도는 일리가 있어요. 자신의 무지를 너무나 잘 알고 계셨으니까요. 선생님이 촘스키를 옹호하기를 바랐어요. 그래야 분위기가 달아오르죠. 사람들이 제 말을 멍청하다고 해도 신경 안 쓰는데, 폴락에 대해서는 복잡미묘한 혐오를 가지고 있어요. 우리 어머니가 화가셨죠. 전 그림과 미술사 책들이 둘러싸인 곳에서 자랐

---

10   John Krakauer: 미국의 등반가이자 저자로, 〈희박한 공기 속으로〉 등이 번역 출간
      되었다.

224

어요. 그런 분야에 직접 참여도 했어요. 전 디테일을 신경 써요. 그의 작품은 쓰레기죠.

◇◇◇

케일럽 매기 넬슨, 사라 망구소, 에이미 푸셀만, 사이먼 그레이, 레오나르드 마이클즈, 데이비드 마크슨. 선생님이 좋아하는 이 작가들은 저도 좋아요. 푸셀만의 〈약사의 친구*The Pharmacist's Mate*〉에서 그녀가 임신을 했을 때, 그녀는 아버지에 대한 기억과 아이를 갖고 싶다는 욕망과 함께 이 사실을 엮어내죠. 만족스러웠던 책이에요.

데이비드 그 책을 평면적으로 해석해서 아무것도 아닌 걸로 만들어버렸군. 그 책은 임신 이야기가 아니야. 이 책은 비범한 비유의 아름다움으로 엮여져 있어. 해군 군의관으로 복무했던 아버지, 그녀의 임신 시도, 아버지의 죽음으로 이루어진 세 개의 트랙은 삶과 죽음 사이에는 거미줄처럼 미세한 차이만 존재한다는 걸 말해주고 있어. 이 책을 하나로 어우러지게 하는 건 바로 그거야.

케일럽 맞아요…

데이비드 그 책은 하나의 은유를 향해 바깥 쪽으로 퍼져 나가는 거, 그게 내겐 아주 중요해. 〈블루엣*Bluets*〉에서 넬슨은 파란 색에 사로잡혀 있고, 전 남자친구를 잊지 못하고, 그녀의 친구는 전신 마비가 되었어. 그녀는 계속 질문을 하지. "우리는 왜 슬플까? 인간이란 동물은 왜 이렇게 우울할까? 우리가 어떻게 상실에 대처할까? 우리는 궁극적인 상실, 말하자면 죽음을 어떻게 맞이할까?" 이 책은 주로 교차되는 이 질문들을 다루고 있지.

케일럽 〈블루엣〉에서 그녀가 사지가 마비된 친구에 대해 이야기하고 공감할 때가 훨씬 흥미로웠어요. 파란색과 투아레그족과 청록색과 슬픔에 대한 시적인 미로는 그에 못 미쳐요. 그리고 바람 피우는 남자와의 고통스러운 이별. 저에게 그건 망각 자체를 망각하는 걸로 보여요. 그녀가 말하고자 하는 바는 뭘까요? 정말 에로틱하고 열정적인 섹스를 하죠. 베이비, 그걸 즐겨. 나에게 네 고통 따위를 들이밀지 마. 나에게 카불의 미망인들을 데리고 와, 나에게 크라카우어의 사이코패스들을 데리고 와, 나에게 행 응고르의 손가락을 자르는 크메르 루즈 대원들을 데리고 와, 나에게 텍사스의 사형수들을 데리고 와, 나에게 사창가에서 소말리 맘이 팔과 눈을 잃은 전역 병사에게 당하는 모습을 보여줘, 사지가 마비된 당신의 친구를 데리고 와, 나에게 고통을 느낄 수 있는 고통을 줘.

◇◇◇

데이비드 자네 이야기에서 얻을 게 뭐지? 자넨 동양과 서양의 섹슈얼리티, 욕망, 억압, 망각, 위기에 대해 뭘 이야기하는 거지? 핵심이 뭐야? 그 이야기가 말하려는 게 뭐라고 생각해? 자넨 뭘 말하려는 거지?

케일럽 지금은 어떤 것도 말하고 싶지 않네요.

데이비드 자네에게 시간이 필요하다면…

케일럽 선생님은 저보다 문학에 대해 훨씬 많은 확신을 가지고 계시죠. 푸셀만의 책이 삶과 죽음 사이에 놓여 있는 거미줄처럼 미세한 차이에 대한 것이라고 말씀하셨죠. 좋아요, 하지만 그것 뿐이죠. 지금 살아있지만 언제든지 죽을 수 있을 때, 그리고 사랑하는 사람들이 언제든지 죽을 수 있을 때, 그리고 굶거나 폭격을 당해 언제든지 죽을 수 있을 때, 또는 사형수들이 언제든지 죽을 수 있을 때, 그리고 매일 사람들이 죽어나갈 때, 그게 바로 삶과 죽음 사이에 놓여 있는 거미줄과 같은 차이죠. 전 선생님께서 쓰신 책에서나 좋아하시는 책에서나 그런 긴장을 느낄 수가 없어요.

가족과 결혼에 대하여

케일럽 선생님은 자신의 미학을 잘 표현하시죠. 그건 정말 큰 강점이에요. 다른 작가들의 책에 대해 이야기하고 나서, 그걸 자신의 이야기와 엮어내죠. 그리고 선생님이 감탄했던 것을 삶 속에서 행하기를 열망하죠.

데이비드 아니, 거꾸로야. 내가 쓸 걸 쓰고 나서, 나의 미학적 깊이와 넓이를 확장하는 작품을 발견하는 거지.

케일럽 제가 없어도 이야기 하실 수 있어요? 화장실 좀 다녀올게요.

데이비드 (DVR에 대고) 좋아. 화제를 바꾸자. 난 케일럽에게 이렇게 말해주고 싶다. "난 문학 작품의 본질로 곧바로 들어가는 걸 잘 하고, 더 나아가 그게 인간으로서 나의 강점이기를 바라지." 난 그렇다고 생각한다. 작년 아내가 생일 카드를 보냈는데, "이런저런 일들을 잘 분석하고 갈등을 잘 해결해줘서 고마워"라고 적혀 있었다. 무슨 말을 하려는 거냐고? 내가 관심 있는 것은 본질이고, 그게 바로 내가 문학적 콜라주에 관심을 가지는 이유다. 난 정교하게 압축된 즉흥 연주나 파편들이 좋다.

케일럽 (돌아오며) 캄타가 엘리자베스 호수를 한 번 가보라고 하더군요.

데이비드 하이킹?

케일럽 차를 타고 가서 호수 주변을 걸을 수 있어요.

데이비드 멋지군. 시내에서 점심 먹고 호수로 가자구. 오늘밤 캐스캐디어에 다시 가도 좋고.

◇◇◇

케일럽 아버지와 저는 20년 전에 문제가 있었어요. 서로 좋아하지 않는다고 생각했죠. 아버지는 인종이나 동성애 등등에 관해서는 선사시대 사람이에요. 이런 생각은 세대가 변하면서 조금씩 사라져가요. 아버지께선 이젠 논쟁할 게 없어진 거죠. 논쟁할 이유가 사라진 거예요. 지금은 집에 와서 우리 딸들을 좋아해 주시죠. 보고 있으면 마음이 편안해져요.

데이비드 아버지가 아이들에게 어떻게 해주시는데?

케일럽 수영장도 가고, 놀이터도 데리고 가죠. 이번 여름에 제가 아버지 집 페인트칠을 했는데, 아버지가 아이들과 시간을 많이 보내 주셨죠. 엄마는 상대적으로 도움이 안 돼요. 오히려 짐이 되죠. 아버지는 엄마를 돌봐야 하는데, 아이들을 보게 되니까, 엄마는 그냥 앉아서 잡지나 읽으시죠.

데이비드 나이 들수록 가족이 더 중요하지. 가족 없이 제대로 뭘 하는 건 힘들어. 가족이 없으면 안된다는 걸 알겠더라구.

케일럽 아이가 없으면 또 다르죠. 가족이 다른 의미를 가져요. 선생님에 대해 제가 알지 못 했던 (그리고 내가 아는 한 절대 어떤 책에도 쓰신 적이 없는) 가장 흥미로운 것은 사모님이 둘째를 가지기를 원하셨고, 선생님이 거절하셨다는 거예요. 둘째가 태어났더라면 사모님께 큰 즐거움이 되었을 텐데요.

데이비드 그건 나에게도 그랬을 걸.

케일럽 나탈리에게도 좋았겠죠. 14살이나 15살짜리 아이가 집에 있다고 생각해보세요. 몇 년 뒤에 그 아이마저 대학을 가야 집이 빈 둥지 같이 되겠죠.

데이비드 그럴 거 같군…자네는 아이들이 더 많았으면 해?

케일럽 세 명으로 만족해요.

데이비드 세 명도 많아.

케일럽   전 잘랐어요.

데이비드 끝났군.

케일럽   이후 이틀 동안, 아내가 저에게 뭘 시키면 이렇게 소리 쳤어
       요. "내 불알, 미안해, 불알아! 아이스크림 좀 갖다 줄래?"

데이비드 재밌군.

케일럽   그랬죠. 선생님은 사모님이 둘째를 원했다고 말씀하셨지만,
       제가 모르는 다른 것도 있나요? 글로 쓰지 않은 비밀 같은
       거요?

데이비드 있으면 얘기를 하겠지만, 지금 생각으로는 없는 거 같아. 그
       리고 어두워지기 전에 멋진 하이킹을 하고 싶은데.

◇◇◇

케일럽   누군가를 배신한 적 있으세요?

데이비드 난 결혼하고 바람 피운 적 한 번도 없어. 자네가 알고 싶은
       게 그거라면, 자네는?

케일럽   저도 그런 적 없죠.

데이비드 이런저런 회의, 연수를 가게 되니까, 동기가 뭔지는 모르겠
       지만 여자들이 접근해오지.

케일럽   매우 유혹적이군요. 특히 독신 작가라면.

데이비드 내가 그랬다면, 결혼은 사실상 끝난 거야. 난 프랑스 사람
       은 못 돼서.

케일럽   그럼 먼저 이혼부터 하세요.

데이비드 하지만 그녀들의 유혹은 나에겐 좋은 시험이었어. 내가 정말 행복한 결혼생활을 원한다는 걸 알았지.

케일럽 독신 생활할 때 재미있긴 했는데, 바람 피울 거면 왜 함께 있어야 할까, 라고 생각했었죠. 한 사람과 헤어지면 또 다른 사람을 만나고 뭐 그러다가 나중에 결혼했죠.

데이비드 내 생애를 18년 단위로 생각해보게 돼. 열여덟까지 나는 성장했고, 열여덟부터 서른여섯까지 그럭저럭 혼자 있었고, 서른여섯부터 쉰넷까지 남편이자 아버지였어. 그리고 이제 나탈리가 18살이 되었고 집을 떠났으니 난 인생 4기로 접어들기 시작했지. 나탈리는 우리 인생의 일부였는데, 품을 떠나게 된 거지. 그동안 정말 재밌었는데.

아내와 내가 이 문제를 가지고 2년 전에 토론을 한 적이 있어. 우리는 그다지 잘 지내지 못 했고, 아내는 이혼한 친구의 영향을 받았던 것 같아. 우리는 정말 사소한 일, 사실 부시에 관한 올리버 스톤의 영화를 두고 논쟁을 하게 되었는데, 나탈리가 대학 가서 집을 떠나면 어떻게 할거냐고 우리 자신에게 묻게 되었지. 우린 결혼생활은 괜찮다고 말했지만, 정말 행복한 걸까? "18개월 더 생각해보자구. 나탈리가 떠날 때까지 우리 둘 중 누군가가 먼저 어떤 일을 벌이지는 않겠지. 그때 가서도 결혼생활이 불행하다면, 행동을 취하자구." 정말 멋진 시험 기간이었지. 난 정말 정말 열심히 아내와 함께 하려고 노력했지. 부엌일을 돕고, 산책과 여행을 다니고, 함께 영화도 보고 그 외에도 많은 걸 함께 했어. 말하자면 그건…

케일럽 끼어들어서 죄송하지만, 선생님 말씀 들으니 저의 결혼생활이 어떤 건지 알게 되었어요. 불가피한 역학관계예요.

데이비드 어째서?

케일럽 전 저만의 관심사에 몰두해 있기 때문에 제 이야길 들어줄 사람은 필요 없어요. 특히나 피상적인 관심만 있다면 말이죠. 그래서 아내에게 제 일을 많이 이야기하지 않죠. 전 아내가 몰두할 수 있는 관심분야가 있었으면 좋겠어요. 사모님도 그런 게 더 많다면, 선생님 결혼생활도 더 나아질 거예요.

데이비드 난 배우자로서 너무나도 중대한 결점이 있다는 걸 잘 알아. 내 생각에 너무 몰두하는 경향이 있지. 때로 나도 아내가 나와 똑같이 집중할만한 관심사를 갖게 되기를 바랐던 것 같아. 하지만 한편으로 그녀는 나에게 여러 면에서 대단한 사람이었지. 엄청난 "감성지능"을 가지고 있고, 내가 세상일을 이해하도록 도와주고, 살림도 잘 꾸리지. 이런 말은 정말 싫지만, 그녀는 과거 흔히 부르던 "작가의 아내"라고 할 수 있어. 아내는 그런 말 들으면 끔찍해 하겠지만. 어떤 면에서 나는 늙은 53세이고, 그녀는 젊은 53세야. 아직 유연한 몸을 가지고 있어. 요가도 하고, 필라테스도…

케일럽 나이에 비해서 확실히 젊어 보이시죠.

데이비드 그녀는 염색도 안 하고 머리가 희끗희끗하고 안경도 자주

쓰기 시작했지. 이런 모습이 간결한 스타일의 프랑스 지식인 같아. (약간의 쌀쌀맞음만 빼고, 아내의 이 모든 게 정말 섹시해 보여.) 그녀는 정말 멋진 몸 상태를 유지하고 있지만, 난 허리가 아파서, 힘든 하이킹이나 다른 활동을 못 해. 우리가 갈 수 있는 길이 여러 갈래였지. 각자의 길로 갈 수도 있었을 거야. "우리는 꽤 괜찮은 결혼생활을 했고, 나탈리도 키웠지만, 우린 너무 달라." 이런 말을 어떻게 제대로 전달할지 잘 몰랐던 거 같아. 그래서 말하지 못하고 마음에 남겨둔 부분도 있지. 또 다른 선택은 결혼생활을 이제까지 해오던대로 하면서 합의하에 한눈을 파는 것도 있지. 그것도 나쁘진 않아. 가장 흥미로운 세 번째 옵션은 지금 우리가 노력하고 있는 거지. 좋아, 이제 진짜 결혼 생활을 해보자는 거지. 결혼한지 3년도 안돼 나탈리가 태어났거든.

케일럽 4년 동안 함께 살면서 아이 문제를 이야기 하지도 않았다니 아직도 믿을 수가 없네요. 진부하지만 체스에 비유하자면, "결혼이라는 말"을 움직이기 전에 아이 문제를 풀었어야죠.

데이비드 다시 말하지만, "인생은 체스 게임이 아니라네, 이 친구야."

◇◇◇

케일럽 올해 초 부모님 54주년 결혼기념일이 있었죠. 매년 어머니는 말씀하시죠. 데이브와 나는 말이야, 여러 해 동안 행복한 생활을 해…온 게 아니고 골칫거리[11]로 살았단다"

데이비드 아이구. 난 그런 식의 말장난은 싫어.

케일럽 이 말을 들을 때마다 아버지는 울그락불그락 해지죠. 어머니가 "행복…bliss…"이라고 말하고는 잠시 쉬면서 아버지 반응을 살펴요. 아버지는 "그만, 그 말 하지마!"라고 하시죠. 그러면 어머니께서 말을 마무리하는 거죠. "골칫거리… blissss…ter"하고요. 이걸 아내한테 간혹 해보는데, 미치려고 하더라구요.

데이비드 간혹 아내와 내가 서로 결혼했다는 사실이 당혹스러울 때가 있어. 그녀는 매우, 매우 똑똑하지만, 지적이지는 않아. 아마 자네 아내하고 비슷할 걸.

케일럽 당신이 더 똑똑하긴 하지만 난 더 힘이 세다고. 전 항상 말하죠.

데이비드 그래. 나도 그래. 허리가 아파도 그랜드 피아노는 들 수 있지.

케일럽 아내는 돈을 벌어요. 난 무거운 물건을 옮기죠. 그녀는 가족들과 함께 하는 시간을 사랑해요. 주말이면 언제나 "이거 하자, 저거 하자"라는 식이죠. 그리고 우리는 이것 저것 하면서 주말을 함께 보내요. 동물원이나 공원에도 가고, 영화를 보러 가기도 하고요. 그녀는 "가족이 된다는 것"을 좋아하죠.

데이비드 자넨 아이들을 더 자주 데리고 나가줬으면 하고 바라겠지.

케일럽 아니요. 네. 아니요. 음… 바라는 것 같아요. 아내는 주중에

---

11 blisssss….ter: 말장난으로, bliss는 행복을 뜻하고 blister는 골칫거리를 의미한다.

는 일을 하니까 주말에는 마음대로 시킬 자격이 있죠. 혼자
만의 시간을 더 가지고 싶긴 해요.

데이비드 자네의 글쓰기를 그리 중요하게 생각하지 않는군.

케일럽 글 쓴다고 가족에게 보탬이 되는 게 아니라서요. 제가 하
는 일이 돈이 안되니 남편과 아빠로서 제대로 하는 건 아니
죠. 그래서 전 아침 일찍 혹은 밤 늦게 시간을 쪼개서 글을
써요. 지금은 아이 둘이 초등학교에 다니니까, 시간이 더 많
아요.

데이비드 내가 엄청난 돈을 버는 대단한 사람은 아니지만, 요즘은 강
연료를 받지. 하루나 이틀, 사흘 다녀오면 이천, 삼천, 오천
달러 정도 받아.

케일럽 사람들이 선생님 잡담을 들으려고 돈을 낸다구요?

데이비드 대학에 가거나, 원고를 봐주기도 하고, 강연도 하고, 강독회
도 하고, Q&A도 하고, 방문 강의도 하지.

케일럽 끝내주네요. 마치 지도 위에 포장도로도 있고 비포장도로
도 있고 오솔길도 있는 것 같아요.

데이비드 지도가 왜 필요하지? 넘어지지 않으려고? … 어쨌든 결론은
영원히 안 될 줄 알았는데, 내가 글을 쓰고, 가르치고, 글 쓰
는 이야기를 해서 충분한 돈을 벌게 되었고 그 글이란 게…

케일럽 더 좋은 집으로 이사도 하시지, 그랬어요?

데이비드 우리 집이 어때서?

케일럽 농담이에요.

데이비드 나도 농담!

케일럽 여행도 더 많이 할 수 있죠. 좀 즐겨보세요.

데이비드 어느 정도는. 난 앞으로 나탈리 등록금을 3년 더 내야 해. 그
게 한해 57,000 달러지. 아내가 카페를 열 수 있을 만큼 돈
을 더 벌고 싶어. 요리를 잘 하거든.

케일럽 그건 너무…

데이비드 아내가 하고 싶어하거든.

케일럽 사실 많은 식당들이 돈을 까먹는 건 아니지만요. 식당 주인
들은 식당에서 번 돈으로 살아갈 수 없어요. 때로는 접시 닦
는 알바보다 더 적게 벌죠. 이들은 2,000 달러의 담보 대출
상환금, 2명의 아이, 자동차 할부금, 사업 대출금이 있어요,
한달에 20,000 달러 수준을 벌어서는 먹고 살기가 어렵죠.

데이비드 분명 이익을 내는 건 어려워. 전에는 프레드 허치슨 암센터
를 그만 두겠다는 그녀의 생각을 지지하지 않았지만, 지금은
"그렇게 해 봐"로 바뀌었지. 난 정말 내 결혼생활이 잘 되기를
원하고, 그것이 붕괴된다면 나 역시 피폐해지겠지. 그래서 나
는 중간에서 타협을 하고 정말 협력적인 자세를 취해.

케일럽 그게 남자죠.

데이비드 자네 결혼생활은 모르겠어. 자네도 장애물을 만나, "이러고
도 우리 살아야 해?'라고 한 적이 있는지 모르겠군.

케일럽 우린 다른 장애물을 만났죠. 아이가 세 명이면 많죠.

데이비드 자넨 너무 바빠.

케일럽 육체적으로 힘이 들죠.

데이비드 그렇다고 했지.

케일럽 아이가 생기면 즉흥성을 잃게 되는 건 당연한 일 같아요.

데이비드 주말에 둘이서 호텔에 간 적 있어?

케일럽 주말에는 가끔 데이트를 하죠.

◇◇◇

케일럽 재미있는 우연이 있었죠. 내가 캐롤 산토로 집 페인트 칠을 하는데, 선생님이 자기 가게 최고 단골이라고 하더군요.

데이비드 이메일을 보내면, 다음날 남편이 우리 집 현관에 책을 떨어 뜨리고 가지. 그녀는 아마존보다 더 빨라.

케일럽 그녀와 남편은 나에게 집 열쇠를 맡기고 열흘 동안 버뮤다에 갔었죠. 레이몬드 카버의 소설 중에 어떤 남자에게 집을 봐달라고 하니까 안주인 속옷까지 훔쳐 입고, 물건들을 이리저리 옮겨 놓고, 문을 걸어 잠가버리는 이야기가 있는데 제목이 뭐였더라? 내가 그런 사람은 아니지만 안 볼 수가 없더라구요.

데이비드 어떻게 살고 있는지 감이 왔어?

케일럽 벽마다 책이죠. 한 방에는 기타가 가득했고, 가족 사진은 많지 않지만 아기 사진이 한 장 있었어요. 색이 바랜 것으로 봐서는 족히 30년은 된 것 같았죠. 그게 다예요. 사진 한 장.

데이비드 아이가 없다는 느낌이 늘 들었는데, 아마 있었나 보군.

케일럽 여기서 질문. 아이가 죽었을까요?

데이비드 "아기 신발 팝니다. 한 번도 안 신었어요."[12]

케일럽 자신의 비극을 이야기하고 싶어하는 사람이 있고 아닌 사람도 있는 거죠. 저도 그걸 물어볼 만큼 캐롤과 친하지는 않죠. 아마 길을 잘못 든 것 같아요… 잠시만요. 돌아가야 할 것 같아요.

데이비드 "4륜 구동차량만 통행 가능"이라는 표지판이 있어야 할 것 같은데.

케일럽 타이어가 못 버틸 거 같아요.

데이비드 얼마나 남았는지 모르겠어. 내가 착각하고 있나? 자네가 위험하다고 했던 게 타이어 펑크 나는 거였어?

케일럽 위험하긴 하죠. 근데 그렇게 됐으면 좋겠어요. 선생님이 갈아 끼우실 테니까.

데이비드 하하. 보자고. 여긴 내가 생각했던 것보다 훨씬 먼 곳이군. 언제 어두워질까? 일곱 시쯤? 지금 네 시야.

케일럽 조심해야겠네요. 차를 저기 세우고 걸어 가시죠.

◇◇◇

케일럽 이번 여름 어머니가 생일에 뭘 갖고 싶은지 물어보셨죠. 전 우리 딸들 초상화를 그려 달라고 했어요. 그녀가 낙서 같은

---

12 Baby Shoes: For Sale, never worn: 헤밍웨이가 쓴 것으로 알려진 여섯 단어로 된 가장 슬픈 이야기

흑백 그림을 세 장 그려주셨죠. "이거예요? 15분 만에 그리신 것 같은데." 아버지 말씀이 "아니야, 케일럽. 엄마의 전 생애가 걸린 거야." 그 말씀이 맞았어요. 그 캐리커처는 멋졌고, 아이들도 좋아했어요. 어머니가 해주실 수 있는 최고의 선물이었죠.

데이비드   어머니가 노망이 나셨어?

케일럽   심각하진 않아요. 1년 후에 돌아가시든 10년 후에 돌아가시든 이제 끝난 거죠. 경계성 당뇨가 있어요. 콜레스테롤과 포도당이 정상보다 높아요. 의사들이 설탕을 먹지 말라고 경고를 했는데, 엄마는 완전 중독이죠. 얼마 전 냉장고에 아이스크림 과자를 넣어 뒀는데, 엄마가 하나 달라고 하셨죠. 합의한 규칙은 하루에 하나였거든요. 그런데 아침식사 때 벌써 시나몬 롤 케이크를 드신 거예요. 우린 아이스크림 과자를 딸들에게 줬는데, 몇 분 뒤 애바가 울면서 부엌으로 뛰어왔어요. "할머니가 내 아이스크림 가져갔어." 거실로 갔더니 진짜 그랬어요. 엄마가 애바의 얼음과자를 후루룩거리며 먹고 계셨죠.

데이비드   그러려니 하고 웃어넘기는 것 말고는 뭘 할 수 있겠나?

케일럽   아버지는 정신적으로는 괜찮지만, 동맥류가 있고, 백혈병 전 단계예요. 심장 박동 조절기도 달고 계시죠. 기절도 몇 번 하셨죠.

데이비드   황당하겠지만, 난 우리 아버지보다 오래 살고 싶어. 아버지는 99세 생일을 4개월 앞두고 돌아가셨지.

◇◇◇

데이비드 〈불안의 책*The Book of Disquiet*〉의 페소아: "난 삶이 가져다 주거나 빼앗아 가는 어떤 것에도 울지 않는다. 하지만 몇 쪽의 산문이 나를 울렸다."

케일럽 선생님은 양쪽 세상 모두에서 살 수 있어요. 양쪽 모두가 선생님을 울릴 수도 있지요.

데이비드 아니, 자네는 울릴 수 없어.

케일럽 아마 선생님도 울릴 수 없을 걸요.

데이비드 난 자네보다 더 철저하게 글을 쓰면서 살았어. 더 많은 걸 희생했지.

케일럽 저의 희생도 덜 하지는 않죠. 그냥 다를 뿐이죠.

데이비드 낡은 단어라서 말을 해야 될지 모르겠지만, 자네는 더 '영적'이야. 난 내 글쓰기를 지키기 위해서라면 무엇이든 할거고, 책을 완성하기 위해서도 무엇이든 할 거야. 거기에 대해서는 인정사정 없지. 자네는 경험, 쾌락에 의미를 두는 데 그건 실수야. 삶이라고도 할 수 있겠지.

케일럽 생각할 시간이 충분치는 않았지만, 사모님이 둘째를 희망하시는데 선생님이 양보하지 않은 일을 두고 "괴물 같다"라는 수식어를 붙이고 싶네요.

데이비드 자네에겐 그 일이 그렇게 잔인했어? 재미있군.

케일럽 나탈리가 태어난 후 첫 2년을 말씀하실 때 "어렵다"라는 단어를 사용하셨죠. 저에겐 그때가 정말 행복했던 시기였어요. 새벽 3시에 아기가 울 때에도 그 아기가 이렇게 말하는 것 같았죠. "아빠를 사랑해. 아빠가 필요해. 아빠가 좋아." 애바가 2개월쯤 되었을 때, 앞으로 들쳐 매고 이웃을 돌아다녔죠. 따뜻하고 의식은 반 밖에 없는 생명이 내 가슴에 딱 붙어 있었죠. 이게 의미죠. 이게 X 요소이고, 이런 게 바로 좋은 기억이죠.

데이비드 "우리는 다르다"는 말 말고는 뭐라고 해야 할지 모르겠네.

케일럽 제가 선생님을 괴물이라고 비난하는 것은 부당할지도 몰라요. 잘 하는 걸까 의심하는 가운데, 책임 있는 결정을 하신 거죠. 선생님은 그렇게 생각했겠죠. "이런 말을 하는 나란 인간은 누구인가? 그리고 아내는 내 말을 듣고 어떻게 느낄까?"

데이비드 말했듯이, 당시에 아내도 이중적 감정이었다고 인정했어. … 호수인가?

케일럽 개울이에요.

데이비드 계속 걸어야겠군. 내가 뭐라고 했지?

케일럽 사모님이 이중적 감정이었다고. 하지만…

데이비드 우리가 나탈리를 대학에 내려주고 돌아오면서 아내가 함께 돌아갈 아이가 하나 더 있었으면 좋겠다고 하더군. 나 역시 그랬어. 그래도 아내는 놀라워. 그녀는 다른 사람들에게 봉사하면서 큰 만족을 얻어. 그리고, 뭐라고 해야 할지 모르겠지만, 난 그 봉사를 받으면서 큰 만족을 얻어.

데이비드와 케일럽이 웃는다.

◇◇◇

케일럽 여자아이들은 손톱에 색칠하는 걸 좋아해요.

데이비드 나탈리는 빌드어베어 인형을 좋아했었지.

케일럽 여자애들은 빌드어베어 인형을 좋아해요. 아들이 있으면, 운동을 하면서 시간을 더 보냈을 거고, 글 쓰는 시간을 줄였겠죠. 그게 나쁘다는 말은 아니에요. 딸이라서 좋지만, 딸들은 스포츠에는 서툴고 관심도 없어요. 작년 티볼 수업을 신청했어요. 애바가 여섯 살, 지아가 다섯 살이었죠. 아이들은 그냥 친구들과 놀고만 싶어했고, 공을 잡고 던지는 건 신경도 쓰지 않았어요. 어떤 부모들은 계속 끼어들어서 아이들을 가르치느라 열심이더군요.

데이비드 지루했을 것 같군.

케일럽 어떤 아이가 3루까지 진출했는데, 같은 편이 좌측 외야로 안타를 쳤어요. 3루 주자로 있던 아이가 홈으로 들어오는 것이 아니라 외야로 공을 쫓아가는 거예요. 그런 식이죠.

데이비드 정말 귀여워. 나라면 온종일 보고 있었을 거야.

◇◇◇

케일럽 선생님은 누님이 한 분 계신데, 별로 말씀을 안 하시네요. 글에서도 쓰신 적이 없고. 그냥 누님이 있다는 사실만 말씀하셨죠.

데이비드 신발끈 좀 묶을게. 폴라 누나는 나보다 한 살 위야. 누군가 나에게 "외동이세요?"라고 물은 적이 있는데, 우와, 내가 외동으로 보이나? 이렇게 생각했던 게 기억나. 누나가 나하고는 잘 지내지 못 하지만, 내 딸과는 각별하지.

케일럽 누님도 아이가 있어요?

데이비드 아니. 누나와 매형 웨인은 타코마에 살지. 매형은 퍼시픽 루터 대학교에서 역사를 가르치고 있고, 누나는 버클리에서 역사학 박사 과정을 했지만 논문을 마치지 못 했어.

케일럽 우리 엄마와 같네요. 엄마도 컬럼비아에서 중국학 박사 과정 4개월을 남겨두고 그만 두셨죠. 거의 끝까지 갔다가 포기하는 게 이상했어요.

데이비드 누나는 워싱턴대학 입학처에서 25년 넘게 근무하고 있어.

케일럽 왜 그렇게 사이가 안 좋아요?

데이비드 첫째, 누나라는 것. 어떤 일이 생기든 날 동생으로 취급하고, 나도 동생처럼 행동하지. 또 하나는, 그녀는 내가 우리 가족 이야기를 썼다고 화가 나 있어.

케일럽 아.

데이비드 그게 컸지. 그녀에 관해 에둘러 써도…

케일럽   누님은 조연 밖에 안되겠군요.

데이비드 솔직히 내가 뭘 잘 못 했길래 나한테 이렇게 원한을 품게 됐
         는지 묻고 싶어. 누나랑 한 방에 있으면 공기에 적대감이 흐
         르지. 어렸을 때, 누나가 공부를 무척 잘 했어. 난 운동은 좀
         했는데, 공부는 근근히 하는 정도였지. 내가 성적이 좋게 나
         오면, 선생들은 누나가 대신 해줬다고 나를 야단쳤어. 성적
         이 안 나오면 "네가 폴라의 동생이라니 믿기가 어렵군"이라
         고 하셨지. 그녀는 자신의 지능에 버금가는 소명을 찾지 못
         했지만, 난 좋든 나쁘든 열 두살 때부터 내가 하고 싶은 게
         뭔지 알았어. 완전 내 입장에서만 생각하는 거겠지만, 그녀
         는 자신이 성공하지 못한 것에 대한 실망을 나에게 대한 분
         노로 돌리는 것 같아. 나와 누나는 부모님들이 가졌던 완전
         히 엉망이었던 역학 관계를 똑같이 되풀이하고 있다고 그렇
         게 생각하게 돼.

케일럽   오!

데이비드 괜찮나? 무릎이 틀어진 건가?

케일럽   통나무의 미끄러운 곳을 밟았나 봐요. 괜찮아요.

데이비드 누나와 매형이 우리 집에 오면, 내가 그녀와 다른 생각을 이
         야기로 꺼낼 때마다, 늘 생각이 많이 달랐지만, 매형 쪽을 바
         라보면서 괴롭다는 표정을 짓지.
         〈검은 행성〉이 나오고 나서 어느 날, 누나가 매형한테 이메
         일을 보내려고 했는데, 잘못해서 나한테 보낸 거야. "봐요,

244

그 녀석이 그렇게 생각하잖아요. 당신한테 말했죠. 하하. 그 녀석은 완전 위선자라고요." 내가 답장을 했지. "어, 안녕, 폴라, 이메일을 잘못 보낸 것 같아."

케일럽이 웃는다.

데이비드 이어서 내가 말했어. "우리 관계가 좋지 않다고 생각해. 그냥 사이가 안 좋아. 함께 만나서 왜 그런지 이야기 해볼래? 서로 솔직해져야 해." 그녀가 답장을 했어. "그럴 수 없어." 내가 오해했는지 모르겠지만, 난 그 말을 "그럴 정도로 우리 사이가 좋지는 않잖아"라고 받아들였어. 난 정말 이 모든 것에 대한 그녀의 입장을 들어보고 싶다구. 그래봤자 달라지는 건 없겠지만. 자네 형제자매들 이야기 좀 해 보게.

케일럽 막내 여동생이 민이고 제부가 솜제이트인데 9/11이 미국정부의 음모라고 믿고, 달착륙도 의심하고, 아이들에게 백신주사도 안 맞히고, 학교도 안 보내고 홈스쿨링 하고, 세계를 150대 부자 가문이 지배한다고 생각하죠.

데이비드 150대 부자 가문이 세상을 지배하는 건 맞는 말일지도 몰라.

케일럽 선생님께도 동생이 받아보는 선전물을 보내라고 해야겠군요. 매년 좀 달라요. 여동생 내외는 정수용 알약과 전염병 환기장치를 비축해두고 있죠. 지식 살인자 같아요. 이번 여름 버더[13]들이 오마바가 미국인인가를 두고 의문을 제기했을 때, 아내에게 농담으로 "분명 민과 솜제이트는 그걸 믿을 거야"라고 했죠. 진짜 믿더군요.

데이비드 자네 부모님만큼 보수적이야?

케일럽 론 폴[14]의 집회에 참석했죠.

데이비드 최악은 아니군.

케일럽 뭐라고요? 론 폴이 괜찮다고요?

데이비드 괜찮다고는 안 했어. 그의 군축 의지는 지지하지. 촘스키처럼 문제가 많다고 생각하지만, 난 뒷자리에서 열변을 토하는 사람을 좋아하거든.

◇◇◇

케일럽 너무 자주 봐도 너무 안 봐도 관계에는 좋지 않죠. 특히 결혼 생활은 말이죠.

데이비드 그 이야기 한 번 해 봐.

케일럽 전 그걸 와파토 놀이라고 해요. 우린 첼란 호수에 있는 와파토 포인트에서 휴가를 세 번이나 보냈어요. 아내가 아이들과 같이 오기 좋은 곳이라고 좋아했죠. 실내외 풀장, 온탕도 있는데, 가격도 합리적이고 보트 대여비도 싸고 미니 골프장도 있죠. 아이들이 그곳을 망쳐놓으면 어쩌나 걱정

---

13   Birther: 버락 오바마가 미국태생이 아니라고 비난하는 사람들을 지칭하는 신조어
14   Ron Paul: 미국의 정치인. 2008년, 2012년 공화당 대선후보

할 만큼 럭셔리하진 않아요. 그녀에겐 모든 휴가의 원형 같은 거죠. 전 지겨운 잔소리를 들을 때마다, "와파토"라고 말하곤 해요. 내가 아내에게 "주말을 데이비드 실즈와 함께"에 대하여 말하면, 그녀는 "와파토"라고 하겠죠. 아마 선생님도 사모님과 그런 놀이를 할 거 같은데요.

데이비드 다시 말하지만, 난 76편의 이야기를 썼고, 이걸 전부 22번이나 낭독했어.

케일럽 "내 학생의 감옥 이야기는 너무 금욕적이다." "난 전 여친의 일기를 읽었다." "글쓰기는 말 더듬이에 대한 나의 복수이다." "프란젠은 1850년부터 소설을 썼다." "그리고 내가 좋아하는 건 사실 르나타 애들러의 〈스피드보트*Speedboat*〉15…"

데이비드 음메~

케일럽이 웃는다.

데이비드 사람들이 결혼 생활이 싫어지는 점이라고 하는 게 있는데, 난 그게 좋아. 서로에게서 놀라운 점을 발견하기 어렵게 된다는 거.

케일럽 쿤데라는 "행복이란 반복에 대한 갈망"이라고 했죠.

데이비드 그렇다면 난 정말, 정말 행복한 거야. 내 인생은 《사랑의 블랙홀*Groundhog Day*》16이라는 영화 같으니까. 그리고 난 매일 아침이 너무 기다려지거든.

자본주의, 사회주의, 그리고 사이코패스

케일럽 종교적인 사람들이 내세의 좋은 점을 내세의 증거로 말하는 게 정말 재미있어요. 평화로운 영생이 즐거움을 주는 생각이라는 건 인정해요. 그래서요? 나에게 무슨 위안이 되죠? 내가 죽을 때는 내가 잘 살았고, 가족과 사랑과 예술이 계속될 것이라는 걸 알고 갔으면 좋겠어요.

데이비드 죽음이 매일 자네를 찾아온다는 걸 아직 몰라?

케일럽 전 세속적 도덕주의자니까, 물론 자주 죽음을 생각하죠.

데이비드 난 죽을 만큼 나이가 들면 죽음도 그리 끔찍하게 느껴지지 않을 거라는 주장을 믿고 싶어. … 저게 뭐지? 오토바이?

케일럽 안녕하세요?

진흙투성이 오토바이1 안녕하세요?

데이비드 네.

진흙투성이 오토바이2 광산 보실거죠?

케일럽 광산이라고요? 얼마나 떨어져 있죠?

진흙투성이 오토바이1 800미터 정도?

진흙투성이 오토바이2 그것도 안 돼요. 200미터 정도. 정말 소름 끼쳐요.

---

15   미국의 소설가 Renata Adler가 1976년에 발표한 소설. 소설의 형식을 파괴하여 센세이션을 불러일으켰다.

16   빌 머레이가 나오는 영화로, 주인공이 매일 같은 날 아침에 깨어나게 되는 로맨틱 코미디다. 1993년 《사랑의 블랙홀》이란 제목으로 한국에서 개봉되었다.

248

데이비드 그래요?

진흙투성이 오토바이1 저기 올라가보세요. 그럼 다 보여요. 플래시 있으시죠?

진흙투성이 오토바이2 광산이 크고, 깊고, 어두워요.

케일럽 우리도 볼게요.

데이비드 구경 잘 하세요.

진흙투성이 오토바이2 거기도요.

◇◇◇

케일럽 다 왔어요. 광산 입구네요. 금속 골판과 섞인 갱목. 플래시가 있어야겠어요. 좋아요, 제가 들어갈게요. 캐스캐디아에서 바텐더에게 들은 전설인데요. 사실이래요. 적어도 스카이코모시 주민들은 그렇게 믿고 있어요.

(케일럽이 카메라를 켠다. 자갈 밟는 발자국소리)

스카이코모시의 마귀 프로젝트: 1921년 지역 광부인 존 록웰은 위슬링 포스트 밖에서 아내가 자신의 가장 친한 친구와 낯 뜨거운 자세로 있는 모습을 발견해요. 록웰은 집으로 걸어가 장총과 트럭을 가지고 와서 그들을 이곳 광산으로 데리고 왔죠. 동굴 안으로 데리고 가서 총을 쏴서 죽였어요. 어찌 됐든 그렇게 했다고 생각했죠.

다음날 그는 위스키를 마시고 시내로 내려가 아내와 망할 놈의 친구를 죽였다고 떠벌렸죠. 경찰이 존을 심문했어요.

존은 경찰과 함께 살인 현장인 광산으로 갔죠. 그런데 혈흔은 찾았지만, 시체는 어디에도 없었어요. 세 사람이 들어간 발자국과 한 사람이 나온 발자국이 있었어요. 개들을 풀어 그 길을 좇아갔지만 깊이 들어갈수록 우왕좌왕했죠. 시체를 찾지 못했어요.

존은 재판에 넘겨져서 치정 살인으로 유죄 선고를 받았어요. 8년을 복역하고 돌아와서 동네 술꾼이 되었고, 미쳐서 환청을 듣게 되었죠. 존은 광산이 호황인데도 일자리를 못 구했어요. 2년 후, 목을 매 자살하고 말았죠.

대부분 스카이코모시 주민들은 조금씩 존 록웰을 잊어갔어요. 하지만 1952년 캘리포니아에서 온 두 명의 등산객이 이 광산에 와서 플래시를 들고 안으로 들어갔는데, 섹스하는 두 사람을 발견했죠. 그런데 한 남자가 그들을 바라보고 있었어요. 동굴 위에 목을 매단 채로.

데이비드 우우우. 소름 돋는군.

◇◇◇

케일럽 제가 아랍에미레이트에서 살 때부터 10년 이상 세자라는 이집트 여성과 서신을 주고 받고 있어요. 일반 편지, 이메일, 페이스북을 통해서죠. 세자는 의사가 되었고, 서구에서도 살았고, 약물, (남자, 여자와) 섹스의 극단까지 갔다가 이슬람으로 귀의했는데, 히잡 착용론자가 되어버렸죠. 아랍의 봄

시기에 그녀의 친구가 살해 당했는데, 그 재판이 흥미진진했어요. 우린 세속적인 남자와 무슬림 여자로서 이 문제를 토론했죠.

데이비드 많은 사람들이 자신의 회고록에 내가 관심 있을 거라고 생각해. 난 관심 없어. 회고록 따위엔 관심이 없어. V.S. 프리체트의 시구가 이런 거였나. "그 모든 것이 예술 속에 있지. 살아가는 걸 두고 상을 줄 수야 없지" 자네가 나쁜 사람이었거나 나쁜 일을 겪었다고 그게 좋은 책이 되진 않아. 그걸 예술로 승화시키지 않으면, 난 거기에 관심이 없어.

케일럽 제가 읽은 최고로 "최악의" 책이 회고록이었어요. 그런 끔직한 글쓰기는 그대로 다시 쓰라 해도 정말 못할 짓일 거예요. 메리 케이 르투어노[17]와 함께 수감 생활을 했던 여성 두 명이 쓴 책이었죠. 자비 출판인데, 잘 팔리기는 했어요. 편집자가 하나 붙었다면 기적이 일어났겠죠. 위키피디아에 한 페이지나 나와 있는 메리 케이에 대해서는 별 관심 없는데 이 두 여성은 정말 강렬해요. 한 명은 스트리퍼였는데 누군가를 살인했어요. 다른 여성은 약물 중독자였는데 부도 수표를 계속 발행하고 횡령을 했죠. 이 두 사람이 한 장씩 번갈아 썼어요. 스트리퍼는 12살에 자기 오빠의 친구들을 위해 자발적으로 성 노리개가 되었죠. 이 일로 인해 자신이 더럽다고 느끼게 됐고 무력감에 빠지면서 자존감이 파괴됐죠. 두 여성 다 자신의 고통을 예술로 승화시키진 못했지만, 그

것을 현실로 만들었죠. 또 다른 현실은 이들이 정말 못 쓰는
작가들이었다는 거죠.

데이비드 그건 굉장한 이야기란 생각이 드네. 섹스는 언제나 진지한
거야. 정말 그래.

◇◇◇

데이비드 난 트위터 계정이 있어. 그리고 "헤이, 데이비드가 이런 것도
했다구Hey, David Did It"라는 페이스북 페이지도 있어.

케일럽 팬 페이지군요.

데이비드 내가 소통하려면 달리 어떻게 해야 할까?

케일럽 동등한 입장에서의 관계, 친구가 되는 거죠. 말 그대로의 친
구는 아니지만요.

데이비드 하지만 그게 어떤 의미가 있을까? 내가 그렇게 하면 어떤 점
이 좋은 걸까? 그렇게 되면 더 친근하게 느껴질 것 같긴 해.

데이비드 피터 마운트포드가 자네에 관해 묻더군.

케일럽 그래서 뭐라고 하셨어요?

데이비드 케일럽이 당신과 맞서게 될 거라고 말해줬지. 기세등등한 적
수가 될 거라고. 그래서 자네와 난 지금 이 프로젝트에 딱

---

17 Mary Kay Letourneau: 12세 제자와 성관계를 지속하다 아동강간죄로 구속된 미국
   의 교사

맞는 거지. 아니면 나하고 있을 때만 그런가?

케일럽 아뇨. 그건 아내가 보증해줄 거예요.

데이비드 자녠 리디아, 안데르, 혹은 율라에게도 그렇게 했어?

케일럽 심하게는 안 했어요. 이들 책은 논쟁거리가 별로 없어요. 리디아는 좌파가 확실하고. 안데르는 프리토레이, 아메리카나, 추억 그리고 자아에 대해 이야기하죠. 세상과의 대결에서 몸을 사리고 있는데, 그건 작가에게는 거의 치명적이죠. 하지만 그는 그걸로 작품을 만들어내요. 율라는 옳은 일에 대해 확신은 없지만 관심은 기울이고, 논의해야 할 문제는 제기하고 있죠. 패트릭 매든 아세요?

데이비드 두 번 만난 적이 있지.

케일럽 우린 페이스북 친구고, 몰몬교를 비난하는 히친스의 글을 그가 올린 적이 있죠. 난 히친스의 글을 보고 매든의 포스트에 댓글을 달았어요. "중간의 M이 빠져야 할 것 같네요."[18]

데이비드가 웃는다.

케일럽 패트릭이 답글을 달았죠. "1,400만명이 믿는 종교에 관해 그렇게 이야기하는 것은 매우 적절치 않습니다." 흠, 내가 예상했던 바가 아니라고 생각했죠. 그래서 내가 썼죠. "좋아요. 엿 같이 좋아요." 그러자 그가 썼어요. "그렇다면 당신은 나와, 나의 아내와, 나의 가족과, 나의 공동체를 모욕하는 겁니까?"

데이비드   우와.

케일럽   대화가 예상을 빗나갔죠. 대화 전체를 검토하고 매든에 관
          한 정보를 찾아봤죠. 그는 원래 몰몬교도였던 게 아니라 개
          종했더군요. 본의는 아니었다고 말할 수는 없었죠. 왜냐하
          면 진심이었으니까요. 하지만 내 공격을 후회하고 있다는
          걸 전달하고 싶었어요. 전 사과문을 적었죠. 한 사람이나 작
          가로 그를 존중하며 대화의 정신에 견주어 볼 때, 내 말과
          의견은 적절치 못 했다고 말했죠. 그는 우아한 답글을 보냈
          어요. 겸손하고, 이해심이 깊고, 친절하고, 마치 그 사람이
          나에게 사과를 하는 것 같았어요.

데이비드   그에게는 뭔가 견실한 게 있어. 만나자마자 알 수 있지. 그
          는 좋은 사람이야.

케일럽   그에게 난 어떤 종교도 존중하지 않는다고 말했어요. 믿는
          사람들에겐 악일지 몰라도 나에겐 그게 덕이라고요. 그래
          서 엄마가 감사기도를 할 때 난 맥주를 마시고, 누군가가
          재채기를 하면, "상상 속 친구의 축복이 있기를[19]"이라고 말
          한다고도 했죠.

---

18   'Mormon'에서 중간의 M을 빼면, 바보, 얼간이란 뜻의 'moron'이 된다.
19   북미에서 재채기를 하면 옆 사람이 "God bless you."라고 하는 문화가 있는데, 여기
      서 God을 '상상 속 친구imaginary friend'라고 한 것이다.

데이비드 그가 뭐라고 하던가?

케일럽 나보다 훨씬 더 심한 인간들도 겪어봤다고 하더군요.

◇◇◇

케일럽 데이비드 마크슨[20]은 일주일 내내 하루 15시간 읽고 쓰기만 하는 것 같아요. 실제 삶에서는 얼마나 많은 경험을 했을지 잘 모르겠어요.

데이비드 한 두 해 전에 죽었는데, 나에게도 정말 두려운 모델이지.

케일럽 마크슨이 낭만화시킨 그 모든 작가들이 그렇게 많은 언어를 마스터했다는 건 말이 안되죠. '봉주르' 정도 할 수 있는 여배우를 홍보 대행사에서 프랑스어가 유창하다고 팔아 먹는 것과 같죠.

데이비드 자네 말을 들으니 좀 안심이 되는군. 왜냐하면 창피하게도 제대로 마스터한 외국어가 하나도 없거든. 나보코프[21]의 영어도 나에겐 가짜 같아. 마크슨도 블라디미르 나보코프의 영어를 두고 "훌륭하지만 모조품 같고 때때로 단조로워지는 산문"이라고 했지. 온통 알아먹지도 못하는 어려운 단어들이고, 정말 지긋지긋하게 두운법을 사용했지. 그리고 그는 잘 듣지도 못했다더군.

케일럽 나보코프건 콘래드건 지적으로 외국어를 말하고 글 쓰는 사람의 과장된 언어는 용서해줄 수 있어요. 선생님은 점점 나보코프에게서 멀어지셨죠.

데이비드 완전 멀어졌지.

케일럽 수업 시간에는 극찬하셨잖아요.

데이비드 도도한 거리 두기가 좋았지. 이젠 그게 싫어. 책 속에 피가 흐르지 않는 것 같아.

◇◇◇

(숲의 진창길로 돌아오며)

데이비드 몇 해 전 어느 여름, 〈죽은 언어들〉을 쓰면서 멕시코에 머문 적이 있었어. 호텔 사람들이 내가 뭘 하는지, 쓰고 있는 책이 무엇에 관한 것인지 물어오곤 했어. 하지만 난 이게 "문예" 소설이라고 설명할 만큼 스페인어가 유창하지 않아서, 아예 그걸 다른 책으로 둔갑시켜 버렸지. 〈불의 집〉이라고.

케일럽 그 정도는 할 수 있는 실력이잖아요?

데이비드 매일 아침 웨이터가 소설이 어떻게 되어가냐고 물었지. "소설 어떻게 되어 가죠?" 나의 대답은 "잘 안 돼요!" 난 계속해서 이 가짜 소설 이야기를 해준 거지. 마지막에 어떤 집이 불에 타서 무너진다는 뻔한 TV 멜로물 같은 이야기였는데, 나름 재밌더라고.

스페인어 실력이 끔찍했던 그해 초여름에 만자닐로에서 한

---

20 David Markson: 미국의 소설가로 다수의 포스트모던 소설을 썼다. 대표작은 〈Wittgenstein's Mistress〉이다.

21 Vladmir Nabokov: 소설 〈롤리타〉의 작가

여자를 만났지. 그리고 여름이 끝날 무렵 과달라하로로 그녀를 다시 만나러 갔는데, 내가 스페인어를 너무 잘하니까 그녀가 놀라더군. 4개월 반 동안 영어를 거의 쓰지 않았거든.

케일럽 멕시코에서 더 시간을 보내지 그랬어요? 스페인어도 더듬으세요?

데이비드 내 스페인어가 너무 서툴러서 말을 더듬거리더라도 사람들은 내 외국어 구사에 문제가 있다고 생각했기 때문에 더듬거린다는 게 드러나지 않았어. 내가 영어로 다시 말하기 시작하자, 영어로는 훨씬 빨리 말한다는 사실을 알아차렸지.

케일럽 영어를 할 줄 알면, 전 세계 어디에서나 가르치면서 외국 생활을 해 볼 수 있죠.

데이비드 우리가 영어로 말하게 된 건 행운이기도 하고 불행이기도 해.

케일럽 제기랄!

데이비드 어, 뭔가 잘못 됐군. 펑크 났나? 그게 문제인 거야?

케일럽 펑크 나길 바라고 있죠. 젠장, 데이비드 실즈는 펑크 난 타이어를 갈 줄도 모르는데.

데이비드 그래도 나는 여장남자들에게 집적대지는 않아.

◇◇◇

케일럽 공원관리공단은 계곡에 거의 100미터마다 뾰족한 돌 무더기를 깔아 놓기로 작정이라도 한 것 같군요. 오래 걸리기는 했지만, 결국 도착 했네요. 열탕에 들어가실래요?

데이비드 좋지. 워싱턴 허스키즈의 풋볼 게임이 방송 중일텐데.

케일럽 몇 시예요?

데이비드 네 시에 시작했어. 허스키즈 게임이라면 후반전만이라도 좋아. 카페는 몇 시에 문을 닫지?

케일럽 바는 자정 너머까지 열지만, 식사는 9시경에 끝나요. 주정뱅이 빌리를 만나게 되겠네요. 혼자 아이를 키우는 홀아비인데, 아이들을 보여주지 않는다고 전처 욕을 하고 있죠.

데이비드 재미있군.

(라디오 잡음)

케일럽 방송국 주파수가 뭐였더라, 950?

◇◇◇

라디오 아나운서1: 워싱턴이 3쿼터 첫 공격 대형에서 득점 했습니다. 12야드 전진, 17-7, 워싱턴 허스키즈 스포츠 방송입니다.

케일럽 놀랍군요.

데이비드 이기고 있어?

케일럽 네. 방송이 잡히네요. 이년 전만 해도 이 지역에 라디오와 핸드폰이 정말 안 터졌어요.

아나운서 1: 조 크루거, 많이 알려진 2년차로 2 미터에 122kg입니다. 그의 형 데이브는 볼티모어 레이븐즈에서 뛰었죠. 크루거는 뛰어난 수비 라인맨 가문이라고 할 수 있죠.

아나운서 2: 그의 형 프레디 크루거[22]는 영화에 나오죠. 공포영화에 살인마로 등장하는 인물이죠. 네, 프레디, 엘름가에서 어슬렁거리고 있죠.

아나운서 1: 하하하. 2차 시기에 10야드 전진했군요. 48야드 지점의 허스키즈 선수들. 폴크에게 패스. 필드 중앙. 45야드, 40야드, 첫번째 터치 다운.

◇◇◇

케일럽 데이비드 다운닝은 얼마나 자주 마주치나요?

데이비드 키가 큰 데다가 우리 집 근처에 살고 있어서 자주 보지. 항상 "아직도 글을 써요?"라고 묻고, "그럼요."라고 대답하지. 언제나 "음, 다음 소설이 언제 나오죠?"라고 묻는데 난 속으로 '바보' 그러고 있지.

케일럽이 웃는다

데이비드 그 친구, 우리 주제 밖의 인물이지?

케일럽 소설 네 권을 썼죠.

데이비드 아동용 책인 것 같아.

케일럽 그럴지도 모르죠. 하지만 출판하지 않은 소설 세 권이 있고, 또 한 권은 작업 중이라고 하더군요. 최근 아빠가 되었고, 아마존에서 편집일도 하는데 꽤 흡족해 하죠. 보수도 괜찮고, 글 쓸 시간도 많다고 하더라구요.

데이비드가 참 많네요. 데이비드 다우닝. 선생님도 데이비드
고, 우리 아버지도 데이비드고, 제 친구 데이비드 바로우도
있죠. 저의 중간 이름도 데이비드예요.

데이비드　독자들을 멋지게 헷갈리게 할 수 있겠는데. 독자들은 여섯
명의 데이비드가 등장하는 포크너 소설을 읽는 기분이라고
하겠군.

◇◇◇

케일럽　전 프로필을 자주 바꾸죠. 간단한 게 좋아요. "케일럽 파월
은 친구들, 가족과 함께 어울리는 걸 좋아한다. 맥주는 언제
든지 환영."

데이비드　그거 좋은데. "앤 카슨은 캐나다에 살고 있다."

케일럽　선생님 프로필은 수상한 상이 다섯, 여태까지 출판한 책이
열한 권, 그리고 지속적으로 글이 실린 잡지가 열 다섯 개,
이런 식이겠죠. 프로필이 에세이보다 길어지겠군요. 이거 어
때요? "데이비드 실즈는 펑크난 타이어를 갈지 못 한다." 선
생님 블로그에 링크를 걸어 보세요.

데이비드　글쎄.

◇◇◇

케일럽 농구 슈팅 몇 번 하실래요? 그리고 나서 열탕에서 목욕하죠.

데이비드가 공을 집어 슛을 하고, 공은 림을 맞고 나온다.

케일럽 선생님은 찰즈 바클리[23]에 대해 쓴 적이 있죠. 어디에 가든 도전을 받는다고요. "당신은 세븐일레븐에서 일하고, 난 NBA 선수라구요. 무슨 생각으로 나하고 슈팅 시합을 하자는 거죠?" 그를 보통 사람하고도 어울릴 수 있는 쿨한 사람으로 보이게 만드셨죠.

데이비드 (슈팅을 하며) 복잡한 사람이야.

케일럽 다리는 좀 불편해 보이는데, 그렇게 나쁘지는 않네요.

데이비드 슛은 오랜만이야. 수영은 하지만 농구는 허리에 안 좋거든.

케일럽 그냥 연습 게임이나 해요.

데이비드 수영장 가는 길에 항상 그린레이크 농구장을 지나가는데, 몇 게임을 구경하다보면 재미있는 말들을 듣게 되지. 한번은 공이 곧장 바운드되어 오는 게 보여서 수영 가방을 한 쪽으로 밀쳐 놓고 성큼 뛰어서 한걸음에 공을 잡았지. 나는 등 뒤로 에드 존스에게 슛 하고 공을 던졌지. 그런데 그의 우렁찬 목소리가 계속 들려오는 거야. "존 스탁턴[24]! 잘 했어! 존 스탁턴! 정말 잘 했어." 농구 인생의 정점이라 할 수 있지.

케일럽이 웃는다.

데이비드 중요한 건 내가 뒤돌아볼 수 없었다는 거야. 그래서 계속 걸
　　　　어갔지.

◇◇◇

케일럽 　살색 반바지 멋진데요.

데이비드 나도 알아. 내가 발가벗고 있다고 생각했겠군.

케일럽 　뒤로 가서 볼께요…어이쿠!

데이비드 처음에는 까만 색이었는데, 수영을 너무 많이 해서 시간이
　　　　갈수록 갈색이 되어버렸어.

케일럽 　까만 색에서 갈색이 되었다가 결국 살색으로? 여기 카메라
　　　　둘께요. 물 튀기지 마세요.

데이비드 여기 정말 좋군.

케일럽 　정말 멋지죠.

데이비드 더 높이지 마.

케일럽 　화씨 104도에 맞춰져 있어요. 더 올라가지 않아요.

　　　　물이 뿜어 나오는 소리

케일럽 　아마 소리가 잘 안 들릴 거예요. 좀 쉬죠.

23　Charles Barkley: NBA 농구선수. 은퇴 후에는 방송과 정치에도 뛰어들었다.

24　John Houston Stockton: NBA 유타 재즈 소속이었고, 포인트가드의 정석으로 일컬
　　어지는 백인 선수

◇◇◇

케일럽 (DVR에 대고) 10월 1일, 오후 8시 9분. 스카이코모시. 허스키
즈 31-14로 승리. 캐스캐디어 여인숙으로 향함. 데이비드
선생님이 지형을 알고 싶다고 해서 직접 운전함.

데이비드 실제 난 자네가 더 이상 운전하지 않을 거라고 생각했기 때
문에…

케일럽 머니 크릭 야영장의 철길을 지났고 2번 고속도로로 향하고
있어요. 우회전 하세요.

데이비드 두 번 좌회전한 다음 우회전.

케일럽 제가 아시아 출신이라 방향감각이 좋아요.

데이비드 아시아라고?

케일럽 제가 대만에서 태어났거든요. 방향 감각이 뛰어나요. 그림
자가 태양에게 말을 하고, 태양은 그림자에게 말을 하고, 태
양과 그림자가 사람에게 말을 하죠.

데이비드 시내까지 8킬로쯤 남았나?

케일럽 차선을 한참이나 넘어갔어요. 배수로에 처박힐 뻔 했어요.

데이비드 알았어. 안심하라구. 여기서 우회전하면 되지? 난 그냥 확인
하고 싶었던 것 뿐이야.

◇◇◇

캐스캐디어 여인숙 안

케일럽 우리가 조 식당에서 식사를 할 때 생크림을 곁들인 샐러리

수프가 애피타이저로 나왔던 거 기억하세요?

데이비드 내가 실수한 거라도 있어?

케일럽 예의 차리느라 한 모금만 드셨죠.

데이비드 그걸 눈치채다니.

케일럽 대니가 작은 요리 두 개를 보냈죠. 선생님이 큰 소리로 돈을 내야 하느냐고 하셨죠. 처남이 주방장이라서 그렇게 해준 건데, 가족 관계가 아니라고 해도 주문하지 않으면 돈을 안 내도 되는 거죠.

웨이트리스 좋아요, 손님. 결정하셨어요?

케일럽 네, 결정했어요.

웨이트리스 손님은요?

데이비드 저도요.

웨이트리스 손님도 준비되셨고, 손님도 준비가 되셨고. 그러면 우리 모두 준비가 되었네요! 좋아요, 이제 주문 하시죠.

케일럽 전 스페셜로 할래요. 샐러드는 드레싱 없이 주시고, 있으면 레몬 조각을 곁들여 주세요.

웨이트리스 있어요.

케일럽 정말 맛있어 보여요.

웨이트리스 스테이크는 어떻게 해 드릴까요?

케일럽 미디엄 레어. 그리고 시에라 네바다 페일 에일 한 병.

웨이트리스 네. 손님은요? 함께 내실 건가요?

데이비드 네.

웨이트리스 (눈썹을 치켜 올리며) 함께요? 청구서는 하나면 된다는 말씀
　　　이죠? 그렇게 해 드리겠습니다.

데이비드　난 미트 소스 스파게티로 할게요.

웨이트리스 샐러드 드레싱은요?

데이비드　허니 머스터드로 주세요.

웨이트리스 허니 머스터드.

데이비드　그리고 물. 물 한 잔 주세요.

웨이트리스 네엡, 알았습니다.

케일럽　　선생님은 고등학교나 대학교 때 전혀 술을 마시지 않았어요?

데이비드　정말 조금.

케일럽　　평생 몇 번이나 취해보셨어요?

데이비드　모르겠어. "취했다"는 것을 어떻게 정의하느냐에 따라 다
　　　르지. 한 열 번 정도.

케일럽　　저는 아버지가 취한 걸 한 번도 본 적이 없어요. 저희 아버
　　　지는 희귀 맥주를 마셨거든요.

데이비드　난 술을 그다지 많이 마시지 않는 가정에서 자랐어. 대학
　　　원에 가서 조금 마시기는 했지만…

웨이트리스 맥주 나왔습니다. 잔 드릴까요?

케일럽　　아니, 괜찮습니다.

데이비드　그리고 어쨌든 서른 살에서 쉰 살까지는 거의 술을 마시지
　　　않았지. 방광염이 악화되는 것 같았기 때문인데, 아마 건강
　　　염려증이었던 것 같아. 지금은 저녁 먹으면서 맥주 한 잔씩

하지. 자넨 술을 자제하기가 그렇게 어려운가?

케일럽 쉬워요. 맥주를 원할 때, 마시면 되죠. 하지만 아내가 말릴 때가 있어요. 취해서 사고친 적이 있거든요.

◇◇◇

데이비드 아내가 재택근무를 하면 정확히 어떤 일을 하지?

케일럽 전화 받고, 이메일 답장하고, 동료들에게 전화 하고, 발표 준비하고, 계약서 검토하고 그러죠.

웨이트리스 식사 나왔습니다.

케일럽 맛있어 보이네요.

웨이트리스 더 필요하신 건?

데이비드 전 됐어요.

케일럽 전 맥주 한 병 더.

웨이트리스 같은 걸로요?

케일럽 그럼요.

데이비드 아내가 머독과 일하는 건 아니지?

케일럽 아니요. 한 단계 건너서죠. 회사 직원이 900명 정도인 작은 회사였는데, 직원 5만명인 뉴스 코포레이션이 사버렸죠.

데이비드 뉴스 코포레이션에서 일한다는 것에 대해 그녀는 도덕적으로 가책을 느끼진 않나?

케일럽 그래야 하나요?

데이비드 자네는 머독이 세상에서 최고로 부정적인 세력이라고 생각하지 않아?

케일럽   그는 악의 세력이 아닐 뿐만 아니라…

데이비드   이런! 진심이야?

케일럽   그렇다 마다요.

데이비드   믿을 수가 없어. 자네는 뭐지? 그래 자유방임적 자본주의자?

케일럽   아담 스미스는 18세기의 가장 위대한 휴머니스트 중 하나였죠. 〈국부론〉에서 문구를 뽑아서 마르크스, 체 게바라, 마오쩌뚱 등과 비교해 보세요.

데이비드   단 하나의 문제가 있어. 루퍼트 머독은 아담 스미스가 아니라는 것.

케일럽   저로 말하자면 일부는 자유시장을 지향하는 사회주의자이고, 동시에 큰 정부를 지지하는 자유방임주의자, 한편으로 불가지론적 근본주의자예요. 저는 재정 적자에 반대해요. 사회주의는 보건과 교육에 효과적인 반면 식당과 자동차에서는 자본주의가 더 효과적이죠.

데이비드   말로는 참 쉽지만…

케일럽   머독의 편향성은 좌파와 균형을 이루죠.

데이비드   모든 사회복지 프로그램을 지지하지는 않지만, 머독은 서구의 모든 지역에서 극우 후보자만 지지하는 경향이 있어. 언론과 미디어의 담론 수준을 엄청 끌어 내렸어.

케일럽   폭스 뉴스가 사이비 언론인 건 확실해요.

데이비드   그들이 한 짓을 보면 그 정도도 후한 평가라고 할 수 있지.

케일럽	그러면 "타도 뉴스코프" 운동 쪽이신 거예요?
데이비드	자네 아내의 정치 성향은?
케일럽	오바마를 찍었죠.
데이비드	그러면 특별히 보수적이지는 않겠군.
케일럽	보수적이지 않죠. 설사 보수라 해도 뭐 문제 될 게 있나요?
데이비드	그녀 직장 동료들은 우파 쪽인가?
케일럽	그게 중요해요?
데이비드	자네가 정치를 중요하게 생각하는 사람이라 생각했는데.
케일럽	그녀는 직원을 잘 대해주는 회사에서 매우 윤리적이고 의욕적인 사람들과 함께 일을 하죠.
데이비드	헐.
케일럽	선생님은 삶과 죽음에 의문을 제기하지만, 루퍼트 머독에 대한 선생님 자신의 견해에는 의문을 제기하지 않아요.
데이비드	그리고 자넨 갑자기 회사에서 휴가를 3주 주는지 아닌지 따져보는 걸로 눈높이를 낮춰버린 거고?
웨이트리스	무슨 문제라도 있으신지요?
케일럽	맥주는요?
웨이트리스	여기 있습니다.
케일럽	고마워요. 무슨 이야기를 하고 있었죠? 우파 쪽 사람들은 "악"하지 않아요. 루퍼트 머독도 "악"하지 않죠. 아내는 공정한 대우를 받아요. 동료들도 그렇고요. 복지 조건도 매우 좋아요. 열심히 일하면, 돈도 더 많이 받고요. 뉴스 코포

레이션은 기대 이상의 휴가와 복지를 제공하고, 그럴 필요까지 없는데도 게이 노동조합도 인정하죠. 경악스러운 일은 뉴스 코프레이션이 하퍼 콜린즈[25]를 소유하고 있다는 거죠. 바바라 킹솔버가 하퍼 콜린즈로부터 인세를 받을 때 "도덕적 가책"을 가질까요? 매트 그로닝과 〈심슨가족〉 패거리들, 가령 해리 세어러같은 사람들이 뉴스 코프레이션이 그들을 백만장자로 만들어 주었다는데 "도덕적 가책"을 가질까요? 선생님 정말 맛있게 잘 드시네요.

데이비드 맛있어. 여기 음식이 정말 좋군.

케일럽 음식이 입에 딱 맞네요.

◇◇◇

케일럽 샘 해리스는 〈신이 절대로 답할 수 없는 몇 가지*The Moral Landscape*〉에서 인구의 1%가 사이코패스라고 했어요. 마사 스타우트는 〈당신 옆의 소시오패스*Sociopaths Next Door*〉에서는 인구의 4%가 그렇다고 했죠. 누군가는 틀렸겠네요.

데이비드 난 4%에 한 표!

케일럽 밀그램 실험[26]에 인간의 역사와 도덕적 절대주의를 더하면, 우리 모두가 사이코패스라고 주장할 수 있죠.

데이비드 난 아니야. 난 다른 인간 존재의 현실을 인정하거든.

케일럽 보기에 달렸죠. 그레이스 이모는 시인인데, 키우던 고양이의 죽음에 대해 시를 썼어요. 시의 메시지는 사람들은 언제

어디서나 죽기 마련이지만 그녀는 신경 쓰지 않는다는 것
이죠. 그런데 그녀는 자신이 키우던 고양이의 죽음으로 충
격을 받았어요. 이모님은 마음씨 따뜻하고 배려심 깊은 분
이에요. 물론 소시오패스는 아니지만…

데이비드 그 사례가 자네의 견해를 뒷받침하는 예시가 될 수는 없
어. 소시오패스는 반사회적 감정에 따라 행동해. 공감이나
가책의 능력이 없어. 자네 이모는 단지 고양이가 그리웠을
뿐이야. 완전히 다른 거지.

케일럽 존 던[27]을 이해해 보려고 노력 중이에요. "누군가가 죽으
면 그만큼 내가 줄어든 것이다. 나는 인류의 한 부분이기
때문이다." 우리가 줄어들까요? 우리가 연관되어 있을까
요? 선생님이 부시에 대하여 말씀하셨던 걸 근거로 이야기
해보죠. 요컨대, 선생님의 생각은 한 인간과 책임감 사이
에 얼마나 많은 괴리가 있는가로 귀결돼요. 선생님은 부시
가 악하다고 생각하시죠. 부시가 사실상 소시오패스라는
거죠. 루퍼트 머독이나 폭스 뉴스는 말할 것도 없죠. 저는
세계가 둘로 나뉘어져 있다는 선생님의 주장은 그럴 듯 하

---

25 Harper Collins: 영국의 출판사이며, 뉴스 코퍼레이션의 자회사. 각종 인쇄물 출판
    을 하고 있으며, 콜린스 영어사전 (Collins English Dictionary)으로 유명하다.
26 1961년 미국 예일대 심리학과 스탠리 밀그램 교수(Stanley Milgram)가 시행한 실
    험으로, 악의 평범함을 입증한 것으로 유명하다.
27 John Donne: 영국의 시인이자 성직자. 〈존 던의 연애성가〉, 〈인간은 섬이 아니다〉
    등이 번역 출간되었다.

지만 과장되었다고 생각해요. 그 절반의 세계는 이라크에서 민간인 피해의 원인 제공자이면서 가책도, 공감도, 책임감도 느끼지 못하는 소시오패스로 가득차 있다고 보는 그 주장 말이예요. 전 물론 악마의 변호인 역할을 하고 있고, 수사적으로…

데이비드 잠깐만. 이게 전부 자네가 악마의 변호인인지 논쟁하는 거라고?

케일럽 애플 파이 드실래요?

데이비드 좋아. 아이스크림 있어요?

웨이트리스 그럼요. 여기 애플 파이요.

케일럽 《커브 유어 엔수지애즘Curb Your Enthusiasm》28에 나오는 "생존자" 에피소드. 랍비가 래리에게 "내 친구가 생존자인데, 데리고 와도 돼?"라고 물어요. 래리가 괜찮다고 대답하죠. 래리 아버지 친구인 솔리도 생존자예요. 솔리는 아흔에 의안을 하고 있는 "매우 유대인스러운" 사람이죠. 솔리가 나타나서 "생존자가 어디 있지?"라고 말하죠. 랍비가 젊은 친구를 데리고 나와요. 솔리는 "넌 생존자가 아니야." 그러나 그 젊은이 왈, "저도 생존자예요. 독사들이 우글거리는 호주사막에서 신발도 없이 10일을 버틴 생존자라고요." 솔리가 말하길, "홀로코스트, 일주일에 빵 한 덩어리, 영하 10도, 폴란드."

데이비드 같이 먹을래?

케일럽   한 입만요.

◇◇◇

데이비드 이안 해밀튼은 영국의 전기작가이자 편집자이지. 한 친구가
그에게 와서 "이봐, 우리가 늘 술을 마셨지만 이제는 그걸
정말 즐기고 있는지 확신할 수 없군."이라고 말했지. 그러자
해밀튼이 "즐긴다고? 자네가 그걸 즐겨야 한다고 누가 그러
던가?" 이 말이 마음에 들어. 당신이 뭘 한다 할지라도 결국
엉망진창이 될 거란 사실을 매우 영국적인 방식으로 말하는
거지.

케일럽   우리가 망했다는 말을 하고 싶은 거군요. "우리는 죽는다.
고로 우리는 망했다." 그건 선생님 생각이죠. 선생님과 저는
그렇게 망하지 않았어요.

데이비드 다시 크메르 루주 이야기로 돌아간 거야?

침묵

데이비드 아니 술 마시는 이야기였지. 이런 사회적인 문제가 나오면
자네는 꽤 취한단 말이지…

케일럽   오늘밤 같이요? … 기업도 인간이라고 말한 정치인, 기억하

---

28 미국 HBO에서 2000년부터 방영된 코미디. 대본 없이 애드립으로 진행된다.

세요?

데이비드 롬니였지.

케일럽 기업이 인간이란 건 맞아요. 마이크로소프트가 9만명을 고용하고 있기는 하죠.

데이비드 기업은 백만장자들로 채워져 있지.

케일럽 기업들과 백만장자들이 우글거리는 나라에 사는 게 더 나을걸요? 전 둘 다 없는 나라도 가봤어요. 거긴 사람 살 곳이 못 돼요.

데이비드 자네 말의 취지는 알겠지만, 기업이 이때까지 받아왔던 것은…

케일럽 자본주의는 두 식당이 있다면, 한 곳만 밀어주죠. 가장 신선하고, 가장 맛있는 음식을 가장 좋은 가격으로 최상의 서비스로 제공하는 식당만 남게 되죠. 맛 없는 식당은 망하게 되어 있어요. 그게 바로 자본주의가 작동하는 방식이죠.

데이비드 아무도 자본주의의 종말을 주장하지는 않아. 심지어 노먼 골드만[29]도 말이야.

케일럽 네. 골드만과 림바우[30]가 서로의 힘을 상쇄시키고 있죠.

데이비드 그런 것 같지 않은데.

케일럽 요점은 둘 다 틀렸다는 거죠.

데이비드 일부러 시간을 내서 라디오 대담 프로그램을 듣기도 해?

케일럽 하루에 적어도 한 시간은 차에 있거든요. 딸 아이들을 학교나 어린이집에 데려다 주거나, 헬스장에 가거나, 심부름을 가든가 하면서 듣는 게 다예요.

데이비드 아이들은 뭘 듣고 싶어해?

케일럽 음악이죠. 전 운전할 때는 독재자예요. 아이들이 나이가 들면, 더 시끄러워지겠죠.

데이비드 장담하건대, 자넨 더 이상 라디오 대담 프로그램을 듣지 못하게 될 거야.

케일럽 아이들은 벌써 "공주"병에 걸린 것 같아요.

데이비드 공주처럼 옷을 차려 입기를 원한다는 의미에서?

케일럽 공주처럼 대우를 받고 싶어한다는 의미에서요.

데이비드 자네 딸 셋은 너무 귀엽더라구.

케일럽 디즈니랜드에 간 적이 있었어요. 저는 그 경험을 악과 가장 가까이에서 마주했던 것으로 기억해요. 관타나모 수용소를 없애고 테러리스트를 디즈니랜드에서 하루 보내도록 하면, 죄다 불어버릴 걸요.

데이비드 그렇게 고통스러웠어? LA에 있는 디즈니랜드?

케일럽 10시에 문을 열어요. 그보다 조금 전에 도착했는데, 놀랐어요. 줄이 그렇게 길지 않은 거예요. 그때 아내가 카야를 임신하고 있었죠. 애바가 거의 네 살, 지아는 두 살이었죠. 2살

---

29 Norman Goldman: 미국의 변호사이자 라디오 대담 프로그램 〈노만 골드만 쇼〉의 진행자

30 Rush Limbaugh: 미국의 라디오쇼 진행자로 보수 논객이다.

274

이하는 무료지만, 그래도 성인 둘, 어린이 하나에 200달러를 냈죠. 태국에서는 한 달치 생활비에 맞먹어요. 그런 다음 디즈니 마을로 들어갔어요. 인산인해를 이루고 있더군요. 디즈니랜드로 이어지는 출입구는 11시가 되어야 개방되죠. 디즈니랜드에 가고 싶어 죽을 지경인 아이 두 명이 가게마다 보는 족족 선물을 사달라고 졸라댔어요. 미키마우스 퍼즐, 18달러. 라이온킹 인형, 6달러. 한 시간 지나면서 우리는 서서히 죽어갔어요. 오전 11시가 다가오고, 사람들이 줄을 서고, 우리 딸들은 흥분을 감추지 못했고, 11시 15분쯤 마침내 들어가게 되었는데, 모든 놀이기구에 사람들이 꽉 들어차 있었어요. 우리는 '백설공주의 모험'부터 시작했어요. 15분을 기다렸다가 놀이기구에 앉았다가 나왔는데, 여덟 시간 동안 그 짓을 계속 했죠. 줄 서고, 타고, 줄 서고, 타고, 마침내 끝이 났죠. 아내가 나를 보며 말했어요. "재미있네. 내일 다시 오자!"

데이비드 윽.

케일럽 나탈리 데리고 가본 적 없으시죠?

데이비드 한 번 갈 뻔 했어.

케일럽 나탈리가 가고 싶어 하던가요?

데이비드 내가 가고 싶어했지. 인류학자들이 쓰는 모자를 써보고 싶어서. 멋지지 않아?

케일럽 디즈니랜드는 인간이란 동물이 얼마나 이상한지 공부하게

해주죠. 값은 비싼데 음식은 허접한 레인포레스트 식당에서
점심을 먹었는데, 맥주도 있었어요. 아내 왈, "당신은 맥주
마시고, 아이들은 재미있게 놀고. 괜찮지 않아?"

인생 대 예술

캄타의 집으로 돌아와서

케일럽 〈딱따구리가 있는 정물화*Still Life with Woodpecker*〉31는 이렇게
시작하죠. "알베르 카뮈는 유일한 진지한 질문이란 자살을
할지 말지에 관한 것이라고 썼다." 그리고 톰 로빈스는 "진
지한 질문은 단 하나다. 누가 사랑을 머무르게 하는 방법을
알고 있을까? 나에게 답을 달라. 그러면 스스로 목숨을 끊
어야 할지 말지를 알려주겠다."

데이비드 "누가 사랑을 머무르게 하는 방법을 알고 있을까?"

케일럽 뭔가 있어 보여요.

데이비드 아니야. 그건 카뮈를 데려와서 로드 맥퀸32과 바꿔 치기 한
거야. 끔찍해.

케일럽 로빈스의 그 문장은 윌리엄 가스33의 "사랑에 빠지지 않은

---

31   미국의 작가 Tom Robbins의 소설로 환경보호주의자인 공주와 범법자와의 사랑을
     그린 소설
32   Rod Mckuen: 1960년대부터 활동한 미국의 가수, 음악가, 시인
33   William Gass: 미국의 소설가. 대표작으로는 〈Middle C〉, 〈The Tunnel〉 등이 있다.

모든 사람들을 위한… 정치학"을 떠올리게 해요. 둘 다 같은 결론에 이르죠.

데이비드 로빈스가 낭만주의자인 유일한 이유는 그가 시나트라보다 더 많은 여자를 침대로 끌어들였기 때문이지.

케일럽 로빈스에 관해서는 저도 약간 같은 생각이에요. 너무 말이 많고 여자에게 약한 남자죠.

데이비드 (기타를 치며) 내가 지은 노래를 한 번 불러보고 싶군.

케일럽 음악도 하셨어요?

데이비드 아니. 하고는 싶었지.

케일럽 선생님 내면에는 도망가고 싶어 죽을 것 같은 코미디언이 살고 있는 거 같아요.

데이비드 오, 그 사람은 벌써 도망가 버렸어.

◇◇◇

케일럽 있잖아요, 강의에 제출한 첫 소설을 읽으시고 〈이방인〉과 비교하셨죠. 제 소설 속 화자가 주일학교를 다니는 어린 시절을 묘사하는데, 주일학교 선생이 말하죠. "천국에서 네가 떨어지면 천사들이 붙들어 준단다" 저는 그 문단을 "내 어린 시절은 분명 멋졌다"라고 끝을 맺었죠. 그리고 선생님은 이 무심한 태도를 카뮈와 비교하셨는데, 그걸 칭찬으로 받아들였죠. "오늘 엄마가 돌아가셨다. 아니 어제일지도 모른다."

데이비드 정말 칭찬이었어. 하지만 〈전락〉에 비하면, 〈이방인〉은 억지로 쥐어짜낸 거야.

케일럽 간수가 뫼르소에게 십자가를 보여주며 모든 죄수들이 처형 전에 감정을 주체하지 못 하고 울음을 터뜨린다고 말해주는 장면이 정말 좋아요. 뫼로소가 헛소리라고 하자 간수가 격분하죠. 뫼르소는 소시오패스예요. 타인의 삶에 대한 죄책감이나 즐거움을 느낄 수 없고, 무관심하고 잘 휘둘리고 주변에 맞춰 살아가려고 하죠. 이 소설은 저의 X요소를 충족시켜요.

데이비드 나에게는 카뮈가 〈이방인〉에서 말하려고 하는 것이 너무 뻔한 것 같아. 12페이지쯤에 결론이 나와버리지. 〈전락〉을 몇 번이나 가르쳐 보려고 했는데, 대부분 학생들이 싫어했어. 학생들은 말 그대로 책을 내동댕이쳐 버렸어. 아마도 그게 나의 미학적 한계였나 봐. 간단히 말해 내가 정말 좋아하는 건 120쪽에 걸쳐 존재에 대해 깊이 고민하는 사람들의 생각을 듣는 거야. 내가 들인 시간이 그것 말고는 무슨 가치가 있겠어?

자네가 들려준 폴리네시아 여장남자 이야기 때에도 우린 똑같은 논쟁을 벌였지. 자네는 그 모든 이미지와 주제들을 배치함으로써 그걸 매우 힘있게 만들었다고 생각했겠지만, 적어도 나에게는 전혀 아니야. 그냥 장면에서 장면으로 옮겨 갈 게 아니라, 그 속으로 들어가 훨씬 더 공개적으로 소재를 다룸으로써 화자의 생각이 겉으로 드러나도록 할 필요가 있었어.

케일럽 〈이방인〉은 이렇게 끝나죠. "… 저주의 울부짖음으로 나를 맞이해주기를." 또 다른 번역의 제목은 〈아웃사이더〉이고, "증오의 외침"으로 끝나고 있어요.

데이비드 끔찍하군.

케일럽 그건 "cris de haine"를 좀 더 리버럴하게 번역한 거죠.

데이비드 "저주의 울부짖음"은 너무 아름다워.

◇◇◇

케일럽 〈신경쇠약*Nervous Breakdown*〉[34]에 대하여 말할 때 비유를 하나 썼어요. "타오 린의 〈리처드 예이츠*Richard Yates*〉[35] 대 2006년 닷지 카라반 매뉴얼"

데이비드 한 대 가지고 있어?

케일럽 아내가 가지고 있죠. 매뉴얼이 타오 린을 박살내 버렸어요.

데이비드 질투는 청년의 질병이야. 물론 나도 내 작품이 칭송 받았으면 하지. 내 자신이 알아주는 만큼 세계가 알아주는 사람이 되라고, 선생님이 예전에 이렇게 말씀하셨지. (그 선생님이 토니 모리슨의 일화를 들려주었지.) 난 너무 바빠서 그렇게 되려고 애쓸 시간이 없었어. 스탠리 크라우치가 썼던 책의 타이틀 에세이가 〈검은 행성〉에 대한 긴 평론이었어. 그는 내가 미국에서 유대인으로 산다는 것에 대해 더 많이 썼어야 한다고 말했지. 그가 예전에 워싱턴 대학에서 함께 일했던 찰스 존스를 시켜 나에게 계속 팩스를 보내 도발을 유도하도록 했지만, 난 관심이 없었어. 그 때, 이미 몇 년 지나버린 책이었는데.

이건 너무 자화자찬일 지도 모르지만, 자네는 나나 내 작품에 질투를 느껴?

케일럽 전 별거 없는 사람이고, 아무것도 가진 게 없어요. 저도 잘나가고 싶지만, 그러고 싶지 않다고 말하죠. 다른 사람이 성공했는데 왜 내가 작아지는 걸까요? 내가 총각이었을 때, 남자들이 멋진 여자들과 데이트를 하면 기분이 나빴을까요? 네이트 로빈슨이나 자말 크로포드(시애틀 출신 NBA 선수들)와 농구를 하거나 끝내주는 음악가들과 음악 연주를 할 때, 전 열등감을 느꼈죠. 더 잘하고 싶어지고 그런 도전이 좋아요. 똑같은 코트나 무대에 있다는 것만으로 제 능력을 향상시켜줬죠. 코트에서 최악의 선수가 되는 게 더 나아요. 그러면 제 기량 자체는 나아지거든요. 지적 수준이 높은 글을 읽어도 같은 효과가 있어요. 전 엑릭 룬드그렌이 아마존에 올린 〈리얼리티 헝거〉에 관한 별 두 개짜리 서평을 정말 재미있게 읽었어요.

데이비드 뒤로 물러나 멀리서 보자구. 이 긴 주말 우리가 여기서 무얼

---

34 안톤 체호프의 단편소설 'A Nervous Breakdown'

35 미국의 대만계 소설가 Tao Lin이 2010년에 발표한 소설

하고 있지? 자네는 어떤 의미에서 확인받고 인정받고 원고를 평가받고 작가로서 진로를 상담받으려는 거지? 나는 정반대의 것을 모색하고 있어. 자네가 날 무너뜨릴 수 있는지 지켜보고 있어. 그래야 내 엔진에 다시 시동을 걸 수 있거든. 언제든지 나와 내 작품을 엄청나게 비판해도 돼.

케일럽 비판을 원하신다면, 〈리모트〉는 내가 가장 좋아하지 않는 작품이에요.

데이비드 오 그래? 난 아직도 그 책이 상당히 좋은데.

케일럽 다른 건요? 〈문학이 어떻게 내 삶을 구했나〉에 나오는 스파이더맨 이야기나 다른 사람들의 책에 대해 거의 반응을 보이지 않는 〈리얼리티 헝거〉의 장. 선생님의 콜라주 책들은 [에스콰이어]의 "의심스러운 업적들"[36]처럼 읽혀요.

데이비드 여기서 제지해야겠군. 그건 너무 말도 안 돼.

케일럽 화장실과 진료실에서 읽기 좋죠.

데이비드 하하.

케일럽 선생님에게 속도라는 건 한 문단을 읽고 재빨리 다음 문단으로 가는 것을 의미해요. 그런 식이면 책 속에 있다는 느낌이 없어요. 좋은 소설은 갈수록 더 재밌어져요. 선생님 책들은 이런 모멘텀과 가속력이 결여되어 있어요. 처음 열 페이지나 마지막 열 페이지나 차이가 없어요. 선생님에게는 구조라는 것이 있을지 모르지만, 〈리얼리티 헝거〉는 아마 뒤에서부터 읽어도 같을 거예요.

데이비드 뭐라고 해야 할지 모르겠군. 자넨 내 작품을 어떻게 읽어야
할지 전혀 이해하지 못하고 있어.

◇◇◇

케일럽 여기 1993년 1월 4일 자 편지가 있어요. 전화번호가 하나
빠져서 전화를 못 드렸죠.
데이비드 바보 같은 짓을 했군.

케일럽에게

이전 자네 창작 글쓰기 선생인데, 새해 복 많이 받으시게. 어떻게 지내는
가? 자네가 여전히 글쓰기에 정진하기를 기원하네. 2년 전 자네가 수업 시
간에서 쓰고 있었던 소설은 많은 잠재력을 보여주었어. 가장 강렬했던 부
분은 미국연방의회에서 주인공을 다루던 장면인데, 그 장면을 부각하면,
매우 인상적인 성장 소설을 만들 수 있을 것 같아.

"난 부엌을 걸어 나와 밖으로 나왔다. 거기에 그것들이 있었다. 별, 달, 바
다의 부드러운 소리, 밤을 배경으로 검은 종이로 잘라낸 듯한 나무들. 그
모든 것이 거기 있었다." 이 글이 자네 책에 나오는 대목이지? 내가 제대
로 쓴 거 맞아? 이 문구를 좀 써도 될까? 나는 현재 대중매체에 관한 픽션,
논픽션, 자서전을 이상하게 섞어놓은 작품을 진행 중인데, 이것을 사용(요

---

36   Dubious Achievement: 에스콰이어 매거진에서 한 해에 일어난 일 중에 가장 의심스
러운 일을 풍자하여 수여하는 상의 이름. 2016년에는 도널드 트럼프가 수상했다.

청, 차용 혹은 도용) 할 수 있는지?

잘 있게.

데이비드 실즈

전화번호 548-363

◇◇◇

케일럽 여러모로 선생님께 도움을 청하면서 우리 관계가 시작되었던 것 같아요.

데이비드 아마 그렇겠지.

케일럽 제가 추천사를 요청하지 않았고 선생님을 얼간이라고 하지 않았더라면, 이런 대화가 없었을지도 모르죠.

데이비드 그래, 그랬을지도.

케일럽 바보에게 아첨 받는 것보다는 천재에게 모욕당하고 무시당하는 게 더 낫지요. 선생님이 천재라는 것은 아니지만, 제 작품에는 매우 비판적이시니까요.

데이비드 별로 그렇지는 않아.

케일럽 선생님은 내가 쓴 것에 감동받은 적은 없었잖아요. 제 인생 목표가 데이비드 실즈를 감동시키는 건 아니지만, 어떤 작가라도 독자에게 감명을 주고 싶어하니까요. 미출간본을 포함하여 여러 가지 글들을 보내드렸는데, 선생님이 미친 듯이 좋아한 적은 없었죠. 심지어 18건의 대학살을 콜라주 한 작품에 대해서도 "어어"라고만 하셨죠.

◇◇◇

케일럽 오늘날 많은 예술가들은 경험이 결여되어 있어요. 감옥이 아니라 은신처에 숨어 있기 때문이죠. 데이비드 마크슨은 뉴욕의 아파트에 틀어박혀 있고, 타오 린과 블레이크 버틀러는 컴퓨터에 코를 박고 있고, 데이비드 실즈는 학계에 은둔하고 있죠. 체홉의 〈박쥐〉 아세요?

데이비드 실즈가 고개를 젓는다.

케일럽 두 남자가 종신형과 사형 중에 무엇이 더 견디기 어려운가를 두고 논쟁을 해요. 은행가는 종신형이 천천히 죽어가는 가혹한 죽음이라고 생각하는 반면, 젊은 변호사는 감옥도 그렇게 나쁜 곳이 아니며, 사형이 더 나쁘다고 생각하죠. 은행가가 변호사에게 반박하면서, 변호사가 15년 동안 스스로 감금해서 생존할 수 있는지 내기를 하게 되죠. 단, 변호사는 피아노, 책, 와인 등을 가져갈 수 있다는 조건을 걸었어요. 변호사는 15년 동안 독방에서 생존했지만, 은행가는 더 이상 부자가 아니어서 돈을 낼 수가 없었죠. 그러나 변호사는 문학을 통해 삶의 향기를 맛볼 수 있었어요. 그는 돈을 원하지 않는다는 메모를 써서 보내고는 사라져 지상을 헤매며 떠돌아 다니게 되죠. 은행가는 그 메모를 금고에 넣고는 잠가버려요.

데이비드 자네가 이야기를 잘 못 했거나, 아니면 체홉은 역시 나에겐 별로거나. 난 잘 모르겠어.

케일럽 요점은 예술의 프리즘을 통해 경험된 삶이 실제 삶의 경험을 압도한다는 게 아닐까요?

데이비드 나도 그 말에 한 표 던지지.

케일럽 편안한 도서관 안에서 세계 여행을 할 수 있다고 누가 그랬죠?

데이비드 내가 한 마디 하지. 예술과 인생은 하나의 연속체라고 생각해. 우린 결국 자네는 많은 경험을 가진 사람으로, 나는 수녀원에 갇혀 있는 사람으로 그리게 되었지. 하지만 이런 말까지 하는 건 정말 슬프지만, 난 충만한 삶을 살았다구. 결혼도 하고, 아이도 기르고, 여행도 하고, 가르치고, 말도 더듬지.

케일럽 (웃으며) 동의해요. 전 지상에서 살아가면서 반경 8킬로를 절대 벗어나지 않는 것도 가능하다고 생각해요.

데이비드 그래? 좋아. 그건 키에르케고르가 말한 건데…

케일럽 동의한다는 말, 취소할게요. 진짜 취소.

◇◇◇

데이비드 반대로 자네는 삶에 너무 탐닉하는 바람에 예술에 충분히 전념하지 않는 실수를 저질렀다고 생각하지 않아? 경험을 위한 경험을 축적하기 위해 너무 열심이었던 거 아닐까?

케일럽 저는 꾸물거렸고, 그러다 좌절했고, 내 능력을 과대평가했고, 어려움은 과소평가했죠.

데이비드 아마 자네는 이렇게 생각했을지 모르지. "재미있게 살 거야. 예술은 그 다음에 하면 돼." 작가가 된다는 게 자네에겐 중요하지 않았겠지만, 나에게는 전부였어. 작가가 되어야만 했어.

케일럽 고등학교 때 운동선수가 되고 싶었어요. 대학 때 잠시, 전업 작가가 되었죠. 그 다음엔 음악가가 되고 싶었어요. 그 다음엔 여행을 하고 외국어를 배웠죠. 이 모든 것이 저의 글쓰기에 도움이 될 거라고 생각했어요.

데이비드 그렇지. 자네는 내가 감히 대적할 엄두도 내지 못할 만큼 그만한 양의 참고자료가 있지.

케일럽 전 퇴보했죠. 내 형식은 모두 뒤죽박죽이 되고 말았어요. 한국어와 중국어를 공부하고 나면, 관사 없이 생각하는 것을 배우게 되죠. 그래서 관사 없이 글 쓰는 것도 시도해 보았죠. "He went inside room, saw woman cry, sat, picked up bottle, drank beer." 전 소설을 이런 식으로 썼어요. 말 그대로 최소한의 단어를 이용해 모든 걸 전달하는 혁명을 하고 있다고 생각했어요. 다른 말로 하면, 미니멀리스트죠. 처음 몇 장을 친구들에게 보냈는데, 참을 수 없어 하더군요. 하지만 그런 경험이 모두 헛되진 않았고, 독서도 멈추지 않았어요. 오히려 외국에서 더 많이 읽었죠. 대만, 브라질, 태국, 한국, 홍콩, UAE에서 소설을 구상하고 만들어갔어요.

데이비드 이사야 벌린의 〈고슴도치와 여우〉. 자네는 여우라서 많은 것을 알고 있지. 나는 고슴도치라서 하나만 알고 있어.

◇◇◇

케일럽 아부다비의 소도시인 알 아민에 살 때, 두 명의 파키스탄 택시운전사들이 공개 처형 당했어요.

데이비드 직접 봤어?

케일럽 그 후에 알게 됐죠. 내 고등학교 학생들 몇 명이 봤는데, 이야기를 해줬죠.

데이비드 왜 택시운전사들을 처형했지? 공항까지 먼 길로 돌아갔던 거?

케일럽 승객을 살해하고 시체를 사막에 내다버렸대요. 처형식은 2만명 이상이 참관했대요. 두 사람은 기둥에 묶여서 죽을 때까지 24시간 동안 공개적으로 모욕을 당했어요. 사람들의 접근은 통제되죠. 사람들은 1미터쯤 떨어진 곳까지 가서 침을 뱉거나 저주를 퍼부었어요. 9월이었고, 기온은 37도가 넘었죠. 살아있을 만큼만 물을 주고, 24시간 동안 고통을 극대화한 뒤에 총살했죠.

데이비드 포드 매독스 포드가 말했지. 생쥐에게 상상력이 있다면, 암에 걸린 생쥐의 죽음은 고트족이 로마를 완전히 약탈한 것과 같다고. 플래너리 오코너가 말했지. 어린 시절을 거쳐 살아남은 작가라면, 여생 동안 쓸 소재는 무궁무진하다고.

케일럽 선생님은 너무 문학만 생각해요.

잔혹 가족사

케일럽 선생님은 글에서 유대인의 정체성을 너무 의식하는 것 같아요. 전 내가 유대인이라고 생각해본 적이 없어요. 우리 부모님들만이 제 몸에 유대의 피가 흐른다는 사실을 상기시키죠.

데이비드 자네가 1/4 유대인이라는 걸 몰랐네. 하지만 이제 자네를 탈무드 학자로 인정해줄 수도 있어.

케일럽 아버지 사촌이 LA에서 살고 있는데, 제리 베네즈라라고 노동조합의 변호사죠.

데이비드 아마 LA에 사는 내 이복동생과 가장 친한 친구일 거야.

케일럽 기본적으로 전 기독교 집안에서 자랐어요. 부모님들은 그다지 신심이 깊지 않으셨지만 교회는 올바른 곳이라고 생각해서 다니셨는데, 제가 12살 되던 해 발길을 끊으셨죠.

데이비드 아버지는 자신을 유대인이라고 생각하셔?

케일럽 아니요. 9살까지는 유대 학교를 다니셨죠.

데이비드 그럼 반 유대적?

케일럽 그렇지는 않아요. 오히려 강경 친이스라엘주의자라고 말해야 될 것 같아요.

데이비드 엄마는 어때?

케일럽 똑같죠. 친 이스라엘파. 그런데 외할아버지는 반유대주의자였다고 해요. 이름이 제임스 에드먼드 윌슨이었죠. 이니셜이

J.E.W.[37]였는데, 그걸 정말 싫어했죠. 집에서도 인종차별주의적인 말들을 하곤 했대요. 어머니는 결국 유대인 피가 반 섞인 남자와 결혼 하신 거죠.

데이비드가 웃는다

케일럽 외할아버지는 고등법원 판사였어요. 존경하옵는 제임스 윌슨 재판관이셨죠. 자신의 딸, 그러니까 제 이모님들을 성추행 했대요. 모두 외할머니께 달려가서 경찰에 신고해 달라고 했죠. 베티 외할머니는 하지 않았어요.

데이비드 어떻게 그런 일을?

케일럽 상상할 수가 없죠. 외할머니가 외할아버지를 보호했어요. 어머니는 두 분 장례식에도 가지 않았어요.

데이비드 어머니도 성추행을 당하셨대?

케일럽 그랬을지도 모르지만 이야기하신 적은 없어요. 의심스러운 점은 있어요. 어머니는 외할아버지가 다른 이모들에게 몹쓸 짓을 했지만 자기한테는 안 했다고, 외할아버지가 이모들 모두 성추행한 건 아니라고 주장하죠. 제 누이들과 외가 식구들이 얼마나 콩가루인지를 두고 논쟁을 한 적도 있어요. 어머니는 여섯 남매, 그 중 다섯이 딸이었는데, 맏이였어요. 우리가 알기로는, 다섯 중에서 셋째와 넷째 이모가 추행을 당하는 소란이 일어났고, 막내에게는 미리 경고를 해서 보호했죠. 문을 잠그도록 했어요.

데이비드 참 몹쓸 놈의 이상한 충동이군. 자넨 딸이 셋이고, 나도 한 명이 있어. 난 도저히 나탈리를⋯

케일럽 시인인 그레이스 이모 단 한 분 빼고는 모르고 지냈죠. 이모 는 추행을 당한 둘 중 한 명이에요. 여기서 왜곡된 기억의 실 재적인 버전이 등장하죠. 그레이스 이모의 이야기는 듣는 사람에 따라 달라지거든요. 이모는 제 아내, 여동생, 저에게 끔찍한 이야기를 들려줬죠. 외할아버지가 소아성애자라고. 근데 이모도 가족 이름에 먹칠하길 원치 않죠. 자기가 그 다지 고통을 겪지 않았다고 해요.

데이비드 JEW 판사님께 해 드릴 나의 조언은, "그냥 매춘부에게 가세 요. 필요하다면 머리도 땋아 예쁘게 입혀 주시고."

◇◇◇

데이비드 조안 아코셀라가 최근 [뉴요커]에 소설가 폴라 폭스에 관한 아름다운 글을 실었지. 폴라 폭스가 커트니 러브[38]의 할머 니라나 뭐라나. 폭스는 다섯 번이나 유산을 한 매우 냉정한 어머니 슬하에서 자랐는데, 어머니는 폭스를 원치 않았고, 엄마의 책임을 철저하게 외면했지. 아코셀라는 폭스를 통해

---

37   영어로 'jew'는 유대인이란 뜻이다.
38   Courtney Love: 밴드 Nirvana의 리더 싱어 커트 코베인의 부인

사람들이 정서적으로 황폐한 배경에서 성장하면 (1) 수동적이 되고 (2) 자신의 감정을 확신하지 못하거나 감정이 있는지조차 확신하지 못하며 (3) 작가가 된다면 하나도 잊어버리지 않고 자신을 포함한 모든 사람을 가혹하게 분석함으로써 복수를 한다고 했지.

케일럽 선생님은 공감하셨군요.

데이비드 그렇다고 할 수 있지.

케일럽 선생님은 "사랑"은 말할 것도 없고 좋아한다는 말도 그다지 많이 하지 않으시더군요. 선생님과 누님, 어머니 사이에 사랑이 있었는지 모르지만, 따뜻함은 없었던 거 같아요.

데이비드 아버지는 심한 조울증으로 평생을 정신병원을 들락날락하셨고, 어머니는 엄청난 독재자였어. 자넨 가족적 분위기에서 자랐어? 사랑 받고 있다는 느낌을 받았고?

케일럽 우리 엄마는 항상 행복하고 열정적이었지만 게을렀어요. 요리도 엄청 못 하셨고요.

데이비드 자넬 사랑한다는 걸 어떤 식으로 알려줬어?

케일럽 언제나 말씀을 하시죠. 엄마는 제가 뛰는 운동 시합에 와서 타석에 들어설 때마다 제 이름을 고래고래 불러댔어요. 목이 쉴 정도로요.

데이비드 어머니가 자넬 안아주셨어?

케일럽 선생님도 보셨잖아요. 선생님도 안아주셨는데.

데이비드 다정하셨나 보군.

케일럽   우리에게 늘 애정공세를 퍼부었지만, 뭐 엄청 부담을 느낄
       만큼은 아니었어요.

데이비드 아버지는?

케일럽   유머감각 없고, 지루하고, 엄하고, 법대로 하자는 주의죠.

데이비드 이젠 좀 온화해지셨지?

케일럽   곱게 늙으셨죠. 훨씬 편안해지셨어요.

데이비드 손녀들이 할아버지를 구워 삶은 거야.

케일럽   우리 딸하고 "쎄쎄쎄 놀이"도 하시고, 공원에 데리고 가기
       도 하시죠. 제가 어릴 적에 아버지가 그렇게 많이 웃는 모습
       은 본 적이 없어요. 하지만 저는 선생님이 기억하고 있는 그
       런 냉정함을 부모님에게서 느낀 적은 없어요. 자라면서 전
       확실히 늘 혼자였죠. 가족으로서 많은 걸 함께 하진 못했죠.
       마크와 빈스 같은 친구들을 예로 들자면, 그들은 집안 환경
       에 많은 영향을 받았죠. 하지만 저에게는 두 분의 든든한 부
       모님이 계셨던 거고, 서로 사랑하고 아이들도 사랑하셨죠.
       그게 부모님 인생의 유일한 목적이자 의미였죠.

데이비드 와. 그거 행운이군.

케일럽   아버지는 리틀 야구단 코치도 하셨어요. 야구를 좋아했지
       만, 실제 경기를 해본 적은 없어요. 바비 톰슨이 "전세계에
       울려 퍼진 한 방[39]"을 날렸던 게임을 직접 관전하셨대요.

데이비드 브루클린 다저스를 응원하셨겠군.

케일럽   선생님 부친처럼 브루클린 다저스 광팬이었죠. 경기 결과를

늘 기록해 두셨죠. "세상에 울려 퍼진 한 방"의 득점표도 가지고 계셨어요. 아버지는 외야 상단쪽에 계셨는데, 공이 시야에서 사려져서 관중들의 반응을 보고서야 그게 홈런이라는 걸 아셨대요. 아버지가 베트남에 가셨을 때, 그걸 할머니 댁 다락에 넣어두었는데, 할머니께서 그걸 내다 버리셨대요. 상태가 좋으면 지금 10만 달러는 받을 수 있을 텐데 말이죠.

데이비드 유리상자 속에 보관해 두었어야 했는데.

케일럽 내가 아는 한, 우리 아버지는 그렇게 하셨을 거예요.

데이비드 아버지는 자신의 인생이 어떻다고 생각하시지? 삶의 불꽃 같은 걸 보여주신 적이 있어? 아버님의 열정은 어떤 거였지?

케일럽 아버지는 50년 전과 똑 같은 방식으로 삶을 생각하세요. 해군 대령이었고, 차기 지휘부 인사에서 제독이 될 수도 있었지만, 아버지 말씀으로는 정치를 할 줄 모르셨대요. 그래서 30년 복무하고 전역하셨죠. 부모님은 텔레비전 한 대만 있고, 케이블도 없어요. 텔레비전은 영화 볼 때나 사용하시죠. 보는 영화마다 1점에서 10점까지 점수를 매겨요. 아버지에게 영화는 해피엔딩이 되어야만 해요. 그게 다죠.

◇◇◇

케일럽 어머니는 항상 저를 감싸주셨죠. 제가 과속 딱지를 몇 장 끊겼는데, 아버지에게는 감춰 주셨죠. 보험회사가 가족 요율을 너무 높이는 바람에 아버지가 알게 됐고, 굉장히 기분 나빠하셨죠.

데이비드 고함을 치고 그러셨어?

케일럽 그러셨죠.

데이비드 뭐라고 하셨어? "이 망할 놈의 새끼, 케일럽, 이런 짓을 하다니 믿을 수가 없어!" 이렇게 하셨어?

케일럽 아버지는 욕은 안 하세요.

데이비드 그럼 뭐라고 하셨지?

케일럽 "여보, 어떻게 거짓말을 할 수 있지? 왜 그랬지? 세상에서 가장 어리석은 짓이 아들 놈에게 운전 시키는 거란 말이야!" 아버지는 꽉 막힌 사람이죠. 최근엔 화내시는 건 거의 본 적 없어요.

데이비드 나탈리가 아이를 가졌으면 좋겠어. 난 좋은 할아버지가 될 거라는 생각이 들어. 손주들을 보고 싶고, 그러면 다시 바보 같아지겠지. 그것도 재미있을 거야.

케일럽 그랬으면 좋겠네요.

데이비드 자네 딸들이 할아버지 할머니에게 정말 큰 낙일 거야.

케일럽 제가 아이들이 좋아하는 걸 줄 때마다, 가령 아이스크림 같은 거 말이죠, 모두 기대감에 차서 눈을 크게 뜨고 앉아 있는데, 전 쵸콜릿칩 크기만큼 아이스크림을 떠서 주죠.

---

39 1951년 내셔널리그 챔피언 결정전 3차전에서 뉴욕 자이언츠의 바비 톰슨이 브루클린 다저스의 투수 브랑카를 상대로 기록한 끝내기 3점 홈런을 말한다.

데이비드 진짜 조금씩?

케일럽 쥐똥 만큼요.

데이비드 매번?

케일럽 이런 장난은 아이들이 나이가 들어도 먹혀요. 아이들은 슬
픈 눈을 하고는 사발을 들고 와서는 "안돼, 아빠"라고 하죠.
저는 오랫동안 조금씩 떼어주는 과장된 행동을 하다가 정
상적인 양을 줘요. 한 번은 아내가 아이들에게 엄마 아빠 중
에 누가 더 재미있냐고 물었더니, 아이들이 "아빠!"라고 했
대요. 이유를 물었더니, "아빠 언제나 아이스크림을 조금만
줘요."

데이비드 아이구 귀여워라.

케일럽 손주를 두게 되면 정말 재미있을 거예요.

◇◇◇

케일럽 모친께서는 오래 전에 돌아가셨죠?

데이비드 1977년.

케일럽 한창 작가를 꿈꾸던 때였군요.

데이비드 내 나이 스물이었고 대학 잡지에 막 글을 기고하던 때였지.
자네가 내 수업을 들었을 때랑 비슷한 나이였지.

케일럽 모친께서는 행복하셨을까요?

데이비드 때때로 드는 생각이 지난 35년이 돌아가신 엄마한테 자랑
스러운 아들이 되려고 애쓴 시간이었던 것 같아.

케일럽 아버님께는 좀 더 애증이 교차하셨을 것 같아요.

데이비드 아버지는 살아 계실 때 항상 믿을 수 없을 정도로 경쟁심이 심했고 어떤 식의 칭찬도 하지 않았어. 다른 사람들과 있으면, 언제나 끝없이 내 이야기만 한 것 같더군. 아버지는 깨달음을 얻은 현인과는 정반대였다고 생각해. 그가 있었던 자리 어디에도 그는 없었던 거지.

◇◇◇

케일럽 "소설이 점점 팔리지 않을수록, 소설 스스로 독자를 신경 쓰지 않게 되고, 결국 소설은 더 안 팔리게 되고, 마치 소멸하는 행성처럼, 이제 폭발 직전에 놓인 것 같다. 사실, 거의 모든 미국 작가들은 큰 주제를 어떻게 써야 하는지 잊어버린 거 같다. 이 세상에 조금이라도 관심을 가지면, 구두 밑창에 깔리기라도 할 것처럼…"

데이비드 잔인한 영혼[40]이라고?

케일럽 "구두 밑창"요. 신발 바닥 말이에요. "…말하자면 포스트모더니즘이라는 구두 밑창. 한편으로, 젊은 작가들은 내면을 들여다보는 걸 멈추고 시선을 밖으로 돌려야 한다. 세상은 지적이고 예민한 작가들의 관심을 받을 자격이 있고 또 그들의 관심을 필요로 한다. 내가 말하고 싶은 건 작가들은 학

---

40 '구두 밑창'을 뜻하는 boot sole을 brute soul로 바꿔 말장난을 한 것이다.

계라는 보호막에서 과감히 뛰쳐 나와 자신과 자신의 작품이
망하든 실패하든 위험을 감수해야 한다는 것이다."

데이비드 누구 말을 인용한 거지?

케일럽 테드 제노웨이즈, [버지니아 쿼터리 리뷰]의 편집장인 테드
제노웨이즈.

데이비드 그건 우리 모두가 늘 울궈 먹는 톰 울프[41] 논쟁을 재탕해 놓
은 거야. 잠깐만...배터리가 나갔나?

---

41 Tom Wolfe: 미국의 저널리스트이자 소설가. 〈허영의 불꽃〉,〈현대미술의 상실〉(절
판)이 번역 출간되었다. 1963년 [뉴요커]를 상대로 한 논쟁이 수많은 작가와의 논
쟁으로 확전되어 이슈가 되었다.

넷
째
날

중독에 대하여

케일럽 (DVR에 대고) 2011년 11월 2일. 워싱턴주 스카이코모시. 여
행의 마지막 날. 아침에 일어나자마자 말짱한 정신으로 떠
벌리는 것만큼 좋은 게 없죠. 열 받게 하는 게 두 가지가 있
어요. 형벌이 잔인하고 비정상적이란 말은 동어반복이에요.
진짜 잔인한 건 강간살인범이 "빚을 갚았다"고 사회에 다시
풀어주는 거예요. 왜냐하면 그건 희생자에게 너무나 잔인하
니까요. 무엇이 잔인한 걸까요? 법이 맨슨[1]의 석방 가능성을
열어두고 있기 때문에, 희생자의 가족이나 친척들은 끝없이
가석방 공판에 참석해야 했거든요.
둘째, 소위 악덕이라는 마약, 매춘, 도박이 합법화돼야 해
요. 규제와 통제는 받아야겠지만요. 만약 이를 이용해서 범
죄행위를 저질렀다면, 형은 경감시키지 말고 가중 처벌해
야 해요.

데이비드 그렇게 되기를.

케일럽 설탕하고 다른 물건들을 다시 여기에 갖다 놓으셨어요? 아,
알았어요. 쓰레기는 저쪽이죠. … 마약하면서 깨달은 건 돈
이 든다는 거였어요. 19살에 마리화나를 끊었어요. 다른 마
약은 한 번 해보면 안 하게 돼요. 제 말은 약에 취하는 건 재
미있지만 부작용이 있거든요. 장기적으로나 단기적으로나.

데이비드 환각제를 얼마나 해봤어?

케일럽   여섯 번 정도.

데이비드 뭐. 난 그 이상일 거라 생각했는데. 자넨 분명 다른 별에서
         온 친구야.

케일럽   우유는 저쪽에 두셨어요?

데이비드 이쪽에.

케일럽   의사는 아니지만, 젊을 때는 장기나 조직이 재생된대요. 서
         른에 담배를 끊은 사람은 거의 완전 회복이⋯

데이비드 서른이면 아내가 담배를 끊었을 때군.

케일럽   오십에는 폐가 재생되는 데도 한계가 있고, 칠십이나 팔십이
         되면 재생이 하나도 안 되죠. 뇌도 그렇죠. 환각제를 먹으면,
         머릿속이 타들어 가는 느낌이 들어요. 중독성은 없지만 확
         실히 사람을 미치게 하죠.

◇◇◇

데이비드 코미디언 릭 레이놀즈가 성경에 대해 한 말이 좋더군. "멋진
         이야기지. 믿을 수만 있다면."

케일럽   〈바라바〉[2] 읽어 보셨어요?

데이비드 말로의 희곡?

---

1   Charles Manson: 미국의 연쇄살인범. 70년대 초반에 '맨슨 패밀리'라는 사교집단
     을 이끌었고, 현재까지도 복역 중이다.
2   Barabbas: 유대인과 빌라도가 예수 대신 석방한 살인 강도로 말로의 희곡이자 페
     르 라게르크비스트의 소설로 유명하다.

케일럽 페르 라게르크비스트의 소설.

데이비드 크리스토퍼 말로의 연극이 원작이야. 바라바가 성경에 귀의하는 이야기지.

케일럽 라게르크비스트는 그 원작을 잘 알고 있었지만, 말로의 바라바는 분노에 가득 찬 소시오패스였고 가책이라곤 없는 킬러인 반면에, 라게르크비스트의 바라바는 예리하고 겸손한 인상을 줘요.

데이비드 내가 라게르크비스트의 바라바지. 자네는 좀 더…

케일럽 재미 없어요.

◇◇◇

케일럽 잔디깎기 기계 꺼내시죠. 모닝 맥주 한 잔 할 시간이네요.

데이비드 맥주라고?

케일럽 셰익스피어 "매일 아침 식사 직전 커피와 차는 마시고 싶지 않아. 필요한 건 나와 내 친구 와이저."[3]

데이비드 셰익스피어가 그런 이야기를?

케일럽 쏘로굿 공작[4]이라고, 거의 안 알려진 캐릭터죠. 맥주 한 잔 안하고 잔디를 깎을 수야 없죠. 한 잔 하실래요?

데이비드 아니, 됐어.

◇◇◇

떠나기 전 숲에서 잠깐 산책하기 위해 캄타의 집을 나선다.

데이비드 재미있었어. 잔디 깎는 기계 처음 운전해 봤거든. 하이킹하
고 돌아와 점심 먹고 어디 가서 시호크스 경기를 볼 수도 있
을지 모르지만, 나탈리의 전화를 받으려면 시간에 맞춰 돌
아와야 해. 그 전화를 못 받으면 안 되거든.

케일럽 그때 돌아올 수 있을 거예요. 30년 전에 출판하신 첫 소설 〈
영웅들〉이 그저 그런 작품이고 "완전히" 꾸며낸 이야기라고
하시지만, 그것도 삶을 통해 얻은 지식으로 쓰신 거죠. 꾸며
낸 게 아니라요. 단어 하나하나가 선생님의 성격을 보여주
죠. 어떤 면에서는 선생님이 쓴 어떤 작품보다 더 선생님다
워요. 선생님에 대한 많은 걸 알 수 있죠. 어떤 류의 사람이
고, 어떤 도덕관을 갖고 있고, 어떤 남편이 되고 싶고, 어떤
아빠가 되고 싶은가? 주인공이 부정한 짓을 저지르고 죄책
감을 느끼고, 당뇨병에 걸린 아들 때문에 과도한 부담을 느
끼고, 부모 노릇을 제대로 못 할까 걱정한다는 이야기는 아
버지가 된다는 것, 결혼, 둘째를 가지고 싶지 않다는 것과
같이 선생님 자신의 걱정을 정확하게 예고하고 있어요. 이
작품이 선생님 작품 중에서 가장 자전적이라고 말하고 싶
어요.

데이비드 그렇다면 난 〈이 소용돌이치는 대양, 저 저주받은 독수리〉

---

3   미국의 락 그룹 'George Throgood and The Destroyers'의 노래 가사
4   락 그룹 리더 George Throgood을 공작으로 지칭하며, 농담을 이어간다.

가 훌륭한 제목이라고 말해야겠군.

◇◇◇

데이비드 내가 말이야, 삼십대 초반엔 나를 맡았던 녀석의 수비가 너
무 엉성해서 내가 농구 천재인 줄 알았는데, 강하고 빠른 녀
석이 붙으면서, 난 코트에서 아예 보이지도 않았지.

케일럽 어느 정도는 정신의 문제죠. 그냥 슛을 해버리면 되는데.

데이비드 육체의 문제이기도 해. 실제니까. 수비수가 핸드체킹 파울
을 하면, 공을 바닥에 치면서 림까지 갈 수 있어야 하는데,
난 못 했거든.

◇◇◇

홍수로 쓸려나간 길 끝 쪽으로 다가가며

케일럽 쓸려 나간 다리나 구경하러 가시죠.

데이비드 이 위로 이렇게 걸어 다녀도 될까?

케일럽 어떻게 강이 이 쪽으로 방향을 틀어서 도로 아래쪽을 확 쓸
어버렸는지, 희한하네요.

데이비드 강물이 어떻게 이 도로를 쓸어가 버릴 수 있었을까? 정말 끔
찍하게 강한 급류였을 거야.

케일럽 아마 폭우와 함께 얼음 빙하가 녹으면서 한꺼번에 산 아래
로 흘러 내려왔던 거겠죠. 사진 하나 찍을게요.

데이비드 물에 뛰어 들어 수영이나 좀 해 봐.

케일럽 극적인 효과를 위해 얼어 죽으라구요?

◇◇◇

케일럽 코진스키[5]의 〈계단*Steps*〉는 좋은 소설이지만 논쟁 거리가 없어요. 하지만, 〈페인트로 얼룩진 새*The Painted Bird*〉는 생각만 불러일으키고, 독자를 혼자로 남겨두죠.

데이비드 난 혼자 남겨지는 건 싫어.

◇◇◇

비어 있는 수도원을 향해 비포장 도로를 걸어 내려가고 있다.

데이비드 〈대사들*Ambassadors*〉[6]에서 스트레더가 한 말이 마음이 들어. "마음껏 살아보라. 그렇게 하지 않는 건 인생의 실수다. 너의 삶이 너의 것인 한 무엇을 하는지는 그다지 중요하지 않다. 네 삶이 너의 것이 아니라면 네 것이라고 할 수 있는 게 무엇이겠느냐." 세상을 떠날 무렵이었으니 쉽게 이런 말을 할 수 있었겠지. 자신의 전부를 예술에 바쳤으니까.

케일럽 서머셋 모옴은 제임스의 글을 읽으면 옆집에서 떠들썩한 칵

---

5 Jerzy Kosinski: 폴란드 태생의 유대인 작가. 〈페인트로 얼룩진 새〉, 〈잃어버린 나〉가 번역되었다. 1991년 자살로 생을 마감했다.

6 헨리 제임스가 1903년에 출간한 소설

테일 파티가 열리는데 너무 멀어 목소리도 안 들리고 울타리가 높아 들여다볼 수도 없는 것 같다고 했죠.

데이비드 아마 서머셋 모옴은 그걸 비판이라고 했을지 모르지만 내가 볼 때는 그래서 제임스가 위대한 작가인 거지. 진짜 예술가에게는 삶이 그렇게 느껴지거든.

케일럽 그건 진짜 삶이 아니죠.

데이비드 고등학교를 마칠 무렵, 난 집안일에는 완전 젬병이었어. 진공청소기로 방을 청소하다가 내가 뭘 하고 있는지 잊어버리곤 했어. 이런 무능력을 낭만적으로 포장하자 어머니는 "네가 단지 "작가"라고 해서 꼭 서툴고 실수하는 인간이 되라는 법은 없단다." 라고 하셨지. 아내와 난 래그데일이라는 시카고 외곽의 예술가 공동 집단에서 만났어. 아내는 이것저것 고치기도 하고 식사 준비도 맡고 있었지. 지금도 간혹 술이 조금 취하면 말하곤 해. "당신은 자기 돌봐달라고 나랑 결혼한 거야."

케일럽이 웃는다.

데이비드 자네는 작가가 되고 싶었지만, 지나치게 삶에 집착했어. 나는 그냥 사람이 되고 싶었지만, 지나치게 집착한 건…. 오 맙소사…

케일럽 화장터네요.

데이비드 저기 저 글씨는 티베트어 맞지?

케일럽   한자예요. 山寺. 산 속의 절이란 뜻이죠.

데이비드 굴뚝만 남아 있군.

케일럽   몇 해 전 사람들이 여기 땅을 썼었죠. 수도원은 분명 아름다
         웠을 거예요. 바닥이 그리 튼튼해 보이지는 않네요. 빠질 수
         도 있어요.

데이비드 그렇게 되면 완전 바보가 되겠군.

케일럽   정물화. 제목은 연못 속의 데이비드 실즈.

데이비드 재건축을 하게 될지 모르겠군.

케일럽   태국 벽지에 있는 수도원에 머문 적이 있어요. 영원과 고통
         과 불교의 십계에 관해 명상도 하는 곳이죠. 그저 빈둥거리
         는 거예요.

데이비드 자네와 아내는 둘 다 집안일 잘 해?

케일럽   아내는 자기가 더 능력 있다고 생각하는 것 같고, 저도 같은
         생각이에요. 저는 실수투성이죠.

데이비드 자네는 아이들을 돌보고 있는데도 여전히 예술가의 인상을
         풍겨.

케일럽   우리 부부는 균형이 잘 맞죠. 서로 반대인지는 잘 모르겠어
         요. 그런 건 없겠죠. “예술”의 반대말이 실용적이라거나 사
         업이나 수학은 아니니까요.

데이비드 음과 양이 있어. 난 우리 부부가 어떤 부부들과는 다르다고
         생각해. 자기랑 비슷한 사람과 결혼하는 사람들이 있지. 나

도 늘 그럴 거라 생각했는데, 그렇게 하지 않았어. 그게 놀랍
기도 하고 잘 된 것이기도 해.

케일럽   둘 다 예술가라면 대부분 마찰이 심하죠. 사모님이 진짜 전
통 소설을 쓴다면 어땠을까요?

데이비드가 웃는다.

케일럽   친구가 음악가인데 가수와 사귀었어요. 그녀는 악기, 마이
크, 음향시스템은 모두 갖추고 있었지만, 재능이 없었죠. 친
구는 그녀처럼 자기 결점에 그렇게 깜깜한 사람과는 계속
만날 수 없다고 하더군요.
같은 예술 장르를 사랑하는 사람들조차 충돌하기 마련이
죠. 한 명은 엉망으로 벌려 놓는 올빼미형인데 상대는 정리
정돈을 좋아하는 아침형 인간일 수도 있어요. 한 명은 채색
주의자인데 상대는 아닐 수도 있고, 한 명은 술고래인데 상
대는 술 마시는 걸 싫어할 수도 있어요.

데이비드   솔직하게 말하자면, 나도 작가들이나 시각 예술가들을 사
귄 적이 있는데, 자기들을 돌봐달라고 원하는 것 같았어. 그
들은 내가 강하고, 말수 적고, 능력 있고, 온전한 정신의 소
유자이길 바라더군. 그러면 항상 내 반응은 이랬지. 진심이
야? 내가 이성적 인간이 되기를 바란다고? 아니 난 근심이
꽉 들어찬 예술가가 될 거라고. 데이비드 델 트레디시라는

작곡가는 나에게 말했지. "한 집안에 아기 예수는 하나만 있
어야 해요."

◇◇◇

다른 숲길로 걸어 내려간다.

케일럽   저 사람들한테 사진 하나 찍어달라고 할게요.

데이비드 아는 사람이야?

케일럽   아뇨. 안녕하세요?

여자   안녕하세요.

케일럽   부탁 하나 드려도 될까요?

여자   물론이죠.

케일럽   셋 또는 넷을 세고, 여길 누르시면 되요.

여자   클로즈업으로 찍을까요? 멀리서 찍을까요?

케일럽   지금 이대로 찍어주시면 돼요. 멋지군요. 고맙습니다.

남자   어디까지들 가시죠?

케일럽   저흰 그냥 산책해요. 전 언론인이고 저와 함께 있는 이 분은
         다른 주에서 왔어요. 증인이 되어 주셔야겠어요. 이 분 회고
         록이 나올 거예요. 물론 가명으로요.

데이비드가 씩 웃는다.

케일럽 진짜예요.

여자 우리가 읽어볼 수 있을까요?

케일럽 6개월쯤 뒤에 책 출간에 맞춰 [시애틀 타임즈]에 기사나 나올 거예요.

◇◇◇

자갈 밟는 소리

케일럽 좋아요. 과거 마피아 시절 얘기 좀 해주시죠.

데이비드 난 벅시 말론[7] 같았을 걸.

케일럽 선글라스에 검정 재킷 그리고 대머리. 계속 침묵을 지키고, 높은 톤으로 어떤 말도 하지 않죠.

데이비드 사람들이 그걸 안 믿을 거야.

케일럽 아마 그러겠죠.

데이비드 저 사람들 뭐 하고 있는 거지? 마당 청소?

케일럽 일석이조, 청소도 하고 겨울용 장작을 쌓아두려는 거죠. 선생님 별명을 하나 생각해 두었어야 했는데.

데이비드 내가 증인 보호를 받고 있다면, 그런 말은 하지 않았을 텐데.

케일럽 맞아요.

데이비드 이런 거 즉흥적으로 만들어내?

케일럽 괜찮은 애드리브는 아니죠.

데이비드 나쁘진 않아.

케일럽   〈스카이코모시 마귀 프로젝트〉 어때요?

데이비드 제목으로는 별로야. 책에 한 줄 넣을 수는 있겠어. 정말 재
         미있지 않았어? 목요일 밤에 우리가 떠날 때, 분명 아무것도
         얻지 못할 가능성이 있다고 생각했거든.

케일럽   전 '될대로 돼라' 이런 생각이었어요. 큰 주제를 두고 대화
         한다기 보다는 작가들이 조용한 곳에 물러나와 이야기하는
         걸 생각했죠. 책도 읽고 쉴 시간도 있었지만, 부족한 것도…

데이비드 원하던 바를 얻었다고 생각하지 않아?

케일럽   저의 관심사는 거의 모두 다룬 것 같아요. 불평도 선생님을
         향해서가 아니라 예술가 전체에게 한 거고요. 요즘 작가들
         은 강력하고 중요한 주제엔 관심이 없어요. 저는 다른 방식
         으로 선생님을 찾아내고 바라보게 되었죠.

데이비드 어떤 방식으로?

케일럽   더 따뜻하게. 더 친근하게. 몸 속에 가식의 뼈가 하나도 없
         다고 하신 적이 있죠. 그 말을 이제야 이해할 것 같아요.

데이비드 그렇게 말해줘서 고마워.

케일럽   이 대목에서 저에게도 좋은 말씀 한 마디 해주셔야지요.

데이비드 자네가 똑똑하다는 걸 알았지만 이 정도로 똑똑한 줄은 몰
         랐어.

◇◇◇

케일럽 다행인지는 모르겠지만, 몇 가지 것은 최종안에서 빼야 할 것 같아요.

데이비드 한계를 넘었지.

케일럽 모든 사람의 비밀을 폭로할 순 없겠죠.

데이비드 할 수 없을까?

케일럽 할 수 있는 데까지 했어요.

데이비드 몇 가지 비밀은 비밀로 남겨 두어야 해.

케일럽 동의하시죠?

데이비드 그래.

◇◇◇

집으로 돌아와 떠날 준비를 하며

데이비드 난 분명 설탕 중독이야. 이상하게 들리겠지만, 우리가 겪는 문제 중 하나는 통제 대 통제 상실이라고 할 수 있지. 즉, 아폴로 대 디오니소스. 난 술 마시는 건 절제를 잘 해. 이삼 년 전부터 술을 마시기 시작했지만, 지금은 매일 저녁 파이크 킬트 리프터 루비 에일을 마시는 걸 정말 좋아하지. "힐링을 시작하자."하면서… 말하고 싶은 건, 난 음주를 어떻게 봐야 할지 모르겠다는 거야. 그리고 자네가 오늘 아침 얼마나 마셨는지도 모르겠고. 그래서 자네가 집까지 나를 태우고 간다는 게 편하지가 않아.

케일럽   아.

데이비드   그래서 내가 운전을 해야겠다고 생각했던 거야. 그리고 또 궁금한 게 있는데, 자네 음주 문제가 있는 건 아니지? 내가 완전히 잘 못 본 거지? 난 술을 안 마시지만 점심식사 전에 그렇게 마셔대는 건 문제 있는 거 아닌가? 내가 완전히 잘 못 보고 있는 건지 이야기 좀 해보게.

케일럽   아내는 알고 있죠.

데이비드   자넨 괜찮은 친구 같은데 점심 식사 전에 이미 맥주 서너 병을 마셨어. 자네에겐 이번 여행이 느긋하게 쉴 수 있는 절호의 기회일지도 모르지. 그저 안전요원으로서 묻겠는데, 먼저, 내가 운전하기를 원해? 둘째, 친구 대 친구로 묻겠는데, 자넨 음주를 조절할 수 있어? 아니면 약간 문제가 있어? 아니면 전혀 문제가 없어? 자네 생각을 말해 봐.

케일럽   아내가 이렇게 묻는다면, 저의 대답은…

데이비드   화를 낼 거야?

케일럽   아뇨. 그럴 듯한 방어 논리를 펴려고 했겠죠. 7시 30분에 일어나 잔디를 깎으면서 한 병. 컵 홀더에 꽂아두었다가 빼서 마셨죠. 그리고 치우면서 두 병 더. 하이킹 갔다 와서 한 병 더. 아내에게는 한 시간에 한 병이라고 말하죠.

데이비드   퍽 재미있는 알람이군.

케일럽   아내 말이 "벨리즈에 신혼여행 간 게 늘 기억나. 처음으로 맥주 병을 세었던 때였고, 어느 날 열두 병까지 셌어." 저녁

바비큐에 가서 맥주 8병을 마시면, 집사람이 "케일럽, 여덟 병이나 마셨어"라고 하면, 전 "그럼 여덟 시간 지났겠네"라고 대답해주죠. 제가 운전해도 괜찮을 것 같아요.

데이비드 좋아. 하지만 자네 말이 좀…

케일럽 혀가 꼬부라졌어요?

데이비드 많이.

케일럽 괜찮아요.

데이비드 다시 말하지만, 누군가 술을 많이 마시는 걸 보면, 난 고래고래 악쓰는 알코올중독자일 거라고 생각하기 때문에, 아내는 그런 나를 놀리곤 하지.

케일럽 그리고 제 과거…

데이비드 여장남자, 자동차 사고, 어제 밤, 그저께 밤…

케일럽 음주운전으로 체포되거나 문제를 일으킨 적은 없어요.

데이비드 평상시에는 어때?

케일럽 아내는 오후 5시 이전에는 술을 마시지 말라고 하죠.

데이비드 그래야지.

케일럽 그 전부터 마실 때도 있지만, 선생님이 어떤 기분일지는 알겠어요.

데이비드 《더 와이어The Wire》[8]의 등장인물들이 "그 기분 알아"라고 말하는 장면 정말 좋아. 어쨌든 지금 자네의 음주 운전 여부는 판단할 수가 없어.

케일럽 판단해 주셔야죠.

데이비드 판단 못 해.

케일럽 문제를 제기한 건 선생님이시라고요.

데이비드 난 그냥, 쉽게 말해 내가 운전하기를 바라는지 물어본 거야. 예를 들어, 점심 먹으면서 술을 마시고 싶다면, 좋아. 내가 운전해야겠지.

케일럽 어제 밤 왜 캐스캐디아까지 운전하려고 했는지 알겠어요.

데이비드 아이러니한 것은 술 취한 자네가 안 취한 나보다 운전을 잘 한다는 거야.

케일럽 돌아버리는 줄 알았어요!

데이비드 정말 천천히 운전했지.

케일럽 반대 차선에서 차가 올 때마다 오른쪽 타이어가 차선을 침 범해 갓길로 넘어갔죠.

데이비드 하지만 어떤 해도 끼치진 않았어, 그렇지?

케일럽 그런 건 없었죠.

데이비드 내가 아주 조심조심 운전한다는 건 맞아. 할머니 같은 운전 자지. 조금이라도 이상하면 멈춰야 한다고 늘 생각해.

케일럽 전 술 마시면 화가 나거나 난폭해지지는 않아요. 모르긴 몰라도, 오히려 멍청해지죠. 멕시코 휴가 때 항상 취해 있었죠. 급하게 맥주 두 병을 마시면 기분이 좋아지거든요. 너무 마

---

8   2002년에서 2008년까지 방영된 미국 드라마. 볼티모어 빈민가를 배경으로 하는 범 죄물

시면 불쾌해져요.

데이비드 술 마실 때, 안주는 안 먹어?

케일럽 중요하죠. 도가 넘어서면, 탄산수를 마셔요.

데이비드 절제는 하는군.

케일럽 이번 주말에도 탄산수 한 상자를 가져 왔어요. 처가에 가면, 탄산수나 콜라를 맥주와 번갈아 마시고 밤이 끝날 무렵 집에 올 때 제가 운전하죠. 아내가 절 믿지 않았으면 운전도 시키지 않았겠죠. 아내는 모처럼 술 마시는 거니까, 운전은 늘 제 담당이죠. 그런데 취하면 기분이 좋아지는 이유를 모르겠어요. 실제로 그런 건지 아니면 뭔가에서 벗어나려 하는 건지…

데이비드 더 취하지는 않는군.

케일럽 나흘 휴가의 끝이니까요.

데이비드 자네에겐 이번 여행이 주말 같은 것일 수도 있겠군. 당연하지만 내가 이걸 한 이유 중에는 순간을 포착하려는 것도 있지. 멋진 결말이 되겠군.

케일럽 "자네를 생각만큼 잘 알고 있지 못했던 것 같군." 하는 순간이죠.

데이비드 맞아. 나는 "자넨 알코올중독자야"라고 말하고, 자네는 "맙소사, 내가 그런 존재였다니…"라고 말하는 거지.

◇◇◇

케일럽 사모님은 술을 얼마나 하세요?

데이비드 많아 봤자 하루 밤에 와인 두세 잔이지. 적당히 마셔. 절제를 잘 하지. 주중에도 술을 마셔?

케일럽 덜 마시죠.

데이비드 그럼 좀 달라져?

케일럽 술을 줄이면 몸무게가 줄죠. 술 마실 때 제가 더 좋은 작가가 될 수 있을지 판단하려고 하죠. 그런 판단이 생각에 도움이 될까요?

데이비드 음…

케일럽 알코올중독자들은 한계를 넘곤 하지만, 저는 일정 선을 넘어 술 마시는 건 좋아하지 않아요. 완전히 자제할 수 있다는 말은 아니예요.

데이비드 좋은 신호야.

케일럽 숙취를 피해야 하거든요. 모든 조건이 동일하다면, 알코올은 지치게 하고 수명을 단축시키죠. 더 오래 사는 작가가 더 많은 작품을 생산하겠죠. 그런 이유 때문에 술을 끊어야 해요. 조만간 이 문제에 맞닥뜨릴 거 같아요. 그래서 어제 밤 선생님께서 시내까지 운전을 하셨던 거죠.

◇◇◇

데이비드 밀튼 벌이 가톨릭 자선 행사에 참석해서 셰리주를 한 잔 마셨는데, 사람들이 "한 잔 더 하시겠어요?"라고 물어 봤어.

다른 사람들은 모두 취해가고 있었지. 벌이 "유대인은 술을 마시지 않아요. 술은 우리의 고통을 방해하거든요."라고 말했다고 하더군.

케일럽이 웃는다.

데이비드 나에겐 위대한 유대 농담 같아. 하나 더 있어. 가톨릭 교도는 목이 마르면 한잔 해야겠다고 생각해. 개신교도도 목이 마르면 한잔 해야겠다고 생각해. 유대인은 목이 마르면 당뇨에 걸렸다고 생각하지…

데이비드 별로 안 웃긴데요.

종교 그리고 이 책에 대하여

케일럽 어제 아내가 전화해 에바의 생일 파티가 어떻게 되어 가는지 알려주려고 전화했는데, 우리 둘 다, 결국 제 책임이지만, 회신하는 걸 까먹었대요.

데이비드 좀만 기다렸으면 됐을텐데….

케일럽 자주 그래요.

데이비드 죄책감을 느끼게 하려는 거군.

케일럽 아침에 제가 나간 뒤에 냉장고 문이 안 닫혀 있다면, 아내가 전화를 하죠. "케일럽, 냉장고 문 안 닫고 나갔어. 내가 닫았

으니 걱정 마. 그냥 알고 있으라고." 또는 "왜 빨래할 거 아
래층으로 내려 놓지 않았어?"

데이비드 끝나지 않는 술래잡기지. 술래거나 망하거나 둘 중 하나야.
내가 유리잔을 깨면, 심각한 비극이지. 아내가 깨면 그냥
"어이쿠" 정도야.

케일럽 그건 가정사의 행복한⋯골칫거리bliss...ster군요.

데이비드 헐. 다시는 그 말 하지 말라고.

◇◇◇

케일럽 보자. 캄타가 열탕을 켜두라고 했었나? 끄라고 했었나? 말
을 했을 텐데 기억이 안 나네요.

데이비드 그게 왜 그렇게 중요하지?

케일럽 에너지 낭비냐 아니냐, 그것이 문제로다. 전화 해봐야겠네요.

◇◇◇

케일럽 (캄타의 음성 메일에 메시지를 남기며) ⋯ 하여튼 캄타. 전화 좀 줘.

데이비드 어떻게 할 거야?

케일럽 끄는 게 좋을 것 같네요.

◇◇◇

시애틀로 돌아가는 길에서

데이비드 피터의 소설 〈한 젊은 남성의 후기 자본주의 지침서*A Young Man's Guide to Late Capitalism*〉에서 내가 제일 마음에 드는 건 말이지, 피터가 이 소설에서 목표로 했던 거야. 그의 아버지가 국제통화기금IMF의 거물 관료라는 점을 고려한다면, 그에게는 아주 중요한 주제일 수도 있는데 인생은 체스 게임으로 바라보면 놓치게 된다는 거지. 인생 그 자체를…

케일럽 "존경하는 오사마씨" 바비 피셔[9]를 보세요 정말 멍청한 체스 천재죠.

◇◇◇

케일럽 사막에 네 명의 유대인이 있어요. 세 명의 랍비와 반대파 랍비 한 명. 아니면 케일럽과 두 명의 친구들 대 데이비드라고 해 두죠.

데이비드 좋아.

케일럽 사막에서 네 명의 유대인이 토라[10]에 대해 논쟁을 벌이고 있어요. 데이비드 실즈 랍비가 케일럽 랍비에게 말하죠. "내 토라 해석이 맞아요. 그걸 증명하기 위해 나는 증표를 청하겠소." 파란 하늘에 구름이 덮이고 천둥이 치고, 몇 차례 번개가 번쩍이며 하늘이 갈라졌죠. 데이비드 실즈 랍비가 말해요. "보시오. 제 말이 맞죠."

케일럽 랍비가 말하죠. "그건 하느님이 내려준 증표가 아니라 우연의 일치일지도 모르잖소."

데이비드가 말하길, "주여, 조금 더 도와주십시오." 검은 구름이 밀려오고, 사방에 번개가 치고, 근처 나무들이 쓰러지고, 잠시 폭우가 이어지더니 하늘이 개고 물 웅덩이 몇 개가 생겼죠. 데이비드가 말해요. "자, 이제 인정하시오. 내가 옳았다고.".

케일럽이 친구들과 상의한 다음 합의를 보고, 말하죠. "그래도 우연일지 모르오. 오늘 기상 이변이 일어난 것일 수도 있으니."

데이비드 실즈는 무릎을 꿇고 소리쳐요. "주여, 당신께 간구하나이다!"

구름이 밀려오더니 가운데가 갈라지면서, 사막에 황금 빛줄기가 넘치면서 굵은 목소리가 들려와요. "데이비드가 오오 오옳도다!"

데이비드는 말하죠. "얼마나 더 증거가 있어야 하는 거요?"

케일럽과 친구들이 다시 한 번 모이고, 마침내 나타나 말하죠. "이제 3 대 2군요."

데이비드 훌륭하군. "난 자네가 완전 틀렸다고 생각해."

---

9   Bobby Fisher: 미국의 체스 대가. 오사마 빈 라덴에게 보낸 편지로 논란이 되었다.

10   Torah: 유대교 율법. 좁게는 〈구약성서〉의 〈창세기〉·〈출애굽기〉·〈레위기〉·〈민수기〉·〈신명기〉를 말하며, 전통적으로 모세가 하느님의 계시를 받아서 썼다고 여겨진다.

◇◇◇

케일럽 출산 이후 엄마의 배에 대해 말하자면, 그 배는 우리 아이들
의 집이며, 정말 아름답죠.

데이비드 그래, 이런 거야. 나라면 때려 죽인다 해도 얼굴을 붉히지 않
고는 그런 말을 할 수 없는데.

◇◇◇

인텍스 외곽 길옆에 차를 세우며, 케일럽이 전화기를 켠다.

케일럽 아, 열탕을 켜두고 왔어야 했나 봐요. 돌아가야겠어요. 나탈
리와 스카이프할 시간에 맞춰서 집에 갈 수 없을 지도 모르
겠네요.

데이비드 음.

케일럽 사모님께 전화해서 제가 멍청한 짓을 했다고 말씀하세요.

데이비드 그건 큰 실수도 아니야. 자넨 해야 한다고 생각한 일을 했을
뿐이야. 불운하게도, 캄타가 전화를 했군.

케일럽 운이 좋은 거죠. 제 말은 더 늦게 전화를 했으면 어떻게 되었
겠어요? 버블 제트를 켜두지 않으면 물이 조금씩 녹색으로
변하고 썩어 버린대요. 물도 필터에 걸러줘야 하고요. 캄타
는 괜찮다고 했지만요.

데이비드 5시까지는 돌아갈 수 있을까?

케일럽 주말이니 술탄에서 먼로까지 교통체증이 조금 있을 거에요.

늦을지도 몰라요.

◇◇◇

케일럽 어차피 죽을 거라면 나이 들어 죽고 싶어요. 제 말은 45살에 죽는데 종교가 있다면, 천국에 가서 사랑하는 사람들과 재회할 거라고 생각하며 죽겠죠. 하지만 제가 믿지 않는 거, 불가능하다고 생각하는 게 뭐냐면, 내세는 신앙에 달려있다는 거, 천국에 들어가려면 착한 사람이 되는 걸로는 부족하고 그게 어떤 의미든간에 "믿음이 있어야 하고 신에 대한 충성을 맹세해야" 한다는 거죠.

데이비드 정원에는 언제나 돌이 하나 있어. 그 돌은 죽을 운명이거나 악이거나 아니면 둘 다이지만, 나는 아내와 딸과 함께 하는 삶, 글을 쓰고 가르치는 삶을 정말 사랑해. 나는 축복 받은 삶을 살았고, 앞으로 40년은 더 그렇게 살고 싶어.

케일럽 그럼 부친보다는 오래 못 사시는 건데요.

데이비드 44년 더 살면 돼.

케일럽 만약 종교적 도덕주의자라면, 종교에서 해결책을 찾겠지만, 세속적 또는 무신론적 도덕주의자라면 절대적 가치는 결여되어 있겠죠. 스스로도 행복해지는 법을 정의할 수 없는데, 사람들에게 그걸 어떻게 이야기하죠?

데이비드 모든 사람들이 똑같은 방법으로 행복하길 바라는 게 도덕주의자라고는 생각지 않아.

케일럽 로버트 인저솔이라고 들어보셨어요? 시대를 앞서간 19세기 무신론자였죠. 아내를 사랑했고 좋은 아버지였으며 당시에는 유행하지도 않았던 인본주의, 노예제도 폐지, 여성 인권의 지지자였어요. 그의 연설은 읽기도 좋아요. 그가 이렇게 말했죠. 가장 중요한 질문은 "어떻게 하면 행복해 질 수 있는가?"인데 그의 대답은 "다른 사람을 행복하게 해주면 가능하다" 였죠.

데이비드 우문우답이군.

케일럽 현문현답이죠. 먼저 자기 문제를 해결하고, 그 다음 주변의 문제를 해결하는 거죠.

◇◇◇

케일럽 머니크릭 야영장 출구. 다리와 저 터널이 눈에 잘 들어오는 랜드마크죠. 저기 학교버스 표지판에서 돌아 들어가면 돼요.

데이비드 집에 들어가 크래커 몇 개 슬쩍 하려고 하는데. 그러면 안 될까?

케일럽 캄타는 자신의 크래커에는 엄청 관대하니까, 아마 괜찮을 거예요.

데이비드 아직 사과 하나, 포도, 치즈가 있어. 먹고 싶으면 먹어. … 자넨 뭘 해야 하지?

케일럽 안에 들어가, 열탕 주위에 감아놓은 체인 열쇠를 가지고 와서, 열탕을 연 다음 물을 순환시켜야 해요.

데이비드 자네가 행여 망칠지도 모르는 모든 일 중에서, 확실히 사소한 일이군.

케일럽 한 시간에서 좀 더 걸릴 거예요..

데이비드 더 걸릴지도 모르지. 가능하다면, 딸의 전화를 놓치지 않았으면 좋겠어.

◇◇◇

데이비드 자넨 나보다 훨씬 여행을 많이 했지만, 내가 여행을 해보니 세계 전역에는 17개 유형의 사람이 있고 가는 곳마다 그 17개 유형의 사람들을 만나게 되는 것 같은데 그렇게 생각하지 않아? 그러니까 자네가 암스테르담이나 서울이나 프라하에 도착해서 "맙소사, 여긴 사람들이 너무 달라"라고 갑자기 깨닫진 않았을 거 같아.

케일럽 만약 선생님이 미국에서 상사가 마음에 안들고, 사귀는 여자마다 모두가 못된 여자들이면, 다른 나라에 가서도 상사를 미워하고, 여자친구도 못됐을 거예요.

데이비드 내 말은 그게 아니야.

케일럽 편견의 역학이 달라지죠. 한국인들은 장애인들이나 기형인 사람을 좋아하지 않죠.

데이비드 무슨 말이지?

케일럽 미국인 선생이 있었는데, 사시라는 이유로 해고되었어요.

데이비드 그걸로 해고되었다고?

케일럽 학생들을 통제할 수 없다는 이유에서요.

◇◇◇

데이비드 일을 빨리 마쳐줘서 고마워. 아내가 들어갔는지 알아봐야
겠어.

케일럽 차만 안 막히면, 한 시간이면 집에 도착하실 거예요.

데이비드 지금 어디 마을을 지나고 있지?

케일럽 곧 골드 바예요.

데이비드 여기 마을 이름이 재미있군. 골드 바, 인덱스, 스타트업, 베어
링, 클라이막스.

케일럽 배달하기 힘들겠네요.

◇◇◇

케일럽 《선셋 리미티드*Sunset Limited*》[11] 보셨어요?

데이비드 코맥 매카시가 대본을 쓰고, 샤뮤엘 잭슨과 토미 리 존스가
나오는 거지?

케일럽 잭슨이 자살하려는 존스를 구하고, 허심탄회하게 이야기를
나누어요. 잭슨은 운 없는 전과자이고 존스는 교수지만, 잭
슨이 인생은 의미가 있다고 아무리 설득을 해도 존스는 인
생의 공허함을 계속 주장해요. 잭슨이 감옥에서 벌어진 싸
움을 이야기하면서 "깜둥이nigger"라는 단어를 사용하는 장
면이 있어요. "니가nigga"가 아니라 "니거nigger"라고 하죠. 그

러자 존스가 엄청 기분 나빠하죠.

데이비드 맞아. "삶은 의미 없어. 난 자살하고 싶어. 하지만 네가 지금 사용하는 "니거nigger"라는 말은 기분 나빠."

케일럽 선생님은 코맥 맥카시를 어떻게 생각하세요?

데이비드 〈푸우의 도와 피그렛의 덕The Tao of Pooh〉12이라는 책의 복잡한 허무주의 버전 같아. 내가 봤을 때 그는 자신의 독자들이 한 번도 존재론적 문제에 직면한 적이 없다고 전제하지.

◇◇◇

데이비드 자네 ELS 교사용 지침서는 실제로 출간되었어?

케일럽 네. 세 자리 수의 선수금을 이야기했는데, 로열티까지 치니 족히 네 자리 수는 되더군요.

데이비드 책을 세 권 냈지. 두 권은 자비 출판이고?

케일럽 엄밀히 말하면, 〈치노쿠Chinoku〉는 여동생이 출판한 것이라고 해야겠죠. 그녀는 음악과 게임 책을 출판하는데, 책의 제반 비용을 그녀가 지불했죠. 그건 퍼즐 책이었는데, 게임이나 장난감 같은 거였어요. 그다지 중요한 책은 아니에요.

데이비드 세 권의 책 제목이 어떻게 되지?

케일럽 〈치노쿠〉, 〈이 끓어 오르는 대양This Seething Ocean〉, 〈세상은

11   코맥 맥카시의 소설을 바탕으로 제작된 TV용 영화
12   미국의 작가 Benjamin Hoff가 쓴 책으로, 2001년에 번역 출간되었다.

수업*The World is a Class*〉. 출판사에서 제목에 들어가는 is의 i를
소문자로 썼어요.¹³

데이비드 무슨 말이야? 그걸 바로 잡지 않았다고?

케일럽 저도 그 실수를 못 잡아냈어요. 교정쇄를 읽었고, 최종 교
정본을 보내주었는데, 수 십 번은 봤을 거예요. 그렇게 해서
〈*The World is a Class*〉라는 제목이 나온 거죠.

데이비드 자네 정신머리가 자네를 갖고 놀다니 참 재미있군.

◇◇◇

케일럽 일주일이면 케일럽이란 사람을 알기에는 충분하죠? 우정은
일반적으로 선택적 외향성에 방해받는 긴 침묵이 특징이라
고들 하지만, 저는 침묵이 시간과 기회의 낭비처럼 느껴졌
어요.

데이비드 무슨 말인지 알겠어.

케일럽 뭔가 생각할 때마다 선생님이 말씀하신 걸 되새기죠. "케일
럽, 핵심을 찔러. 시간 낭비하지 말고 간결해지라고." 하지만
이제 우리 대화를 어떻게 해야 그렇게 만들 수 있죠? 우리가
나눈 대화는 있는 그대로의 초안이잖아요.

데이비드 그래서 편집이 필요한 거지. 실시간의 대화 사이에 들어가서
찌꺼기를 제거해야 해. 논쟁하고, 별표 치고, 논쟁하고, 별표
치고, 논쟁하고, 별표 치고, 그리고 다시 논쟁.
우리가 서로를 공격하고 있다는 걸 보여줘야 해. 예술 대 인

생. 실제로 우리가 두 개의 대척점에 서 있다고 생각해. 내
가 삶에 관심이 없는 것도 아니고 자네가 예술에 관심이 없
는 것도 아니지만, 여태껏 우리가 살아왔던 삶의 방식을 격
렬하게 방어해야 한다는 거야. 나는 이렇게 말해야겠지. "이
제까지 타이어 한 번 갈아본 적이 없어도 괜찮아. 그렇지 않
아?" 또는 "자네는 온갖 외국어를 할 줄 알고 여행도 그렇게
많이 다녔다지만, 나이 마흔 셋이 되도록 자네가 원하는 작
가는 아직 되지 못했다니…놀라운 일이군"이라고 말할 수
도 있어. 어때? 괜찮아?

케일럽   아뇨. 괜찮지 않아요.

데이비드   그러면 좋아. 정말 솔직해지자면, 자네가 너무 자주 대화를
주도해서, 내가 어느 정도 의기소침했다는 걸 인정할 수 밖
에 없어.

케일럽   사실이 아니에요.

데이비드   자네는 이야기가 많아. 자네는 뛰어난 이야기꾼이고 나는
이야깃거리도 없고 새로운 아이디어도 없어. 나는 내 삶을
바꿀 필요가 있어.

케일럽   그건 릴케 시에서 그대로 따온 거잖아요. 선생님이 마음 속
깊이 느낀 큰 깨달음마저도 책에서 가져오시는군요!

---

13   영어 서적의 제목은 전치사, 관사, 접속사를 제외한 모든 단어는 대문자로 시작하
는 단어로 표기한다.

데이비드 그저 언급한 것 뿐이야. 자네는…

케일럽 저는 허구적으로 꾸미고 싶지는 않아요.

데이비드 무슨 말이지?

케일럽 우리의 말들은 우리 손을 떠났죠. 제 말은, 대화에 생각을 추가할 수는 있죠. 상관 없어요. 제가 인용할 때 뭔가 착각했을 경우라면 인용 원문을 찾아보고 바꾸어도 상관 없어요. 그런데 둘째 날 대화 중에 첫째 날로 옮겨야 이해하기 쉽다고 옮겨 버리는 건 싫어요. 만난 적도 없는 자전거 타는 사람 이야기를 꾸며내고 싶지는 않아요. 그런 일이 실제 일어나지 않았으니까요. 전 그 선을 넘고 싶지 않아요.

데이비드 좋아. 하지만, 내가 할 수 있는 건…

케일럽 일어나지 않은 일을 일어난 것처럼 이야기하고 싶지 않다는 거죠.

데이비드 그건 나도 그래.

◇◇◇

케일럽 따님 인생 상담은 얼마나 하세요? 성교육은 누가 해주나요?

데이비드 딸이 12살이었을 때, 학교에서 《소년들은 가슴을 좋아해*Boys Like Breasts*》라는 영화를 보았다더군. 쉽게 말해 "이제 곧 가슴이 생기면 남자아이들이 그걸 좋아하게 될텐데, 걱정할 필요는 없어"라는 내용이지. 우린 딸 아이와 그런 이야기를 거의 하지 않았어.

케일럽 성적 절제를 해야 한다거나 콘돔 같은 이야기는요?

데이비드 딸 아이는 인슐린 문제 때문에 체중과 씨름하느라…

케일럽 자존감은 어때요?

데이비드 좋은 질문이군. 우리와는 달리, 나탈리는 엄청난 냉정함과 깊은 불안감이 뒤섞여 있어. 체중이 딸의 가장 큰 문제지. 마음이 너무 아파. 아름다운 애거든.

케일럽 삶이 잔인할 수도 있죠. 아이들도 잔인할 수 있고요.

데이비드 너무 뻔한 소리군.

케일럽 졸업 무도회나 동창회에 초대도 받고 그래요?

데이비드 여러 친구들과 함께 가곤 해. 사람들도 그녀를 좋아하고, 친구가 많아. 딸 아이 좋아하는 남자아이들도 있고.

케일럽 상담 같은 것도 받아요?

데이비드 의사, 영양사, 전문가, 많이 했지. 그 만큼 약도 많이 먹었어. 그래서 딸 아이가 다이어트, 운동, 약물요법의 악순환을 끊었으면 해. 최근엔 잘 해내고 있는 것 같아.

광기에 대하여

케일럽 선생님은 상담 받아보셨어요?

데이비드 여기저기서. 심각한 건 없었어.

케일럽 상담은 왜 하신 거죠?

데이비드 30대 초반까지는 간헐적으로 스피치 치료사들을 만났어.

아빠가 되고 싶은 게 맞는지 결정할 때는, 심리학자를 몇 번 만났지. 정말 돌팔이였지. 계속 읊어대는 게 "그 외에 뭘 하실 생각인가요?" 이런 것 뿐이었어. 자넨 어때?

케일럽   사고를 당했을 때요. 심각한 뇌진탕이 있어서 나흘 동안 의식이 없었죠. 혼수 상태에서 깨어난 직후 발작을 일으켰어요. 아직 정신이 돌아오지 않았는데, 의사들이 내 깁스를 풀었어요. 뼈를 잘못 맞췄더라고요. 손목이 툭 튀어나와 있어서 뼈를 다시 부러뜨리고 금속 나사를 박아 다시 맞췄죠. 전 이 상황 때문에 희생자 역할을 할 수가 있었죠. 하지만 머리 부분이 좋지 않았어요.

사고를 당한 게 7월 말이었고 벨링햄의 세인트 루크스 병원에 계속 입원해 있었어요. 3학년 첫 두 주를 빼먹고, 9월 말에 퇴원했어요. 돌아온 첫 주에 축구하러 갔을 때 일인데요 전 2학년 때 쿼터백으로 뛰었는데 허리 보호대를 차고 팔이 부러져서 벤치 신세가 된 거죠. 사람들에게는 이 주만 지나면 운동을 할 수 있다고, 금세 건강해질 거라고 했어요. 팀 동료와 코치들의 눈은 이렇게 말하고 있는 것 같았어요. "넌 가슴에 딱딱한 깁스와 보호대를 하고 있고, 얼굴은 온통 상처투성이라고. 그래, 알았어."

친구 두 명이 오크하버 고등학교 댄스파티에 간다고 해서, 저도 가고 싶었죠. 계획은 엄마가 우릴 데려다주고, 밖에서 기다리다가, 날 태워서 집까지 데려가는 거였어요. 그런데 엄마가 나를 곧장 집으로 데리고 가려 하는 거예요. 내가 미친 놈처럼 행동했죠. 정말 가고 싶었어요. 몇 달 만에 첫 댄스 파티였는데, 엄마는 말했죠. "안돼! 집에 바로 가야 해." 전 너무 화가 나서 주먹으로 치고 주행 중인 차의 문을 열고 뛰어내리겠다고 위협했죠. 친구 녀석들이 저를 진정시켰어요. 엄마는 친구들을 내려주고, 나를 집으로 데리고 왔지만 저는 분이 안 풀려 미친듯이 악을 썼죠. 그러자 엄마가 911에 전화를 걸었고, 경찰관이 집으로 왔어요. 구급차가 아니라 경찰관이 왔더군요. 전 그 이유를 몰랐어요. 경찰관이 들어와서 검진을 받으러 절 병원에 데려갈 건데 곧 돌아올 수 있다고 하더군요. 전 뒤로 물러서면서, "왜요? 전 괜찮아요. 아무렇지도 않다고요."라고 했죠. 경찰관은 검진을 받고, 괜찮으면 곧 바로 집으로 오면 된다고 설명했어요. 그래서 전 경찰차 뒤에 탔고, 엄마가 따라 왔죠. 아빠는 동생들과 집에 있었고요. 절 위드비 종합병원으로 데리고 가서 어떤 방에다 집어 넣고, 내가 괜찮지 않으며, 추가 검사를 받으러 세인트 루크스 병원으로 다시 가야 할 거라고 하더군요.

전 폭발했어요. "나가게 해줘"라고 소리를 질러댔죠. 지칠 때까지 벽을 주먹으로 마구 쳤어요. 직원들이 저를 끈으로 묶고 엠뷸런스에 태워서 벨링햄으로 데리고 갔어요. 의사들이 내 손목에 들어 있는 금속판이 약간 휘어졌다고 하더군요. 전 완전 미쳐서 엄마에게 "야, 이년아, 넌 날 배신했어, 이

년아."라고 막말을 했어요.

데이비드 무슨 약이라도 먹었던 거야?

케일럽 딜란틴이라는 간질약이요. 이미 8월에 한 차례 발작이 있었
어요. 이번에는 의식을 잃었고, 또 발작을 일으켰고, 깨어보
니 정신과 병동 침대에 묶여 있더군요. 폭력 성향이 심해서
계속 지켜 봐야 하니까 보낼 수가 없다고 했어요. 간호사에
게 끈은 좀 풀어달라고 부탁했어요. 조금 뒤 끈을 풀어줬는
데, 막 질문을 했다고 하더군요. 전 완전 정상이었어요. 하여
튼 전 그렇게 생각했죠. 깨어나니 정상이었는데 정신과 병
동에 와 있는 거죠.

남녀 포함해서 다른 환자들이 있었는데, 모두 공동구역에
나가서 게임도 하고 텔레비전도 보고 했어요. 베트남 참전
군인과 체스도 하고, 친구라고 불러도 되는지 모르겠지만
친구도 몇 명 사귀었어요. 모두 각자 방이 있었는데, 거기 두
주나 있었죠.

나이든 어떤 아줌마에게 왜 여기 오셨냐고 물었어요. 쉰 살
정도 되었는데, 감정 폭발과 신경쇠약 때문이라고 하더군
요. 머리가 빠지기 시작했고, 약간 과체중에다가 백발에 가
슴이 엄청나게 컸어요. 언제 나가시느냐고 물었더니, "내가
원하면 언제든지. 난 자원해서 입원했거든."

믿을 수 없었어요. 이 사람이 자원한 거라고? 왜 그랬냐고
물었어요. 자세히 말하는 건 꺼렸지만, 가끔 자살 충동을 느

끈다고 했어요. 그래서 수염 기른 남자 간호사에게 가서 물었더니, 저도 자원해서 들어온 거라고 하더라구요. 그래서 전 "나가고 싶다."고 했어요. 우리 부모님이 절 자원한 환자로 입원시켰다는 사실을 몰랐던 거죠.

데이비드 "놀라면 안돼. 넌 자원해서 온 거야."

케일럽 화가 났어요. 정신 이상자의 분노는 아니었고, 그보다는 이성적인 짜증에 가까웠죠. 그들에게 전 아무 문제가 없고 이건 말도 안된다고 했죠.

데이비드 약 기운이 사라져서 그런 걸까? 뭣 때문에 그렇게 폭발해던 거지?

케일럽 저도 모르겠어요. 입원해 있을 때가 아직도 생생하게 기억나요. 베트남 참전 군인은 해군 특수부대 출신이었어요. 체스를 같이 두곤 했는데, 정말 예쁜 와이프와 내 또래 딸이 있었어요. 베트남 이야기를 듣고 싶었는데, 그 이야기는 하고 싶어 하지 않더군요. 그에게 정상인 것 같다고 이야기 했는데, "마음 속은 안 그래."라고 하더군요.

자살 충동을 느끼고 머리가 빠지기 시작했던 그 아줌마가 한 번은 정신을 잃고 자살하겠다고 고함을 질러댔는데, 수염 난 그 직원이 뒤에서 껴안아 진정시켰어요. 셔츠가 흘러내리면서 가슴이 다 드러났고, 그녀는 침을 질질 흘렸어요. 예닐곱 명의 환자들이 그걸 지켜봤죠.

부모님이나 친구들이 찾아오면 간호사 입회 하에 산책을

나갈 수 있었어요. 아마 간호사는 서른쯤 되었을 텐데, 정말 예쁘고 침착했어요. 우린 산책도 하고 대화도 하곤 했는데, 제가 여기 있을 사람이 아니라고 말하면 확실히 하기 위한 것이라고 설명해 줬죠. 그 때가 사고가 있고 두 달도 넘은 10월이었어요.

퇴원 무렵에 체스나 카드 게임을 하고 소형 텔레비전을 보고 책을 읽으면서 기다렸고, 아무 문제가 없다는 주장은 안 하게 됐죠. 의사들은 이걸 보고 제 정신이라는 걸 알게 되나 봐요. 상황을 받아들이고 더 이상 저항하지 않으니 제 정신이라는 판단을 내리더군요.

데이비드   그렇게 순응하게 된 건 자네가 진짜 미친 사람들 틈에 있다는 사실을 깨달았기 때문일 거야.

케일럽   《뻐꾸기 둥지 위로 날아간 새》를 보지 못해서, 맥머피(잭 니콜슨)와 비교할 수는 없었지만, 영화를 보고 나니 어느 정도 제 상황과 비슷하다는 걸 알게 됐죠. 적어도 약간은. 완전 심각했다고는 할 수 없지만 자살도 생각해봤어요. 지금까지도 상황을 부정하는지도 몰라요. 전 그렇게 상상했죠.

병원에서 풀려난 후, 쿠퍼빌에서 일주일에 한 번 상담사를 만나야 했고, 때로는 세인트 루크스 병원에 다시 가곤 했어요. 부모님들은 계속 상담 치료를 받는 것에 동의했어요. 그리고 온갖 인성 검사를 다 받고 나서 고등학교 정규 수업에 복귀할 수 있었어요.

데이비드 그 유명한 검사가 뭐였더라, 미네소타 다면 인성검사?

케일럽 그거였을 수도 있어요. 온통 이런 질문들이죠. 동성애 판타
지를 가진 적이 있느냐? 자살을 생각한 적은? 엄마를 죽이
고 싶은 적은? 여동생과 자고 싶은 적은? 검사가 끝나자 전
문가 소견에 따르면 제가 부정 상태라고 했죠. 부정한 건 오
직 자살에 대한 것뿐이었는데 말이에요. 곰곰 생각해 봤죠.
사람을 죽이면 어떨까 상상한 적은 있지만, 살인 성향이 있
는 것과는 다르죠. 글쓰기 시작하기 전이었지만 작가적 상
상력을 가지게 되었기 때문에 살인을 그렇게 본 거죠.
9월초에도 같은 검사를 받았어요. 똑같이 대답했는데 심리
치료사들은 저를 학교에 복귀해도 좋다고 했어요. 이번에는
나의 "심리적 부정"을 발견하지 못 했던 거죠. 두 번째 검사
를 받고 나서, 수석 상담사와 총 15분동안 상담을 했는데,
"결과는 이미 나왔어요."라고 했죠. 실제 저와 소통한 적도
없는데 전문가 분석을 내놓은 거죠. 내가 진짜 제 정신이 아
닐 때는 내보내주고, 말짱할 때는 상담이 더 필요하다고 하
는 식이죠.
학교 상담사와 교장은 병원 결과를 죽 읽어보고는 넘어갔
어요. 다시 정규 수업에 넣어주었죠. 부모님들은 상담을 중
단했지만, 저의 우울증은 진짜였어요. 그러니까 뼈가 부러
지고 흉터가 남아 있고 운동을 할 수 없다는 것에 낙담이 컸
어요. 그건 정신병이 아니에요. 아내나 아이들이나 부모를

잃을 때, 그러니까 제가 겪은 것보다 훨씬 심각한 일들을 겪게 되면, 사람들은 당연히 우울해지겠죠.

사고가 있은 지 거의 4년이 지나서, 쿠퍼빌에 사는 한 여학생에게 데이트 신청을 했어요. 미셸이라고 항상 귀엽다고 생각했던 아이였어요. 고등학교 다닐 때 저는 헤비메탈 의상을 입고 다녔고 수염을 길렀어요. 그녀는 저에게 관심을 두지 않았어요. 대학에 들어가서 패션 감각을 약간 갖기 시작했고 방학 때 위드비 섬에서 열린 파티에 참석했는데, 그녀가 사람들 앞에서 저를 칭찬하는 말을 하더라구요. 그래서 데이트 신청을 했죠. 그녀가 받아들였고, 밖에 나갔는데, 그날 밤 내내 어색해 하는 것 같았어요. 키스를 하려고 했는데, 살짝 뽀뽀만 해주고 떠나버렸어요. 그래서 전화도 하고, 메시지도 두 차례 남겼지만 연락이 닿지 않았고, 며칠 뒤 우리 둘 다 아는 친구인 브랜다가, 미셸이 전화를 해서 관심 없다고 했다고 하더라구요. 내 나이 스물이었죠. 그때는 7학년 애송이는 아니었어요.

브랜다에게 그 이유를 물었더니, 미셸은 내가 이상하다고 생각한대요. 브렌다 말로는 미셸이 "편하지가 않아. 그 애는 좀 이상해."라고 했다더군요. 브렌다는 "그 앤 그냥 케일럽이야. 사고 후에 좀 변했을 뿐이야."라고 말했는데, 미셸이 "사고 전에도 정상이 아니었어."라고 했대요.

데이비드가 웃는다.

그렇게 해서 〈정신질환 진단 및 통계 편람〉에 관심을 가지 게 되었고, 〈강간위기개입 총람〉도 보게 됐죠. 의사들은 과 학에 근거해 강간범들을 평가하려고 해요. 결론은 항상 "이 사람은 다시 강간을 할 것이며, 언젠가 풀려나게 될 것이 다."는 식이죠. 전 다른 결론을 내렸죠. 멀쩡하게 보이는 것 이 정말 중요하다는 점을 깨닫게 되었죠. 〈스피드보트〉에서 레나타 애들러는 "제정신을 유지하는 것이 우리 시대의 가 장 심오한 도덕적 선택이다."라고 했죠.

데이비드 맞는 말이지.

케일럽 그래서 부도덕한 사람, 특히 범죄자들은 미친 것처럼 보이 는 게 유리해요. 외견상 멀쩡한 소시오패스들은 〈편람〉을 보는 것만으로 이 시스템을 유리하게 활용할 수 있죠.

데이비드 자네는 〈편람〉의 렌즈를 통해 세상을 보는 거야?

케일럽 선생님도 〈편람〉을 잘 알고 계시는군요.

데이비드 거의 내가 썼다고도 할 수 있지.

케일럽 거기는 불확실성으로 가득 차 있어요. 세세하게 읽어보면 어 떤 의사라도 더욱 더 불가지론에 빠지게 되죠. 정신과 의사 들이 어떻게 법정에서 전문가로 증언을 하는지 이해가 안돼 요. 강간과 재범은 상관관계가 있죠. 왜 정신과 의사들이 판 사에게 이 강간범은 재범할 위험이 있고 저 강간범은 재범

하지 않을 거라고 말하는 거죠? "이 범죄자는 재범 확률이 50%가 되지 않으니 석방 시킵시다." 사회는 왜 폭력적인 상습범을 걱정해야 할까요? 살인은 말할 것도 없고 강간 폭행을 저지른 사람은 절대 거기서 벗어날 수 없어요. 그걸로 끝이죠.

◇◇◇

케일럽   아내가 결혼 심리 상담을 받아보자고 할 때가 있어요.

데이비드   자네 부부가 어려운 일을 겪고 있을 때?

케일럽   웃자고 하는 소리죠. 우리가 《커브》¹⁴를 보고 있었는데, 래리가 상담을 받는 장면이 나와요. 집사람이 "저거 재미있어 보이지 않아? 결혼 심리 상담으로 우리가 가진 차이점을 해결 할 수 있을까?"라고 하더군요. "당신은 내가 더 자주 청소기를 돌리기를 정말 원하고, 그렇게 하면 내가 더 자주 하고 싶은 생각이 든다는 이야기를 상담사에게 들려주고, 그 상담사에게 시간당 150 달러를 지불하고 싶다는 거야?"라고 말했죠. 집안일을 하면 섹스라는 당근을 주라는 이야기는 밥맛이에요. 아내가 그런 소리를 하면, 맥주만 더 주면 더 자주 해줄 수 있다고 말해요.

데이비드   자네 부부는 꽤나 잘 지내고 있군 그래.

케일럽   거의 싸우지 않아요. 사사건건 생각은 다르지만요.

데이비드   나도 그래.

결말: 인생일까? 예술일까?

데이비드 자네가 잠시 정신적 불균형에 빠졌었고, 그 뒤에 매우 이성적인 사람이 되기로 했다는 이야기를 들으면서 흥미로웠어. 자네는 다시는 그런 상태로 돌아가지 않겠다고 결심을 한 거지.

케일럽 그게 저를 예술가로 만들었죠.

데이비드 그거 멋진 말이군.

케일럽 사고가 있은 뒤 3학년 때, 어쩌다 폭발할 때도 있었지만, 매우 내성적이 되었어요. "자연"을 발견하게 됐죠. 위드비 섬을 혼자 산책도 하고 운전도 하면서, 처음으로 외부의 시선으로 저 자신을 보게 됐죠.

사고 이틀 전에 키스를 했던 케이시라는 여자애가 있었어요. 병원에 있을 때 계속 그 애를 생각했고, 그녀도 내가 회복하는 모습에 기뻐하는 것 같았어요. 함께 밖으로 놀러 가기도 했어요. 깁스는 풀었지만, 등에는 보호대를 하고 있었고, 오른쪽 팔뚝 뼈가 기괴하게 불룩 튀어나와 있었죠. 재수술을 하기 전이었어요. 그녀에게 그 뼈를 만져보라고 했어요. 팔은 얼룩덜룩 시퍼렇게 멍이 들었고 엉망으로 뒤틀려 있었죠. 그녀가 떨더라고요. 이후 제가 키스를 하려고 했는데, 토할 것 같은 얼굴을 하더군요.

고3이 되어서는 난생 처음으로 명상을 하게 됐죠. 기독교를 연구하기 시작했고 약물과 알코올의 시기를 거쳐 금욕의 시기로, 그 다음에는 주로 실험의 시기로 옮겨 갔죠.

데이비드 그런데 왜 그 사건 때문에 글쓰기로 돌아섰다고 생각하는 거지?

케일럽 이런 이야기를 나눌 사람은 마크와 빈스 뿐이었어요. 둘 다 부모님 한 분이 돌아가셨죠. 하지만 친구들에게 털어놓을 수 없는 생각들이 있었고, 그런 생각이 들면 글로 적었어요. 고3 때 시를 쓰기 시작했는데, 제 자신을 시인이라고 생각하지는 않았어요. 그냥 생각난 거, 메모했던 걸 종이에 옮겨 썼죠. 글쓰기를 하면서 성경에 관심을 갖게 됐고 문학은 그 다음이었죠.

데이비드 내가 말을 더듬었기 때문에 일종의 생존 매커니즘으로서 내향적인 사람이 된 건 분명한 것 같아. 물론 다른 방식이기는 하지만, 자네에게는 자동차 사고가 그랬겠지. "당신은 어쩌다 파산하게 됐죠?" "두 가지 방식. 하나는 점진적으로, 또 하나는 갑자기." 자넨 갑자기 파산했고, 난 점진적으로 파산했지.

케일럽 전 파산하지 않았어요.

데이비드 나도 그래.

모두 웃는다.

케일럽 저는 운동선수 타입은 아니었어요. 풋볼도 망쳤고, 농구도
       좀 그랬죠. 그래도 SAT에서 높은 점수를 받아서 전교에서 3
       등으로 졸업했고, 전국에서 1,000명밖에 못 받는 군 체육특
       기생 장학금도 받았어요.

데이비드 군인 가족들에게 주는 거?

케일럽 아뇨. 육군 장교가 우리 고등학교 조례에서 연설을 했는데,
       수상자를 발표할 때 전 졸고 있었죠. 그런데 제 이름을 발
       표했어요. 저는 주다스 프리스트 티셔츠를 입고 수염을 기
       르고 멀렛[15] 헤어스타일을 하고서는 그 장교와 악수를 했어
       요. 수염이 정말 멍청해 보인다는 걸 깨닫고는 대학 입학 전
       에 밀어버렸어요. 이 년 뒤에 선생님을 만나게 되었죠.

데이비드 그걸 정확히 어떻게 표현해야 할지 모르겠지만, 선생이 제
       때에 나타나면, 그 학생의 인생 궤적에 극적인 영향을 줄 수
       있다는 걸 내가 잊고 있었군.

케일럽 찬사 받기 위한 낚시질?

데이비드 끝을 보기 위해 노력하는 중이야.

케일럽 선생님 수업은 저의 기를 꺾어버렸죠.

---

15   Mullet: 앞머리는 짧고 뒷머리는 장발로 늘어뜨린 1980년대 남성 헤어스타일. 요즘
     은 촌스러움의 대명사

데이비드 어째서?

케일럽 내가 쓴 건 뭐든지 까였으니까요.

데이비드 (웃으며) 난 기억이 안 나는데. 내가 모든 학생을 비판하지 않았던가?

케일럽 물론 그렇지만 저에게는 3.0을 주셨죠.

데이비드 보통보다 낮은 점수?

케일럽 출석만 하고 과제만 내면 되는 작문 수업 치고는 낮은 거죠. 그게 정신을 번쩍 들게 했어요. 워싱턴대학 기자가 선생님 수업에서 가장 인상에 남는 게 뭐냐고 묻길래 작가로서 성장할 수 있었던 건 선생님 덕분이라고 대답했죠.

데이비드 고맙군. 그런 이야기를 들으니 가르친 보람이 있어.

케일럽 아르헨티나에서 가르쳤던 내 십대 학생들은 나에게 이별 선물을 주면서 "우리에게 영어도 가르쳐 주시고 친구가 되어 주셔서 고마워요."라고 썼더라고요.

◇◇◇

케일럽 집에 왔어요. 95번가예요.

데이비드 맞아. 여기가 자네 집이지? 그래, 힘들지 않았어.

케일럽 여동생 차도 있네요. 들어가시죠.

데이비드 안돼. 벌써 늦었어. 나탈리와 스카이프로 통화하기로 되어 있어.

케일럽 5분만이요. 타이머 맞춰 놓고 시간되면 쫓아낼게요.

데이비드 안 돼. 열탕 소동만 없었으면 문제가 없었을 텐데…. 나도 들어가고 싶지만, 지금 아빠와 남편 자리로 돌아가려고 노력하는 중이라구.

케일럽 여동생만 보고 가세요. 아내하고 잠깐 인사만 하시고요. 이야기를 나눌 동안 전 음탕한 뭔가를 생각하고 있을 테니까요. 자, 우리 책을 위해서요.

데이비드 벌써 5시가 지났어. 집까지 가는데 15분은 걸릴 거고.

케일럽 오, 이게 좋겠어요. 동전 던지기 하시죠.

데이비드 오, 난 말이야…

케일럽 뭐가 나올까요? 인생과 예술 중에서.

「이 도서의 국립중앙도서관 출판예정도서목록(CIP)은 서지정보유통지원시스템 홈페이지 (http://seoji.nl.go.kr)와 국가자료공동목록시스템(http://www.nl.go.kr/kolisnet)에서 이용 하실 수 있습니다.(CIP제어번호: CIP2017027536)」

인생은 한뼘 예술은 한줌

초판발행 2017년 11월 3일

지은이   데이비드 실즈, 케일럽 파월
옮긴이   김준호
펴낸이   김정한
디자인   류지혜
펴낸곳   어마마마

출판등록 2010년 3월 19일 제 300-2010-35호
주소   서울특별시 종로구 율곡로 191-1 3층
문의   070. 4213. 5130 (편집) 02.725.5130 (팩스)

ISBN   979-11-87361-05-3 03800
정가   15,000원

* 이불은 어마마마의 문학 전문 브랜드입니다
* 잘못된 책은 바꾸어 드립니다